ト・ミョンハク
イ・ジミョン
ユン・ヤンギル
キム・チョンエ
ソル・ソンア
イ・ウンチョル

越えてくる者、迎えいれる者

脱北作家・韓国作家共同小説集

和田とも美 訳

李青海
李平宰
鄭吉娟
尹厚明
李星雅
方珉昊
慎珠熙

アジアプレス出版部

국경을 넘는 그림자
SHADOWS THAT CROSS THE BORDER
By
Bang Min-Ho and others

本書は韓国文学翻訳院の助成を受けて刊行された。
This book is published under the support of
the Literature Translation Institute of Korea.

はじめに

この小説集は、韓国で二〇一五年に刊行された〈脱北作家〉と韓国の作家の共同小説集『국경을 넘는 그림자』(国境を越える影)収録の全十三篇を翻訳したものである。収録作品のうち六作品が〈脱北作家〉によるもの、残り七作品は韓国の作家が、脱北者と韓国の人々との関わりを扱ったものである。

朝鮮民主主義人民共和国(以下北朝鮮)から生活の困難さに耐えかねて脱出し、韓国に定着した脱北者は累計三万人を超えている。その中からごく少数ではあっても、敢えて小説や詩といった創作によって韓国社会に向かって語りかける脱北者もいる。韓国の文壇では〈脱北作家〉と呼ばれる。

ここに収録された脱北作家による作品の舞台は主に北朝鮮で、塗炭の苦しみに耐える北朝鮮人民の姿が様々な角度から描かれている。しかし多くの読者が脱北者に期待するような、内部告発的だとか体制批判的な要素はあまり見出せない。脱北作家たちに直接会って話を聞くと、金一族に対する批判は語られるが、北朝鮮の社会主義の現状や、社会主義という思想そのものについての分析や批判は出てこない。中国からの亡命作家に詳しい方面からは、脱出後に何を訴えるべきなのか方向性を見失っているのではないか、という厳しい声も上がる。しかし韓国に定着して活動している脱北作家には、北朝鮮内で体制批判行動を起こしてその結果脱北に至るというような政治亡命に該当する場合は極めて稀だ。韓国に定着してから創作を始める場合も少なくない。作品を通じて北朝鮮の体制批判をしようというよりは、定着地である韓国に向かって、自分たちがどのような背景をもった存在であるかを訴えようとする姿勢が強い。

韓国社会への脱北者の定着は非常に困難で、韓国側もまた受け入れに苦悩している。北朝鮮との関係がこう着状態にある今、喫緊の課題は脱北者の受け入れと定着にある。脱北者の多くは、自分たちが理解されていないと感じている。一方で、脱北者に対する非難の声も非常に強い。最もよく聞かれるのは、脱北者の多くが韓国の資本主義社会に適応していないという話である。韓国は資本主義体制をとっているというだけで、万人が自由であるわけでも生活に困らないわけでもない。社会福祉制度が充実しているわけでもない。ところが脱北者は、資本主義体制に共鳴して韓国を目指したわけではない。自由で豊かな暮らしを期待する脱北者と、金がなければ何もできない資本主義の現実が身に染みている韓国の人々との溝は深く、埋まる兆しすらない。

この問題を浮かび上がらせるため、邦題は『越えてくる者、迎えいれる者――

脱北作家・韓国作家共同小説集』とした。また原作では、脱北作家と韓国作家の作品が交互に配置されていたが、日本の読者に分かりやすいように第1部に脱北作家、第2部に韓国作家とまとめて配置し、各部に題を付した。

脱北作家の氏名はカタカナで表記し、韓国作家の氏名は漢字併記とした。北朝鮮では漢字表記が全廃されているが、韓国では義務教育にも漢字教育があり、特に氏名は公的書類でも漢字併記の場合があることを考慮したものである。

訳文の作成にあたって、原文でつじつまの合わない箇所や原意のはっきりしない表現は原作の出版社を通じて照会し、原作者に修正してもらったり、原意を把握した上で原文とは異なる文章にしたところもある。訳者自身、学生時代に小説を書いていた頃の感覚が蘇るようなときもあったが、創作と翻訳は違う。原文の雰囲気をより深く反映させた訳文を目指し、日本語としてはぎこちなくとも敢えてそのままとしたところもある。

この小説集の原作が韓国で出版された際には、話題にもならず評価もされなかった。それもそのはずで、ここに含まれている作品は、文学的完成度の高いものでもなく、刺激的な内部告発や体制批判の話でもない。それを敢えて日本で翻訳紹介する対象に選びだしたのは、文学作品としての完成度が高くないことで、かえって韓国における脱北者の受け入れと定着の問題点を浮かび上がらせているからである。幸い韓国文学翻訳院の助成を頂けることとなり、日本での翻訳出版が実現した。翻訳小説集であってみれば、本来なら文学出版の実績のある出版社に依頼すべきところだが、作品の内容を考慮して、『日本に生き

る北朝鮮人　リ・ハナの一歩一歩』（二〇一三年）を出版したアジアプレス出版部にお引き受けいただいた。この『日本に生きる北朝鮮人　リ・ハナの一歩一歩』は、脱北者の受け入れと定着の様子を繊細な筆致で描き出している。手記という点でジャンルは異なっても、この翻訳小説集と問題意識を共有する。
難民の受け入れと定着は、世界の各所で大きな問題となっている。韓国における脱北者の受け入れと定着もその一事例である。日本でもいずれどこかの地域からの難民を、一度に多量に受け入れる日が来ることも予想される。そのときどのような問題が起こり、受け入れ側に何ができるのか、この翻訳小説集がその心構えをするきっかけになれば幸いである。

訳者　和田とも美

二〇一七年十一月

越えてくる者、迎えいれる者――脱北作家・韓国作家共同小説集✲目次

はじめに 3 和田とも美

第1部 越えてくる者たちの作品——定着地へのメッセージ

本泥棒 책 도둑 13 ト・ミョンハク 도명학
不倫の香気 불륜의 향기 29 イ・ジミョン 이지명
つぼみ 꽃망울 45 ユン・ヤンギル 윤양길
願い 소원 63 キム・チョンエ 김정애
チノクという女 진옥이 83 ソル・ソンア 설송아
父の手帖 아버지의 다이어리 105 イ・ウンチョル 이은철

第2部　迎えいれる者たちの当惑——引き受ける責任

カバー写真・扉写真──NASA衛星画像 Korea and the Yellow Sea
装丁・本文デザイン──林 眞理子

第1部

越えてくる者たちの作品——定着地へのメッセージ

本泥棒

책 도둑

ト・ミョンハク　도명학

仕事から帰る時刻が過ぎて二時間にもなるのに、友はいまだに現れない。いつもならとっくに来て酒の一本ぐらいは飲み干してもおかしくない時間だ。友にとって私の家は、仕事帰りに立ち寄る停留所のようなものだ。ところがせっかく来ると約束までしておいた日に、すっぽかされた。

この時刻になれば、何か事情があることは明らかだ。もっとも彼に本を届けてくれるよう頼んだのは私のミスだ。本マニアに本を頼むのは、猫に魚を頼んだようなものだ。

三日前、平壌《ピョンヤン》に行って来た道作家同盟委員長［訳注：〈道〉は都道府県に該当する朝鮮半島の行政区分］がイスラエルの小説『ミラージュを盗め』を持って来たのだが、先に自分が読んで、私にも読めと言う。中央で百部だけ刷って作家たちに廻し読みさせる、いわゆる〈百部図書〉に属する非公開図書だ。〈百部図書〉は輪読後また回収されるので、時間があまりない。順番が回って来たら他の仕事はさておき〈百部〉をまず読まねばならない。でなければ他の人たちに迷惑がかかる。問題は、作家たちにだけ読ませるはずが、党の幹部たちまで読みたがるのだから情けない。どこからか〈百部〉のことを耳打ちされて、「俺にだけちらっと見せろよ」と接近してくるのを、きっぱりと断るのも難しい。作家たちの口から「〈百部〉とやらのために信頼を失うことになるよ」と言われるだけのことはある。作家二、三人に回った頃にはもう話がもれる。だから可能なかぎり先に読んで他の人に渡してしまうのが、煩わしさから逃れる要領だ。幸い今回に限って、委員長の次の順番が私だった。ところがそれを本マニアに届けてくれるよう頼んだのだから結果は明らかだ。仕事帰りに委員長に会って本をもらって届けてくれと言ったのだが、自宅に直行したに違いない。今頃座り込んで、すべからく本というものは最初に手にとった人間のものである、と言いながらケラケラ笑う姿が目に浮かぶようだ。本に対する欲求においては、礼儀も何もない友だ。気に入らない奴だったらすぐさま駆けつけてこっちによこせと騒いだところだが、そこまではしたくない。なすすべもなく、全部読み終えるまで待つしかない。

しかたない、他のことを考えていよう。私はそこらにある本を広げてみた。金正日の『主体文学論』だ。うんざりさせられる本だ。頻繁に下賜される学習課題さえなければ、とっくの昔にちり紙に使ってしまっただろう。

目に入ってくる文字の列が、よけいにいらいらさせる。なになに、外国の作品をたくさん読んでこそ、世界の趨勢を知ることができる？　笑わせるよ。本がどこにあるんだ、みんな井戸の中のカエルにしておいて、世界の趨勢？　自分だけ世界各国の映画やら本を見たいだけ見て、許可してくれた本が全部でどれだけなんだ。それで世界について幅広い見識を持てと？　あのね、私は順番の回って来た本ですら友に横取りされたんですよ。訓戒を垂れるのなら、こういうことを知ってからになさい。

腹立ちまぎれに本をぽんと放り投げた。首を長くして待っていた本が横取りされていらいらするのに、話にもならない「お言葉」が火に燃料を投下する。

こういうときは何といっても酒が薬になる。だが一人で飲むのか？　友が本を持って来たら一緒に飲もうと思ったのに、来ないから一人で飲むしかない。今度また酒を飲ませろと言ってみろ。二度と家に足を踏み入れないようにしてやる。これまで飲ませてやった酒がもったいない。

私は引出に入れておいた中国産コーリャン酒を取り出して、大きなコップにトクトクと注いだ。薫り高い酒の匂いが鼻を刺激する。お前は徹夜でその本を読んで目を悪くするといい。私はこの酒を飲んで気分良く甘い眠りをむさぼるから。

私はすぐに酒がまわって音程も合わない歌を歌いながら、座卓でリズムを打った。

こんな一生〜あんな一生〜

金も〜名誉も〜愛もイヤ〜

トトントトントトトトン

酒がまわると、せちがらいこの世の中、人生何のため、と友と一緒に毎日歌っていた歌だ。あまりに何度も歌ったので、隣の犬まで覚えている。歌が聞こえると外でワオーンワオーンと声を合わせた。

だがそいつが今日はなぜか静かだ。私一人で独唱しているから、たぶん他の歌だと思ったのだろう。犬はやっぱり犬だから、いやいや、犬だからどうだっていうのだ。犬が生活総和［訳注：定期的に義務づけられている自己・相互批判の集会］をするか？　学習会をするか？　吠えたければ吠え眠たければ眠る、うんそうだ、人間よりましだ。

私は一人であれこれ呟き続け、いつ眠ったのかも気づかずに夢の国に行ってしまった。

次の日の朝、寝坊して起きて顔にじゃぶじゃぶ冷水をかけていると、ドアがバタンと開いた。こいつ、昨夜あれほど待っていたのに、今になって顔を見せる。

「おやおや！　また寝坊だね。今、顔洗ってるのか」

すまなそうな気配はちらりとも見せない。すまないときほどずうずうしい奴だ。

「お前は今仕事帰りか」

私もわざと皮肉った。

「ああ、これは申し訳ない。実はそうなるだけの事情があってね」

「事情はどうでもいいから、早く本を出せ」

「あっ！　本。それはここにあるよ」

友はカバンをポンポン叩いた。

「でもね、今、本が問題じゃないんだ。大変なことになった」

「大変なことって」

「とにかく顔を洗って俺の話を聞けよ。まったくあきれた話だよ」

友の話はこうだった。

昨日の昼、委員長は娘からの電話を受け取った。ところが突然顔から血の気がなくなった。様子がおかしかったので周りにいた作家たちが何かあったのかと尋ねたが、いやべつに、とだけ答えて帰宅した。どこか正気を失った人のように見えた。カバンも置いたまま帰った。そのカバンは書類や本ではなく、ウサギを二匹入れて歩く、言ってみればウサギを通勤させるウサギバスだった。生活がひどく苦しい委員長は、そんなウサギ二匹が何の役に立つのか分からないまま、やらないよりはましだと考えて飼っていた。ウサギを置いて行ったので、多分仕事が終わる時刻より前に戻って来るだろう、と思った。だが仕事が終わる時刻が過ぎても戻って来なかった。明らかに尋常でないことが起こったにちがいない。みんながこのまま仕事を終えて良いのか悪いのか迷っていた。そのうえ委員長のウサギは原っぱにいた。話し合いの結果、友がウサギを委員長の家に届けることになった。友は作家同盟建物前の原っぱに、ヤギのように紐につながれて飼われているウサギの紐を解いて、カバンに入れた。

委員長はがらんとした家に一人でぼうぜんと座り、葉タバコを吸っていた。友の手にしているカバンを見て思い出したのか、そうだウサギ！と言った。

「お宅で何かあったんでしょうか。これまで置いて行かれて？」

委員長は答える代わりにふうっと長いため息をついた。見回すと部屋はからっぽでなぜか空気が鉛のように重かった。

「もしかして他のところに引越しされるんですか？」

「引越しどころか……泥棒が入った」

「は？　泥棒が入ったとは」

「この家に持って行くようなものがあるか？　金になるものはすっかり売り払って久しいのに」

「しかし……」

「本をみんな持って行った。私の本だよ」

「え、泥棒が本を、ですか？」

本当に本棚には本が一冊もなかった。世の中には変な泥棒もいるものだ。あそこにあった本が何になるのだろう。

「本棚のものだけ持って行ったなら、とやかく言わない。あっちの木箱に別に保管しておいた本までみんな盗られたんだよ」

「は、あの本までですか」

他でもない奥の部屋の木箱が、からっぽのまま蓋が開いていた。委員長の話では、三十年以上、特別な本ばかりを選んで大事にしてきた木箱だった。そこには図書館にもない貴重な本があった。ずいぶん前に回収図書に指定されて消えた本まであったほどだった。本だけではない、絵や写真なんかもあって、解放［訳注：日本の植民地からの解放］直後に初めて使用された郵便切手まであった。それを見せてもらおうとすれば、いっそ空の星をとってくるほうが簡単なほど、もったいぶった態度をとられた。だがその貴重な本を一瞬にして失ったのだから、その心中はいかなるものであろうか。

委員長は手をぎゅっと握って、どうしたら本を取り戻せるだろうかと尋ねた。だが泥棒をどこから探し出すというのか。ひょっとして市場に行けば本売りがいるから、そこで糸口をつかめるかもしれないという考えが浮かんだ。本泥棒が本売りとつながっている可能性はあるだろう。委員長は、持ち主の自分が本市場に行けば本泥棒が逃げるだろうから、代わりに調べてくれないか、と言った。取り戻せるならその恩は忘れないと涙まで見せた。友は委員長の気持ちを慰めようと、外に出て腕時計を質草にして酒の数本と豆腐を手に入れ、一緒に飲んだ。

だしぬけに委員長が、しまったうっかりしていた、今日朴同志に〈百部〉を渡す約束をしておいたんだが、と言った。そして引出から本を取り出して見せ、悪いが届けてくれ、と言った。そして、朝うっかりして机の上に置いたまま出勤したんだがどうして泥棒がこれは持って行かなかったのか不思議だ、と言った。もし泥棒に持ち去られていたら、大変なことになるところだった。稀に〈百部図書〉の管理をおろそかにして紛失するようなら、その責任は甚大なものだった。

私は友が昨日、約束をなぜ守れなかったのか理解した。実に残念なことだった。委員長が本にどれほど執着する人か、知らない者はなかった。彼にとって本はすなわち生命だと言えるほど、愛情は格別だった。なのに、数十年間「本屋の錠前」とまで言われながら守ってきた秘密本箱の中身が一瞬にして奪われたのだから、その心情はいかなるものであろうか。そうと分かっていれば、前もって私に何冊かくれたらよかったのに、とまで思った。私のものではないが、その真価を知っている私の立場としても、残念なことには変わりがなかった。

　私と友は、最善を尽くして探してみることにした。まず、市内の各市場をつぶさに見て回ることにした。泥棒が本売りに売り渡した確率は百パーセントだった。我々は本売りたちに本を買うそぶりで自然に近づき、様子をうかがった。盗られた本はどれも本当に希少な本なので、売場に出されさえすれば見分ける自信があった。だが足が棒になるまで市内の市場全部をうろつき回ったにもかかわらず、得るものはなかった。落ち着いて考えてみると、泥棒がまだ本を売るわけもなかった。時間を少しおいて本の持ち主がおとなしくなってから、そろそろと売りに出す確率が高かった。

　無駄骨ばかり折ってとぼとぼと帰って来ると、委員長は、ひょっとして、という一縷の望みすらも失ってチッチと舌打ちをするばかりだった。夫人は、夫は一日中あんなふうに座り込んで食事もとらず、タバコばかり吸っているのだと言った。食事と言っても薄い草粥が全てだった。それすら食べないで体がもつわけがない、と愚痴を並べた。

「もういいかげんにしてくださいよ。なくなった本に足が生えて戻って来るわけじゃないでしょう。もう忘れてください。今の世の中で、本からご飯や餅が出てくるわけじゃないでしょう？　飢え死にする者がそこら中にいるのに、本をなくしたぐらいでそんなふうになって、妻を亡くしたらどうなるんですか？」

「おい何だよ。口数が多いな。お客さんの前で」

「あんまりいらいらさせるからですよ。あなたもあたしも世間知らずなのにどうするんですか。これじゃ『両班傳《ヤンバンジョン》』［訳注：朝鮮半島の古典の名作として知られる。由緒正しい両班の家柄の当主が日々学問に励んでいるが出世にも財産にも恵まれず食べ物にも事欠いてついに両班の家柄を新興の金持ちに売り渡そうとする。それを耳にした高官が家柄売買の風潮を戒めるため、両班が守るべきしきたりを羅列して金持ちに話して聞かせたところ、金持ちはうんざりして買うのを止めてしまった］に出てくる学者と何が違うんですか。それでもあの学者は、金持ちの権氏に両班の身分を売る決心ぐらいはしたんですよ。あなたの作家の肩書きは買ってくれる人もありませんよ」

「おい、くだらないことを」


物書きがばかにされる世の中だ。人々が飢え死にしてゆく中で、現実を美化し賛美し、不平不満で一杯のところに忠誠分子の典型を創造しようとするのだから目もあてられないありさまだ。「党思想前線前哨兵」とか「最高司令部従軍作家」とかいううっとうしい肩書きのために資本主義の方式である商売もできず、「土地法」に違反するといって猫の額ほどの畑を作ることもできず、まことに何の役にも立たない存在だ。人々は作家をドン・キホーテだと嘲笑する。それでも妻のほうに手腕があれば、そのおかげで食べるものはなんとかなるが、周りを見るとほとんどの作家は妻のほうも間が抜けていた。他の女たちならば、役目を果たせない夫を怒鳴りつけるぐらいはするだろうが、ただ涙をぽろぽろ落とすぐらいがせきの山だ。そんなふうで飯や金が出てくるわけもない。だから詩人だとか小説家だとかいう浪漫に流されて物書きと結婚して、その代償をきっちり支払うばかりだ。

委員長夫人も同じ類だった。委員長夫妻は、若い頃教師だった。委員長は中高の国語、夫人は幼稚園の子供たちを教えていた。夫人は、知性美に溢れ、文学に博識な若き日の委員長にひと目で惚れ込んでしまった。切ない愛の手紙も、雑誌に掲載された小説も、娘の心を奪うには十分だった。情熱も感嘆すべきものだった。昼間は生徒たちを教え、夜は授業案を作る忙しさの中でも、数知れぬほどの本を読んで原稿を書き上げる体力は驚くべきものだった。あるときは冬の夜中に外に出て来て、たらいに雪を入れてまた戻って行く委員長の姿を見た。眠気を払うために、雪に脚を入れたり、首筋に雪を入れたりして本を読んでいるのを見て、恍惚としてしまったのだった。こんな青年を愛するのだと考えただけでも、幸せに満たされた。

結婚後、次第に夫の文運が上がって［訳注：この「文運」は「武運」と対になる言葉で文学者としての運気をいう］教師生活を辞め、現役作家（原注：専業作家）の道に入った。夫の小説が次々に出され、表彰と勲章、贈物が続いた。アパートを配慮され、［訳注：党から住居としてアパートの割り当てを受けた、という意味］金正日から下賜された品物だと明示された日本製カラーテレビも運び込まれた。手首には、「金日成」という文字が刻まれた「御名入れ時計」が付けられ、日本製自転車をはじめとする、様々な贈物を頂戴した。幹部供給所〔訳注：党の幹部のみに物資を配給する機関〕の名簿にも、夫の氏名が記載された。それだけでなく高い月給に原稿料、衣食住の心配はなかった。

ところが、いつまでもそのままで歳月が過ぎてゆくはずだったのに、いつからかゆらぎ始めた。最初は食糧配給が一日、二日と遅れ始め、数年後には全く途切れてしまった。国中が叫び声で満ち溢れ始めた。人々が飢えて死に始めた。国は一時的な危機だと言ったが、終わりが見えなかった。国は追い詰められて「苦難の行軍」と称した。人々は市場に出たり、山に登って猫の額ほどの畑を作ったりした。それでも作家はなすすべがなかった。食事はないときのほうがあるときよりずっと多く、朝飯抜きの出勤の道では、足元がふらついた。

夫人は耐えきれずに国から送られたテレビや冷蔵庫を売り払い、商売の元手をこしらえた。けれど商売上手な人間とは違った。どんなに努力しても、どうしたことか逆に損をする商売ばかり繰り返した。そのうえ他人に簡単にだまされるのだった。互いにつぶし合い生死を争う白兵戦で詐欺にも何度かはめられた。そのうちまともな物品はほとんど売り払い、家の中は長い棒を振り回してもひっかかるところもないありさまになった。一日また一日と、生き続けていることが奇跡だった。事ここに至って、夫人の目から鱗が落ちた。

作家？　それがなんだっていうの？　小説？　嘘っぱちでしょ。空腹が群れをなす世の中で、どんな文章を書くつもりで昼夜机に向かっていられるのか。これなら肉体労働者のほうがいい。彼らは汽車に乗ってトウモロコシ売りだってやる。それでもだめなら農場の畑に忍び込んで盗みだってやる。混乱する世の中では何の役にも立たないのが作家だった。やるとすれば貧乏たらしくウサギをカバンに入れて通勤することぐらいで、哀れで見ていられないほどだった。そのうえ、最も困難なときに作家同盟委員長を引き受けたのだった。当然、平壌出張が頻繁になった。肩書きが道作家同盟委員長であれば、急行列車のみならず専用寝台車だって乗れる身分だ。道で専用寝台を保有できる幹部は、五人いるかいないかという程度で、その中に道作家委員長が含まれているとはたいしたものだった。だが委員長は任官後、専用寝台を一度しか使えなかった。旅行中の食糧の用意が大きな負担だった。経済難で食堂車も運営できず、あのよく見られた旅客用弁当も売りに来ないので、各自で持参することになった。夫が委員長職になって初めての平壌出張に行くとき包んでやった旅の食事は、菜っぱ飯に大根のおひたし、コチュジャンだけだった。その程度でも用意できたのは幸いだった。委員長は何も言わずにそれを持って、専用寝台車に乗った。ところが食事の時間になると困ったことになった。同じ列車に乗っていた党の幹部たちが食事を共にしようと誘ったのだ。一人でこっそり食べようとしていたのに、こんなことになるとは。情けない弁当をどうして引っ張り出せるだろう。だが幸い幹部たちはすぐにカンづいた。委員長がすぐには食べ物を取り出せずにまごついていると、自分たちの食べ物は多すぎるから一緒に片づけようと言った。彼らが広げてみせた弁当は大御馳走以外の何物でもなかった。人々が飢え死にしている中で、偉い幹部たちは別世界にいた。とにかくうまい飯にありついたが、穴があったら入りたい心情だった。その後は専用寝台車には絶対に乗らず、以前のように一般車に乗った。臭いがひどく、席がなければ立ちっぱなしだとしてもそれが気楽だった。みんな似たような境遇だから、どんな食べ物を引っ張り出しても恥ずかしくなかった。しばらくはそうしていたが、誰かにヒントをもらって商人たちと取引をするようになった。専用寝台を商人たちに売ってお金を受け取った。闇取引だが、誰かが文句をつけるほどのことではなかった。そうやって旅の食べ物は簡単に用意することができた。商人たちは寝台車に乗る資格はないが、金を使って寝台切符を手に入れた。委員長になって唯一良いことがあったとすれば、専用寝台のおかげだった。

友と私は時間を見つけてはそれぞれが随時、本売りたちに探りを入れてみた。だが依然として糸口はつかめなかった。もしや盗人は、本をまるごと他の地方に持って行って売りさばいたのだろうか。でなければ全部ばらばらにして包装紙として売り払ったのではないか、とも考えた。そういう紙は、商人たちが買って袋を作り、パン、飴、菓子などを入れて売るのだ。或いは床材や壁紙を貼るときの下張り用に買う者もいた。何も知らない盗人が、あの貴重本を適当に売ってしまえば、いっそう困ったことになるのだった。盗られた本であろうとなかろうと、本は必要とする人に届けられるべきではないか。

その頃、委員長は出勤も中断していた。断食闘争でもしているかのように食事をとらず、睡眠もとらず、話もせず、まるで恋人でも失ったかのように苦悩していたが、ついに寝込んでしまった。本がいくら大事だといっても程度というものがある、その執着は度を越していた。あのまま死ぬ気だろうか。夫人と二人の娘が、頼むからいいかげんにしてくれ、と涙を流しても反応がなかった。

こうなっては本の発見が人間の生死に関わるほどの大ごとになった。本が見つかるか見つからないかはさておき、ずっと探し続けるしかない立場になった。どんな奴か知らんが捕まったら覚悟しろ、私は友と一緒に諦めずに最後まで努力することにした。万一、委員長があのまま不幸なことになれば、心残りを少しでも減らしてやりたいという思いだった。なんともなかった人間も一晩で死んで発見される世の中では、不謹慎な考えだとばかりは言えなかった。

我々二人の力だけではどうにもならないと思った。市場の本売りたちも、我々があまりに頻繁に訪れればカンづく可能性もあった。

あれこれ悩んだ末に、日頃から詩を書いては私に持って来る大学生に会った。師範大学国文学科の学生で、実にかしこくて、私の頼みごとならすぐに動いてくれる青年だった。彼にこれまでの経緯を大まかに話すと、予想以上に自信ありげな様子だった。

「僕の友人の母親が本の商売をしているんですよ。市場ではなくて、列車に乗っています。平壌にある出版社と組んで本を大量に中抜きして、卸し売りに回すんです。ここで本の商売する人間なら知らぬ者はありません。市場の本売りたちは、その本を横流ししてもらって売りますから、気に入られようとして機嫌とりするぐらいなんです。ご心配いりません。お話を伺ったところでは、その泥棒は無学な者ではないようです。確かに金になる本だと分かって持って行ったのに間違いありません。ちり紙にでもして売るつもりでそんなまねするはずがありません。そんな手間をかけるなら他の物を盗ったほうがましですよ」

　青年が余りに自信ありげなので、やや意外ではあった。だががっかりさせられる言葉を聞くよりは、爽やかな答えが気に入った。本の卸売人と連絡がつくというのだから、そこから何か分かるだろう、という予感がした。

　そんなことがあって数日も経たないうちに、青年が家に訪ねて来た。

「先生、本を見つけましたよ」

「何だって？」

　私はバネのように飛び上がった。

「それは本当か？」

「あのシンフン市場です。本の持ち主の名前はチョン・ヨンシクといいましたよね？　……内扉にインクでそう書いてありました……。長篇小説で『霧漂う新しき丘』［原題『안개 흐르는 새 언덕』朝鮮文学芸術総同盟出版社一九六六年刊行。金日成によって批判され発禁・回収処分となった。作者千《チョン》世《セ》峯《ボン》はその後再び北朝鮮文壇で活動した。一九一五～一九八六］でした」

　間違った話ではなかった。『霧漂う新しき丘』とは、ずいぶん前に回収図書になって消えた本だ。それを委員長の秘密本箱で見たことがあった。国で回収するときに隠しておいた本だった。万一あのとき発覚していたら、大変なことになっただろう。だが歳月が流れ、作家に〈百部図書〉まで配布されるようになってからは、市中に出しさえしなければ問題にならなかった。

　私はすぐに青年に案内させて、本を見たという市場に向かった。

「だけどそれをどうやって見つけたんだ？　或いはあの本の卸売をしているとかいう方が、教えてくれたのか」

「まあその、はっきり目星をつけて教えてくれたのではなく、僕の頼みを聞いて、商人たちにさらっとカマをかけてみたようです。友人の母親は、そういう匂いを実によくかぎ分けるんです。だから商売も上手なんでしょうね。今朝僕に、シンフン市場に背の低い本売りがいるから、そこに行って、私から聞いて来たと言えば何の疑いもかけられないだろう、と言うんです。古い本が必要な甥がいるからそっちにやる、と話しておいたんだとか」

「ふ〜む。それで？　信用されたのか？」

「何でもいいから買い手を待ってました、と言われました。だけど見ると、売場に出した本はたいした物ではなくて、良い物は市場の横に家を別途確保して、そこに置かれていました。そこで見たら、すごいのがいろいろありましたよ。南朝鮮の歌だとか映画だとか、そこでこっそり売ってるんです」

「なんだって、南朝鮮の物も売ってるだって？」

いったいどういうことだ。初めて聞く話だった。青年たちが中国の延辺の歌をこっそり聞いているのは知っていたが、南朝鮮の歌と映画まで取引されているとは知らなかった。世の中はいったいいつこんなふうになったのか。変化する世態をまず知らねばならないはずの作家が、それも知らずに社会主義がどうとか、党がどうとか言って文章を書いているとは。

「取り締まってもワイロでどうにでもなるじゃないですか。先生はご存じありませんでしたか？」

青年は疑わしいというようにちらりとこっちを見た。顔に薄い笑いを浮かべると、話題を変えた。

「先生、僕やっぱり、作家になるつもりだったのをやめようかと思います」

「うん？　やめるって？」

「ただ、今はちょっと違うのかな、という気がして」

「なんだ、じゃあ時間が経てば良いと言うのか」

「いろいろ考えて見たんですけど、文学は趣味ぐらいにして、大学を卒業したら党の機関とか保安機関のほうに行くほうがいいのかなと思いまして。他の者たちもそっちのほうを目指してます。国文科でも、作家になろうという学生は一人もいません。まあ、世の中があっちのほうに向かっているという感じです」

あっちのほうに向かっている？　これは私に向かって遠まわしに言っているようだが。突然、胸が息苦しくなった。

本売りに会ってみると、青年の言うとおりだった。私は知らん顔でいきなり本を何冊か買った。それから保管された本をひとつひとつ丁寧に見た。委員長の名前がそのまま記されているものが、何冊か見えた。ほとんど墨で消されてはいたが、まだ全部は消し切れていない状態に見えた。泥棒が本を全部一人の人間に売り渡して、まとまったお金をせしめていったようだった。

とりあえずは、本売りには何も気づかせなかった。無駄に驚かせれば、困ったことになりそうだった。早く委員長に知らせねばならない。本があるところを見つけたと言えば、すぐに寝床を蹴って立ち上がるだろう。

青年と別れた私は、この嬉しい消息を知らせに急ぎ足で委員長の家に向かった。だが扉を開けた瞬間、寝込んでいるだろうと思った人間が、意外にも布団を片づけてしまって座っているのが見えた。友も来ていた。聞くまでもなく、無駄骨ばかり折って回ったあげく、委員長がどんな様子か見舞いにきた様子だった。ちょっと得意な気分になった。

「委員長、もう大丈夫です」

私は委員長の手をがっしりと握った。

「あの本は、私が見つけ出しました。さあ、これを見てください。これですよ」

「あ！　本！」

委員長の目が光を帯びた。

震える手で本を受け取り、そのままじっと眺めていた。

「ありがたい。私が無駄な苦労をかけて、申し訳ないことになった。そうしなくても良かったのに」

「何をおっしゃいます。その本がどれほど貴重なものか。先生の命のようなものではないですか。この本を持っていた本売りは女性です。とりあえず驚かせてはいけませんから、気づかせないように本だけ買いました。これから彼女に泥棒は誰か聞きださねば。知らないと言いはったら保安署（原注：警察）の協力も仰いでですね」

「そんなこと聞きだして何になるんです？　この程度にしてもうやめましょう」

「は？　何をおっしゃっているのでしょう」

「ここまでくたびれてしまうと……つらいし、もうなかったことにしておきたいんだ」

「?!」

何だって、なかったことにだって。

私は今何を聞いたんだろう？　私は耳の穴を強くほじった。

なのに、友も相槌を打つ。

「先生のおっしゃっていることは正しいよ。知らない人間が訪ねて来て、売りますからと言われて買ったんだったら、どうすることもできまい」

「いやいや、こいつ何言ってんだ？　泥棒を捕まえられそうなのに、何を言うのだ」

「俺が言いたいのは、先生もやめようとおっしゃるんだから、ということだよ。泥棒を捕まえて、あとから仕返しでもされたらもっと大変じゃないか」

これはまた、どうして突然考えが変わったんだろう。ぐっと怒りが込み上げた。

「じゃあ、これまで無駄骨だったんだな。分かった。私一人でも決着をつけてやるから」

がばっと席を蹴って立ち上がった。委員長が慌てて私のズボンの裾をつかんだ。

「まあ、そう言わずに座ってくれ。申し訳ない。みんな私のせいだ。私が無能なせいだ。本も何もかも……」

「それがどうして委員長の過ちなんですか？　その本のために寝込んでおられたほどなのに」

「ああ、大丈夫だ。私は今日、昼飯に粥を二杯も食べたんだ。こうやって起きているじゃないか。そんなことで騒いだところで、良いことなんてない。今回やられてみると、みんなとるに足りないことだ。私はこれから、あの本箱にヒヨコを入れて育てるつもりだ」

夢を見ているようでもあり、どう表現するすべもない妙な気分が往来した。

明らかに私が知らない何かがあるのに違いなかった。

私は委員長の家を出るとすぐに、友に事の顛末を問い詰めた。

「率直に言ってもらいたい。委員長はどうしてああなったのか」

「はあ！　それぐらいにしておけと言われてもまだそんなことを。何にでもそういうことがあるんだよ」

「そういうこととは、それは何なんだ？」

「頼むから追求しないでくれ。俺だって今、気分が良いとでも思うのか。つらいんだよ」

「だからすっきりと、きっぱりと打ち明けたらいいじゃないか。私に秘密なんてあるのか」

「こいつも実に分からないやつだな。そんなに気になるなら、ちょっと考えてみろよ」

「考えて？　何を考えるんだ。前後の脈絡もなくそんな話をしたってどうやって分かるんだよ」

「分かった」

友が改めて慎重な語調に変わった。

「本当のところはね、泥棒はもう捕まえた」

「何？　泥棒を捕まえたって？」

「考えてみろよ。泥棒がどうやってあの家に金になる本があるって知って来たんだ？　それが可能だろうか？」

「それは作家の家だから」

「じゃあ〈百部図書〉のイスラエルの小説は、どうして置いて行ったんだろう？　本泥棒がそれだけぽんと置いて行ったのは何を意味するんだ？」

「……それは、その本はなくなったら大ごとだから……、待てよ、じゃあ、まさか」

「やっと気がついたのか？　実際、俺も今日市場でその本を見たんだ。非常に驚いた。その足で委員長のところに駆けつけたんだが、どうだい、喜ぶどころかため息ばかりついて、他の反応はなかった。俺も君のように泥棒を捕まえるって主張した。結局、仕方なく白状したんだ。他のところには言ってくれるなって」

私は頭を一発、ぶんなぐられたようだった。

「じゃあまさか、あの家の問題児の二番目か？　大学生になったというのに一人前になれないとは聞いたが」

「いっそ、そのほうがましだったよ」

「じゃあ、親戚のうちの誰かが？」

「泥棒はあの夫人だよ。委員長夫人のことだよ」

「何?!」

「夫が飯も食わず眠りもせず、半月もあんなありさまだから、死ぬんじゃないかと恐くなって自首したんだ。この世は全くむちゃくちゃだ。ええい、むなくそ悪い」

ほほう！　これは笑うべきか、泣くべきか。突然二人の口から正体不明の大笑いが飛び出した。涙がぽろっと流れ、口元が奇妙にゆがんだ。

●ト・ミョンハク 도명학——一九六五年朝鮮民主主義人民共和国両江道恵山市出生、二〇〇六年大韓民国入国

不倫の香気

불륜의 향기

イ・ジミョン

이지명

1

真夏、私はキム・ムンソン氏と共に、漢江《ハンガン》沿いのソウルの森展望台に上った。蒸し暑い風が吹く河を見下ろすと、新たな感慨があった。十年前、韓国に入国して初めて眺めた漢江の壮快さが再び蘇り、私の身体を包み込む。許されるならば、一度声を大にして長々と叫んでみたい。貧困を拭い去り、世界経済大国に浮上した韓国近代史の前例無き奇跡を、世の人々は漢江の奇跡と言う。

振り返ってみれば、長い韓民族の歴史において、これほどまでに国家浮上の代名詞として、小さな漢江が言及されたことはなかった。胸にこみ上げるものがあった。恐らく、それは私が脱北者の一人として、誇らしい現代の韓国人の列の中に含まれているという本能的な自負心のためかもしれない。この地の廃墟を復興させるにあたって、壁石ひとつ積んだことのない身ではあっても、漢江の壮快さは、こうして向かいあうたびに差別なく私を訪れるのだ。

一度深く息を吐いてから、私は隣に立っているキム・ムンソン氏のほうを向いた。今日の私の取材対象だ。もう韓国に入国してから三年目、今、彼の目には深い哀愁が漂っている。私とは正反対の姿だが、理解はできる。艱難辛苦の果てに韓国に入国した脱北者たちから、よく見出すことのできる表情だ。

青緑の流れは、暑さを忘れようと訪れた市民たちで賑わっていた。彼方に避暑客を乗せて軽快に走る遊覧船が、ボーッと長い汽笛を鳴らす。足元には、ひっくり返りそうな数十隻のアヒル型ボートが、波の動きにつれて揺らいでいた。小さなアヒル型ボートには、遠慮なく響かせる明るい笑い声が溢れていた。

恋人同士に見える若い二人のいたずらが、ややもすると度を越える。女が男を船べりから振り落とさんばかりに力一杯揺さぶる。男はそれが嫌ではないようで、ただ女の腰をつかみ、水面に背中をつけたり離したりしてはしゃいでいる。

「ああ、あんなことして河に落ちたらどうするんだ……」

ムンソン氏の焦りと心配が入り混じった声だ。私は、彼の肩に手をかけて言った。

「ははは、心配いりませんよ。恋人同士のじゃれ合いだから……」

「じゃれ合い？　そうとも知らず私は……」

ムンソン氏も、平べったい顔に微笑を浮かべる。

「どうです、良い眺めでしょう？」

「ああ、ええ。羨ましいです」

「どうしてですか？　ムンソンさんは、ああいう恋愛をしたことないんですか？」

私が尋ねた。それは取材を目的にした最初の質問でもあった。

「恋愛ですか？　私は……恋愛という言葉を軽々しく口にできる人間ではありません」

「？」

彼がふーっとため息をつく。沈鬱な表情には、形容しがたい自責の念と、容易には消すことのできない深い苦痛が浮かんでいた。ムードに流され、ただ気が向くままに質問をした私のほうが困るほどだった。北に残して来た妻と子供たちに対する自責の念のためだろうか？　そう思い至ると、私には彼の心中が十分に察せられた。キム・ムンソン氏と会うのは今日が二回目だった。最初に会ったとき、私はすでに脱北前の彼の北側での生活と、脱北することになった経緯を聞いていた。

キム・ムンソンは、朝鮮人民保安省政治大学卒業生だ。肩に星二つの階級章を付け、S市保安署監察課に任命状が出されたとき、彼は世の中がまるで自分のためにあるのかと思った。恋人だったヨンオクもこのうえなく喜び、彼を祝福してくれた。その後二人は日取りを決めて結婚し、丈夫な男の子まで授かった。彼の階級も大尉に昇級した。流れる水のように滞りなかった彼らの人生に変化が生じたのは、男の子が生まれてからだった。それはまるで梅雨の間に道筋を見失い、決壊してしまった水流のようなものだった。

不幸にも妻が、最初の子供を生んでから脱毛症にかかり、愛らしかった髪の毛の全てを失った。

続けて二人目の子供を妊娠した状態で、妻の発作はともすれば狂気のようだった。

一万トン級の運搬船、白頭山号に無線技術士として勤務していたペク・ヨンオクは、結婚前まで一世を風靡するほどのとびきりの美人であることを自負した女性だった。

「一切が跡形もなく消え去りました。一筋の髪の毛も見えないほどに禿げた頭を手でつかみかねて、それがまるで私の責任であるかのように、妻は仕事から帰宅する私を敵意に満ちた目で睨みつけたものです。胸が潰れました。赤ん坊が乳をねだって泣き、母親はそれを知らぬふりをして、夕飯の支度どころか片づけもされていない部屋は荒れ放題でした。最初は哀れに思い、家に帰り着くとすぐさま部屋を片づけ、食事の支度をし、食べないのを無理に食べさせてやり、結婚を誓ったときの気持ちに忠実であろうと努力しました。夜通し抱きかかえ、これから薬を使えば髪の毛もまた生えるだろうからそんなに落胆しなくてもいいと、子供のようにあやしてなだめましたが、妻のうつ病は次第に深刻になっていきました。歳月が過ぎれば少しは良くなるだろうと言い聞かせ、なんとか生活を維持してきましたが、雪上霜を加《くわ》うというように、国家食糧配給が本人にだけ実施されることになり、家族の分は自己責任で解決せよという指示が出されました。最初はそのうちすぐ再開されるだろうと思っていましたが、なんと六年が過ぎてもそのままそういう状態で、そのあり様でした。本当に生活しているというよりも、生きのびるための戦争をしているとでも言えばいいのか、二度と思い出したくもない苦役の日々でした。飢えの中で年越しを迎え、妻もまた、うつ病が少しずつ消え、本来の女性に戻るために努力をしましたが、現実はすでにはるか彼方に妻の生活から遠ざかっていました。職業が何であれ、市場に出て、どんな手段を使ってでも利潤を上げ、自己責任で食料を解決してこそ生きのびる世の中になったのに、家の中にばかり引きこもって、失われた容貌にばかり執着していた妻としては、本当にどこで何をすればよいのか、全く先が見えないのでした。そのうえカツラもなく、ハンカチでおおざっぱに頭を覆って外出するしかない妻でした。生きていても死んでいるのと同じだったのでしょう。子供たちはお腹を空かせて泣き、何か口に入れてやる物もない一文なしの悲痛さは、ただ死にたいという衝動ばかり呼び起こしました。六年前に妻と結婚して、この世の全てを手に入れたように歓喜と浪漫で笑っていた頃は、遠い、はるか昔の追憶になりました」

彼の話は、私の目の前に躍動する一幅の絵を描き出してくれた。当時の状況は、誰もが同じ境遇で肩を寄せ合って生きていた住民たちの姿を様々な面で変えてしまった。食べ物が不足した人間社会は、ただ人間だけに備わっているという良心とか、腹が満たされているときに定めた一切の規則と秩序を、容赦なく破壊してしまった。道徳性というものは、空腹の前にはともすれば無力な見せかけに過ぎず、路地には、群をなす物乞いと一食分の食料を求めて東奔西走する群衆で、人の波ができていた。まともに歩いていても突然倒れる人間もいた。一度倒れれば起き上がれなかった。一晩寝て起きると、道端の空地に新しい墓が数知れずできていた。息子が母の家を訪れるのを恐れ、父が娘の家を訪れるのをさし控えた。

自分の口ではない他人の口に、自分の口に入れる物を譲る寛容さは取り戻せなくなって久しかった。それが血縁だとしても、関係なかった。そういう状況でキム・ムンソン氏の妻は、生きている人間の助けにはならない、煩わしい存在に過ぎなかった。

結婚六年が過ぎたある日、艱難辛苦に耐えてきたキム・ムンソン氏の心に奇妙な変化が訪れたという。

彼としては、或いは想像もできないことだったのだろう。潜在していた本能が、ひたすら家庭に忠実で職務に忠実だった彼を、次第に、しかし完全に変えてしまったのだ。

2

それは彼が、ハン・ユジンという女性犯罪者の事件を扱ってからのことだった。犯罪といっても普通の犯罪ではなかった。

貴金属取引は、反逆罪に問われる重大犯罪だ。金何グラムどころか数十キロを、国境を越えて密輸出して摘発された女だった。摘発された物が数十キロであったただけで、調査が進めば、何百、何千キロになるか見当がつかないほどだった。年は妻と同じぐらいだったが、重犯罪をしでかすにはあまりにひ弱な女だった。

その女は、脊椎がやや曲がっていた。病的な青ざめた皮膚、細い脚、胸は大きなふくべ［訳注：かんぴょうの実。朝鮮半島では真ん中でくびれていない球状の実を半分に割って容器として使う］をひとつ伏せたように、みっともなくせり出していた。血管の浮き出た腕と手は、あまりにやせ細っていた。

顔のつくりだけは端正だった。正面から直視し続けるのも困難なほど強烈で、かつわけありげな目の色をした女性だった。このままでは重刑を宣告されるはずだった。これで判決が下れば、不自由な身体で十年余りの監獄生活が科せられることになるが、それに耐えられるとは思えなかった。ムンソンはそれが気にかかった。犯罪者の前では慈悲を知らぬはずの手が、なぜか震え始め、ありのままに調書を書き続けることができなかった。ともかくも、窮迫した世間に打ち勝つために犯した生計型犯罪に過ぎなかった。ここでどのように調書を作りあげるかによって、女の運命も変わる。二人の視線が合った。女の強烈な目の光が柔らかく変わり、彼を困ったように見つめていた。あまりに多くのいきさつを訴えるその目の光に、ムンソンは胸が疼いた。

次の日ムンソンはハン・ユジンを伴い、人里離れた場所にある彼女の家を訪れた。調書を完成させる前に、犯罪者の家の捜索は必須だった。護送隊員達を敢えて外に立たせたまま、ムンソンは女と共に家の中に入った。何日か住人を失っていたみすぼらしい部屋だったが、ハン・ユジンの外貌のようにどこも清潔だった。雑多な生活用品をきちんとまとめて戸棚に置いてあることや、磨き上げられた床を見た瞬間、ふとその部屋の真ん中に、どういうわけか、手拭いを被った妻が座っている錯覚を見て、ムンソンはびくっとした。

結婚して妻と明るく笑いながら暮らしていたあの頃が、今見ている部屋の中にそのまま再現された。彼は目をしばたたいた。たまらなく望んでいる生活だった。それなのに今再び手にする確率は、ほとんどない生活でもあった。

「捜索しましょうか？」

ムンソンの口から出た言葉は、すでに犯罪者に対する見くだした態度ではなかった。ハン・ユジンの目が正面からぶつかってきた。ムンソンはその視線を追った。壁付け棚の後ろの壁、その中に果たして何が隠されているのか？　緊張しているように見えたが、ハン・ユジンの眉間には微笑が浮かんでいた。その微笑には曇りがなかった。何かのゲームで勝った勝者のおごりでも、相手の心をつかんだ喜びに起因する微笑でもない。ムンソンはびくっとした。彼の心臓が突然躍り始めた。ドクンドクン……顔もかっかと熱くなった。

「入れ」

当惑したムンソンは、外に向かって大声を出した。隊員たちは、きちんと靴を脱いで部屋の床に立っているムンソン大尉を見て、むやみに突入できなかった。捜索は形式的に進行した。

署に戻ってハン・ユジンを留置場に送り、ムンソンは長い間部屋の中を歩き回った。乾いた風だけが吹き抜けるこの土地でもし法のままに生きるとすれば、生き残る人間はどれだけいるだろうか？　法律違反がそのまま生を延長する道だということは、三つの子供でも知り尽くしている現実だ。とすれば……思索は長かったが、結論は簡単だった。ムンソンにとって、ハン・ユジンはもう犯罪者ではなかった。できないことではない。突如、自信が込み上げてきた。調書をどうやって作り上げるかにかかっていたし、どういう見返りを誰に与えるかによって、流水が山を上ることもできるのが現実だった。

数日も経たず、ハン・ユジンは無罪で釈放され、ムンソンは政治大学で再講習を受けるために平壌《ピョンヤン》に上京することになった。密かに水面下で裏交渉がなされたあとなので、担当者はどこでもいいから適当に雲隠れする必要があった。

三ヶ月の間、ムンソンは家を離れて平壌で再講習を受けた。その期間は、彼を本来の自分から完全に変容させた時期でもあった。三ヶ月後、再び家に戻る頃のムンソンは、平壌に行く前のキム・ムンソンとはまた別の姿だった。

「何がそれほど変えたのですか？　金だったんですか？」

私は笑いながら尋ねた。ムンソンは肯いた。

「金よりは郷愁だったんでしょうね。講習で上京した平壌は、私が六年前保安省政治大学に通った頃とは根本的に違うところがありました。差し出す金がなければ完全に『半人前』扱いされる場所が、すなわち平壌でした。金でもドルか円、人民元でなければ金として扱ってもらえませんでした。内貨（原注：北朝鮮の貨幣）を持っていても話にも入れてもらえないほど、全てが変わっていました。まったく、随分とその女の世話になりました」

「必要なことは全て解決してくれたんでしょうか？」

「何も惜しみませんでした。最初は送ってくれる金がもったいなく、少しずつ、本当に機会を選んで使いましたが、使う回数が増えるにつれて大胆になりました。見る目も変わり、行動も変わりました。戻って来る頃には、かつて千金の重みがあった百ドルが、ただの小遣いに見えるんです。まったく人の変化というものは……」

「金は使ったことのある人間こそ稼ぎ方も知っているという言葉がありますね。どうなったんですか？　その女も待っていたでしょうに……」

ムンソンは答える代わりに空を見上げる。ヘリコプター一機が漢江の上を周回していた。鳴り響くエンジンの音が、このうえなく親しげに感じられた。

「避暑客が多いから、或いは事故が起きるのではないかと状況確認に来たヘリコプターでしょう」

私はヘリコプターを眺めながらもっともらしく言った。

「分かっています。まったく人間社会の香しい姿ですよね？　状況確認してくれる者がいるということだけでも、私は心が温まります」

「北では感じることのできない現実ですよね」

「先生は、お幸せですね」

「どうしてですか？　唐突にまたなぜ……」

「このすばらしい現実を思いのままに書くことができるのですから。北にいらっしゃったときも作家生活をなさっていたそうですね」

「そうでした。恥ずかしいことですが……人民を洗脳し、今日のような北朝鮮の現実を作る一助になった悪い人間でした」

「ここに来なければ、そんな自責の念も感じなかったでしょう。私もまた同じ気持ちです」

ムンソン氏の言葉は強く震えていた。ある予感に私はびくっとして、彼の考えにふける顔をしばらく覗き込んだ。ムンソン氏が目を閉じる。ともすれば流れ出ようとする涙を隠そうと、わざとそうしているのだろう。それは打ち消すことのできない自責の念に身もだえする、彼の心の表現のようだった。やはり、閉じた目じりから湿ったものがついに流れ落ちた。

「今から私が言うことは聞かなかったことにしてください。作家でいらっしゃるから理解してくださると信じます。ただの小説の話だったらどんなにいいでしょう?」

「何をおっしゃりたいのか分かります。聞かなかったことにします。ただ心に刻んでおきますよ。どんな話であってもです」

講習から帰ってみると、妻はカツラを被り、たっぷりの夕食を準備していた。カツラは見栄え良く作られていて、自分の髪のようだった。その瞬間ムンソンの頭に、閃光のようにハン・ユジンの顔が浮かび上がった。彼女はムンソンが平壌に向かう際にした約束を守り、彼の代わりに今まで彼の家族の面倒を見てくれていたのだった。だが妻の目には、すさまじい冷気が渦巻いていた。すでにこれまでの歳月を失った妻としては、目前に押し寄せた現実に耐える余力はなかった。ムンソンは、妻の冷たさを到底直視することができなかった。はっきり言えば、そういう妻の表情がぞっとするほど嫌だった。このときのムンソンは、これ以上義務や役割に縛られて生きる人間ではなかった。

「あの女とはどういう関係なんですか? いったい? まさかあなたがそんな関係を? ううっ」

妻は大声で泣いた。いや、泣き叫んだと言うほうが正確だろう。食膳にへばりつくようにして食べようとしていた二人の子供たちまでが、匙を持ったまま、きょときょとと父親と母親を眺めるだけだ。

「汚い、吐き気がする。好きになれる女がいくらいないからって、あんな病気持ちと付き合うんですか。私、この私よりましな女とそういうことになるんだったら、ここまで自尊心が傷つかなかった。さあ、あの女がくれたものなんだから、お腹一杯食べなさいよ。あぁ、なんてひどい人生なんだろう……」

ムンソンはあざ笑った。お前のどこがそんなに優れているんだ？　お前の自尊心とは一体何だったのか。

そのときほど、妻が憎らしく見えたことはなかった。娘時代、あれほどつつましやかで、利己心のなかったペク・ヨンオクの姿はすでに微塵も見出すことはできない、見知らぬ女性が今、彼に向かって取り乱して暴言を浴びせかけている。五万の情がいっきに落ち葉のように散り落ちた瞬間だった。そのまま家を出たムンソンは、暗い夜道を当てもなく歩いた。施した恩恵のお返しにほっぺたを殴られるとは、ちょうどこういうときを言うのだろう。ハン・ユジンが哀れだった。申し訳なかった。いつの間にかムンソンの歩みは、彼女の家に向かっていた。立ち止まった所は、見覚えのある家の門の前だった。突如として、負けるものか、という気持ちになった。或いはそれは見せつけてやりたい心の衝動であり、我知らずいきなり湧きあがった恐れを知らない勇気だった。そのときまでは、ハン・ユジンと生活を共にする考えは露ほどもなかった。彼女がくれる金でこの世に光を見出したのではあっても、それを恋愛につなげる勇気はとても出せなかった。だがこの瞬間、忘れていた恋愛の光が柔らかい春の光のように、躊躇なく胸に差し込んだ。

門の中に入って行く足取りはしっかりしていた。ノックもせず、まるで我が家のように戸を開け放った。静かに座って本を読んでいたハン・ユジンの目が、きらりと光る。

「元気でしたか？」

「あら、どうして連絡もなく、どうぞお入りください」

嬉しさに満ちた大きな声だったが、夢の中のようにはるかに聞こえた。例えば、若い頃遊び回って夜明けに帰ると、文句よりも先に食事をまず出して優しくなだめてくれた母親の姿を彷彿とさせる。ぐっと込み上げてくる熱いものが、ぽろりと目じりから流れる。

「食事はなさいましたか？」

「いや」

左右に首を振るムンソンの姿は、明らかに母親の前の頑是ない末っ子だった。

その日の夜、ムンソンはハン・ユジンと共に眠った。彼女の懐は温かかった。不格好な体だったが、ムンソンには温かく、限りなく柔らかい母親の懐のようだった。

この世の心配事をすっかり忘れ、久しぶりにぐっすりと眠った。夢では彼女と共に、爽やかで豊かな花畑を思いのままに歩いた。

3

「実が青いうちに手が出てしまいましたね。理解できます。罪の意識は実を摘んだあとでは生じ難いものでしょう、そうなったらもう一歩踏み出して発展させるしかなかったでしょう、すぐ離婚に取りかかられましたか？」

「ええ。躊躇もありませんでした。まるで無条件にやりとげねばならない職務遂行のようなものです」

「ほう、それはすごい決断をしましたね。私が聞いたところでは、肩に星を付けた［訳注：階級章を付けていること］人間が離婚をすれば、官吏の職を捨てねばならないそうですが……」

「そのとおりです。だがその星が私に何かもたらしてくれたでしょうか？　ずっとそのまま暮らすことはできなかったんですよ。軍服を着た者は、配給がなくてもどこかで商売もできないあり様で、子供たちも成長したし、そんなものに未練はありませんでした。このあと私は人脈と金を利用して、たったの三ヶ月で離婚を成立させました」

「それと同時に軍服も脱がれたんですね」

「ええ、心残りはありませんでした」

「それからその女と結婚したんでしょうか？　彼女が、ハン・ユジンというその女が、すぐにムンソン氏を受け入れてくれたのでしょうか？」

思わず飛び出した質問だ。或いはその質問の中には、若干の揶揄と皮肉のようなものが交ざっていたようだ。それは私の失敗だった。一般的に経験のない人間たちは、こういう不倫の結末に、潜在する道徳と倫理という物差しをまず当ててみるものだ。

ムンソンはやや顔を赤らめながら、黄ばんだ紙一枚を懐から出して丁寧に広げた。

「それ、北で生産された紙じゃないですか？」

私がすぐ分かると、「そのとおりです」と言いながらムンソンは紙を私に差し出した。色褪せた紙に鉛筆で書いた文字が薄く見えた。地方工場で廃紙を集めて再生産した紙だ。鉛筆で文字を書くと、ぶつっと破れるインチキ紙だったが、それすら不足して、小学校に入学した子供たちは小さな箱に入れた砂の上に文字を書く練習をしていたあの頃が、鮮明に思い浮かんだ。私は紙の上の文字を慌てて読んだ。

二〇一二年×月×日
あの人は実に困難な決心をした。こういうとき私はどうすれば良いのか、私の中に果たして恋愛を受け入れる場所があるのだろうか。三十五年間、異性を知らずに生きてきた。また私を異性として見る男もいなかった。恋愛に対する渇望は私にもあったが、私は早いうちにそれを抑えつけ、金を選んだ。それがこの社会に背を向ける行為だということを知らないわけではなかった。だがそうしたかった。恐らく私には運命的にその道が似合っていたのかもしれない。いや、その道を選ばなければ、私は今この世に生きていることもなかっただろう。最初は、ただ自分一人のために必死で金を稼いだ。稼ぎに稼いだ。そうやって稼いだ金が、あるときは私を死から救い、周囲の多くの人々を救うことを可能にした。
今私が稼いだ金が、私に恋愛までもたらしてくれる。金が運んで来た恋愛を、果たして恋愛と呼べるだろうか？　ある夜泣きながら家に来た男、一杯の酒で、俺はこれからどうしたらいいんだと言って私の胸に抱かれて泣き始めた。彼は普通の人間でもなく、階級章を付けた保安員だ。いや、私の胸に顔をうずめて泣き始めたその瞬間だけは、保安員ではない、一人の平凡な男だった。胸が詰まった。
私は自分でも知らないうちに、男の背中を撫でた。私を死から救ってくれた男、今この男が、私に忘れていた恋愛まで取り戻させようとする瞬間だ。ありがたい。死ぬほど……恐らく私は、この男のために、私に残された一生を捧げ尽くすしかないだろう。

二〇一二年×月×日
空が澄み渡っている。彼が離婚して私に結婚しようと言った。正しいことなのか間違ったことなのか、私としては判断することができなかった。彼も私も、思慮分別のある大人だ。受け入れるとなれば、当分の間つらい時間を耐え忍ばねばならないだろう。いや、破滅がもたらされるかもしれない。私を法の網から逃がしてくれた彼が、私と共に生活し始めるその瞬間を、法の網は決して見逃さないだろう。絶対に逃れることはできないということを、彼は分かっているのだろうか？　分かっていながらこうするのだとすれば？　いや、分かっていないほうが良い。分かっていれば私に恋愛を求めたりしないだろうから……。

ああ、私が恋愛をすることになるとは……夢のようだ。半生を過ぎて渇望していた、いや金と引き換えにしてしまった恋愛が、こんなふうに音もなく突然訪れるとは……私には今、何も見えない。ただあの人だけが見える。切ない気持ち、果てしなく続くはるかな桃源郷の真ん中に、今私は座っている。死を前にしても愛することができれば、一瞬の恋愛のために喜んで命を捨てても良いという言葉が、今私を捉え、もがいても離してくれない。

私の一生で最も幸福な瞬間があるとすれば、ちょうどこの瞬間だ。私はこの瞬間を永遠に記憶しよう。

私は紙を元のようにきちんと畳んだ。適当に畳むことはできなかった。畳んだ瞬間、名状しがたい感動がそっと訪れた。ただぼんやりして、何も考えられなかった。

「何と言って良いのか……ムンソン氏は、実に幸福な人ですね……」

思わず飛び出した言葉だった。ということは、最初哀愁に沈んでいたムンソン氏の表情が、残された家族ではなくこの女のためだったのかという考えがふと浮かんだ。今も彼の姿は沈痛だ。今しがた私が言った言葉も、彼の耳には入らなかったようだ。

「脱北する際に、偶然ハン・ユジンが書いた日記を見ました。置いたままにして行くことができず、その部分だけ破り取って河を越えました。恋愛の証票のように……力が湧きました。それは私も予想すらできなかった力だったんです」

「なぜ一緒に来なかったんですか？　そんなふうにあとに残して前に進めたんですか？」

何気なく、私が投げつけた言葉だった。私としてもとても残念だったのだ。

「頼みました。疲れたら私が背におぶってでも行くから、心配しないで一緒に出発しようと言ったんです。そのあとのことを何か約束してやれる道のりではなかったからです。実に、離れるのが嫌でした」

「？」

「国境までついて来たユジンは、一緒に河を渡ろうという私の言葉に笑いながら言いました。早く行ってくれと……私はここでうまくやっていけるから心配しないでと、静かに私の背中を押しました。涙が溢れ出しました。一緒に暮らし始めてようやく二ヶ月、本当に心残りでした。」

「今は……連絡はつくんですか？」

突然キム・ムンソンの両頰にとどめようもなく涙が落ちた。まるで糸の切れた玉のように……。

「連絡は……つきますよ。ああ……でも先生、私はどうしたらいいでしょう？　ええ？」

ムンソンは立っていた場所に、突然しゃがみ込んだ。そしておんおんと声を出して泣き始めた。私もまた当惑した。なぜだろう？　その女が捕まって拘束されたのか？　十分ありうることだ。最初はムンソンの助けで危機を免れることができたが、不倫で得た夫の脱北には、決して無事ではいられない女性だった。彼女には明らかに、夫を故意に脱北させた嫌疑をかけられる余地が十分にあった。

障害のある彼女にとって、懲役はすなわち死を意味する。だからこそキム・ムンソンの嗚咽にいっそう胸が痛む。何か慰める言葉も思い浮かばなかった。少しの間焦っていた私は、すぐ気を取り直した。こういうときは思い切り泣けるよう、そっとしておくほうがいいのだ。胸に溜まったあまりに多くのいきさつと苦しみを、涙で洗い流すことができるならどれほどいいだろう。

我々が立っている周りを通り過ぎる人々がいぶかしげな表情を浮かべた。色とりどりの華やかな服で彩られた船の中から発せられる遊覧客の歓声が、展望台まで響いて来た。キム・ムンソンの泣き声は、もう聞こえなかった。彼も歓声を聞いたのだろう……いや歓声の中に彼のか細い泣き声が、跡形もなく消えてしまったのだろう。

キム・ムンソンが顔を上げる。ハンカチで目頭を押さえる彼の姿が、なぜか立派に見えた。私は彼の肩に手をかけた。年齢でいえば私よりは二十歳も若い人間だ。つらいだろうが意気盛んなその年齢で、そのぐらいの心の傷に打ち勝てない理由はない。だが、次の瞬間私に向かって投げられたキム・ムンソンの言葉に、私はもう口をぽかんと開けて、閉じる気にもなれなかった。私の予想とは全く違う話が、彼の口から飛び出した。低い声だったが、私には遊覧船から響いた歓声よりも、その倍も大きな声に聞こえた。

「もう数日すれば、私の元の妻と二人の子供が韓国に入国します。ああ……先生、あの女はついに……ハン・ユジンはついに」

がんと耳の中に何か突き刺さった。

「いや、いったい……それはどういうことですか？妻ではなく、前妻が来ると言うんですか？」

「ええ」

ムンソンは涙を耐えた。声をもらさない泣き方は、声が聞こえるときよりもずっとつらそうに聞こえた。

「あの女が思い切って私に付いて河に踏み出さなかった理由が、実はそれだったんです。今になって分かりました。韓国に入国後、私がブローカーを通じてまず最初に調べたのが、置いて来た私の子供たちでした。やむをえず元の妻と通話したんですが、そのたびに元の妻はむせび泣きながら、あなたがそんなふうに行ってしまっても、忘れずに毎月お金を送ってくれて本当にありがたいと言ったんです。実のところは、私は何も送ったものがなかったはずなのに、です」

「じゃあ、その金は誰が？」

私は分かっていながらもそう尋ねるしかなかった。

強い感動が、喉元まで込み上げていた。

「ハン・ユジンは、私がいないあの土地で、私の代わりに私の子供たちの面倒を見てくれました。今度はまた、元の妻と子供たちの脱北費用まで全部負担して、河を越えさせたんです」

「そうだったんですか。そうとも知らず私は……」

「先生は作家だからよくご存じでしょうから教えてください。こういうとき私はどうすべきなんですか？」

私もそれをどう表現すれば良いのか、よく分からなかった。私の予想までくつがえした女性だ。いや私もまだ、自分以外の人間に対する本当の愛情が不足しているせいだ。それでも私は、ひとことだけは言える。

――ハン・ユジン、あなたがそれほど特別に見えるのは、ある日あなたの胸に温かく舞い降りた恋愛というものに、あなたが全てを捧げ尽くしたからだ、と。

何かが胸を打った。もしもハン・ユジンがあのとき、キム・ムンソンと共に河を渡ってこちら側に定着していたとすれば、どうなっただろうか？　今のように、不倫で始まった二人の恋愛が、これほど聞く者を感動で震わせることはできなかったろう。

人間とは、美しさの前では誰でもみんな崇高になる。それが仮に道を踏み外した行為に起因するものだとしても、人間のための真実と献身に根ざしているとすれば、それを美しさと言えない理由はない。

二人がしでかした不倫の結末が、これほどに香気を漂わせるのもまた、そういう理由に起因するのではないだろうか。ふと想像してみた。今ハン・ユジンはそこまで真実を捧げた人々をみんな送り出して、どうやって生きているのだろう？　或いはガランとした部屋で、こんな文章を書いているかもしれない。

――もうみんな旅立ってしまった。再び戻らぬ所に……でも私はなぜ淋しくないのだろうか？　私は私がしたことを後悔しない。死んでも……理由は何だと聞かれれば、私はためらわず答えるだろう。私の胸には、まだあの人の香気が残されている、その香気があるから私はとても幸せだ、と。

目が濡れてくる。私はキム・ムンソンの揺れる肩をしっかり抱きかかえた。

ひと固まりになった二人の頭の上に、ぼおっという出発を告げる遊覧船の汽笛の音が、長く鳴り響いた。

●イ・ジミョン 이지명――一九五四年朝鮮民主主義人民共和国咸鏡北道清津市出生、二〇〇五年大韓民国入国

つぼみ

꽃망울

ユン・ヤンギル 윤양길

チョリが住んでいた場所を離れて国境都市に来たのは、この場所の暮らしむきが良いという噂を聞いてのことだった。それに住んでいた場所では、コソ泥だ、スリだと知れ渡って、これ以上居続けるのは難しかった。

だがこっちはこっちで見知らぬコチェビ［訳注：北朝鮮で浮浪児（者）を指す言葉］だと警戒し、近づくとハエでも振り払うように追い払った。一番の心配は、寝場所がないことだ。先にゴミ捨て場を占拠していたコチェビたちは、彼を新しい仲間として受け入れようとはしなかった。

仕方なく、東の方角に都市とつながっている、それほど遠くない野山に寝場所を定めた。野山は、俗に「共同墓地の山」と呼ばれるが、冬にも凍らないオンダル池［訳注：気温の低い北朝鮮では冬凍らない池は珍しい］があって、チョリにはまたとない安息の地だった。墓地の盛り土は風を防ぐ壁になり、床は青くて新鮮な芝生だ。屋根は孤独な者、悲しい者、幸せな者を差別なく抱いてくれる空だ。

昨晩、チョリは月と星を友に、食べる物もなく酒を飲んだ。月夜に向かって酒瓶を捧げ持ってカチーンと弾き鳴らしては、温かい布団の中で甘い眠りについている親のある子供たちを羨望し、星に向かってカチーンと弾き鳴らしては、自分を一人残してどこかに行ってしまった母を恨みながら、手足を投げ出して寝入ってしまった。時間がどれほど過ぎたのか、目を覚ましたときには太陽が高く上がっていた。まぶたに刺し入って来る日差しが煩わしく、ぼろぼろの上着で顔を覆うと、今度は酒の酔いが残った頭が疼いた。頭に被ったぼろ着を跳ね除けて上体を起こしたが、眠気がひたすらまぶたを重く引き下げ、目を開けられなかった。チョリは目やにをつまみとりながら、オンダル池があるところに行ってごろりと腹ばいになり、がつがつと水を飲み始めた。一息ついて、また飲んだ。そうやって何度か飲んだあと、馬がたてがみを振るように頭を何度も振った。頭がどのくらい痛いか試してみたのだ。ようやく起きて体をよじりながら、精一杯伸びをした。それからふらふらする足取りで山を下り始めた。

街が近づいてくるとチョリは目に力をこめて、ひとりつぶやいた。「覚えてろよ、ぶたれた痛みがどれほど高くつくか、見せてやる」。ぶたれた痛みというのは、昨日、中古品売場の女にぶたれたことを言っているのだ。

昨日、盗みをする機会をうかがって、市場の中から外側の売り台に、外側の売り台から市場の中へとせわしなく動き回ったが、機会をつかめずにいらいらしているうちに、いつの間にか西の山に太陽が下りてきた。一日中得るものもなく、「もうだめだな」と思ってふところを探ってみると、硬貨六枚が手に触った。ため息が出た。だが絶望とまではいかなかった。

「またツケにしといてもらうしかないな」

チョリは今日の最後のコースとして、市場の裏にある中古品の売り台に歩みを向けた。こういうとき、ツケにしてもらえる行きつけの店があった。残酷な飢えと蔑みは、幼い少年に生きる要領を身につけさせた。チョリは盗んだ物を、親切そうな食べ物売りの女たちに捨て値で譲ることもあって、その代り必要なときにはツケで食べ物を得ることができた。

中古の売り台の周辺は、もう閑散としていた。多くの売り台は引き揚げ、次の日の食べる物を稼げなかった売り台は、あと少しでも売ろうとして残っていた。

売り台の中に、一人の老婆が太陽が山の向こうに沈もうとするのも気づかないほど居眠りをしているのが見えた。目標物が見つかったのだ。チョリは鼠を狙う猫のように、そっと近づいた。いざ売り台から値の張る品物をかすめ取ろうとした瞬間、しまった！　老婆が夢で見た子供のお化けを現実に見たかのように「何だい！」とおじけづいて叫んだ。予期せぬ奇声にびくっとしたが、こんな状況でどう行動すればよいのか身についているチョリは、余裕をもってにっこり笑った。

「おばあさん、そんなに居眠りしてたら、ちょっとの間に何にもない売り台しか残らないよ」

いかにも心配しているように言った。

「だけどこうやっておれが見ても下側の町［訳注：北朝鮮で韓国を指す隠語］の品物があるみたいだから、気をつけないといけませんよ。ついさっきあっちの売り台で下側の町の品物を売ってるのがばれて、丸ごと持ってかれちゃいましたよ」

だが老婆はチョリが思うほど間が抜けてはいなかった。老婆は「おお、そうかい。それで、その商品の持ち主はどうしたんだい？」と言いながら近づいて来ると、ぐいっと首根っこをつかんだ。

「こいつ、お前が知ったかぶりして下側の町だ上側の町だと減らず口叩くのか？　お前、わしが居眠りしてると思って何か盗ろうとしたろう」

老婆の手でほうきがびしびしと音をたてながら、チョリの尻や背中に打ちおろされた。

今思えば濡れ衣の鞭としか言いようがない。もちろん「下側の町」だとかいうのは言わなかったほうが良かったが、まだ売り台の前で立っているだけの状態だったじゃないか。だから泥棒だという根拠は全くなかったのだ。

「ばばあ、仕返ししてやる。すっきりする仕返しを考え出さないとな。どうしたら汚名を被せてやれるかな……そうだ、最高に怒らせるように一番高い物を何個かくすねてやれ……」

だが湧き上がる復讐の念は、ふと漂ってきた食べ物の匂いに打ち勝つことはできずに中断された。チョリは顔をしかめた。市場に出入りする際には、やむをえずこの食べ物の売り台区間を通らねばならないのだが、通路の左右に立ち並ぶ食べ物売りたちの出迎えを受けるのが一番苦痛だった。さあ早く、この呪われた食べ物の売り台区間が終わればいいのに、向こうのほうのうどん売りが集まるところから、言い争う声が聞こえた。

四十代半ばのうどん売りの女が、金を持っていそうな服装の若い女に汚い言葉を浴びせていた。隣には擦り切れた服を着た小さな女の子が、おびえた表情で立っていた。

「あんたの目にはあの子が、食べ残しがあればくれるだろうなって待ってるのが見えないのかい？　半分も残ったうどんを、子供が見てる前で捨てるのかい？　この心臓に毛の生えたアマが！」

「あの子が私にくれって言ったわけでもないのにどうして文句つけるんです？」

若い女も負けじと言い返す。

「じゃあ、お前が食べてるのをじぃっと見ているとき、お前のツラが良くて見てるとでも言うのかい？」

「何？　ツラですって？」

「ツラじゃなきゃ画用紙［訳注：厚い化粧を揶揄している］とでも言っておこうか？　確かにお前の厚かましい画用紙を見ると贅沢してるようだけど、人が生きてるうちには下り坂もあるもんだよ」

「はいはい、贅沢してますよ。そんな心配しないでうどんちゃんと出しなさいって」

この争いの張本人らしき女の子はうなだれて、怯えきって、ぶるぶる震えていた。

ちらっと女の子を伺い見たチョリは、目を見開いた。何だい、あれはポミじゃないか?!

間違いない、ポミだ。チョリの家の裏手に住んでいたポミじゃないか。どこかで死んだろうと思っていた子を、ここで見るなんて。

「ポミ！」

自分の名を呼ぶ声に、女の子は驚いた目を上げた。

「チョ……チョリにいちゃん……」

「ポミ、お前、ほんとにそうなんだな」

チョリはポミの手をぐっとつかんで、とにかく言い争いの中から抜け出した。

「ちょっと、その子連れてどこ行くんだい？」

うどん売りの女が叫んだ。始まったばかりの言い争いなのに証人が行ってしまったら困るようだった。そんなことにおかまいなく、二人の子供は、人ごみをかき分け、押しのけられながらとにかく市場を抜け出そうとしていた。


ポミは可愛い顔立ちに歌が上手く、踊りも上手で村ではよく神童と褒められた。

ところがいつからか、ポミに不幸がちらつき始めた。高校の教師をしていたポミの母が腸結核の診断を受けたが、医師に渡す礼金を用意できず、ぐずぐずと患いながらも学校には通勤し、そのうち完全に寝込んでしまった。

仕方なく、軍隊を除隊になって遅まきながら大学に通っていたポミの父が、大学を中退してリヤカー引きになった大学の同期の紹介で、ひと月当りいくらかの使用料を払い、リヤカーを借りて仕事をしたが、そのうちリヤカーが盗まれた。そんなことで父は毎日ヤケ酒を飲んでいたが結局肝臓を病んで、薬のひとつも飲めずに死亡した。

父を埋葬して二十日目に母がポミを抱きしめながら、

「ポミ、このつらい世の中、幼いお前が一人でどうやって生きてゆくんだろうね……」

と言って涙を流し、その日の夜死亡してしまった。

ポミが父の墓の土が乾く間もなくその横に母を埋めた日、村の人たちは悲しげに泣くポミを見て、世の中にこんなひどいこともあるんだと嘆いた。

だが村の人々の同情もひとときだった。飢え死にする者、病んで死ぬ者が毎日あり、自分の子も飢え死にさせるありさまなのに、ポミを育ててくれる者はいなかった。それでもすぐ裏手の家のチョリの母が、幼いポミを到底知らぬふりはできず、粥でも食べさせながら面倒を見た。初等学園〔訳注：身寄りのない児童を保護する施設〕に問い合わせてみたが、そこも食べ物がなく日ごとに増える孤児を全て受け入れることはできずにいた。チョリは腹一杯食べることはできなくとも、母親がいることがとても嬉しかった。父もいれば良かったのに、父は道路工事に動員されて事故で死亡した。

ある日チョリの母は、食べ物を手に入れて来ると言ってどこかに行った。だがどうしたわけか、もう帰って来なかった。ポミもいつの間にかいなくなり、どこかで死んだという噂だけが聞こえた。帰って来るかも分からない母親を待って飢え死にしそうになったチョリは市場で物乞いを始め、そのうちこの国境まで流れて来たのだが、意外にも死んだと思ったポミに、ここで会うことになったのだ。

市場を抜け出したチョリとポミを立ち止まらせたのは、市場の入口に陣取ったねじり揚げ菓子売りのおばさんだ。

「子供たち、そんなに急いでどこに行くんだい？」

「あ、伯母さん、お元気でしたか？」

チョリは嬉しそうな顔をした。ほとんどのコチェビたちは、歳をとった女性を「伯母さん」と呼んだ。女性は何日か前、チョリがくすねた高級靴を半値でもらって利得を得た人だった。

「最近見かけないから、わしを忘れたのかと思ったよ」

ねじり揚げ菓子売りの伯母さんはとぼけたことを言った。

「伯母さん、ご冗談を。伯母さんがおれを捨てることはあっても、おれがおれの命同様の伯母さんを捨てることはありませんよ」

チョリも同じくとぼけたことを言う。

「伯母さん、おれにツケでねじり揚げ菓子、三つだけ下さいよ」

「さあどうぞ。でもなんで三つだけなんだい。三十個くれって言いなよ」

「へえ、伯母さん、会わない間にすごく気前がよくなりましたね」

「気前が良くなったわけじゃなくて、憎らしい貨幣交換［訳注：二〇〇九年に実施された通貨切り下げのこと］のせいで、食べ物が売れないからなんだよ」

「そうですか」

チョリはねじり揚げ菓子を受け取ると、納得がいったというように頷き、まだ言い争いの余韻を抱えているようにうつむいているポミに、ねじり揚げ菓子を差し出して「食べな」と優しく言った。

「その子は誰だい？」

ねじり揚げ菓子の女は少女を顎で指して尋ねる。

「おれの妹ですよ」

「そうなのかい？　妹がいたんだね。でも初めて見るね、これまでお前は一人だと思っていたのに」

「ええ、一緒に歩いてるうちにはぐれてしまったんだけど、ついさっき会ったんです」

「おや、よかったねえ。もう妹とはぐれないように歩きなさいね、どっかで死んでなくてよかったよ」

女は、ポミにばかりねじり揚げ菓子をやって自分は食べずに見守るだけのチョリを、賞賛の目で眺めていた。

「ほら、お前もひとつ食べな」

「嫌です」

「さあ、食べな。これは勘定に入れないから」

ようやくチョリは、ねじり揚げ菓子をつかんだ。でも食べずに後ろを振り返り、夢中で食べているポミを眺める。

「ずっと来るって言い続けてる強盛大国はどこまで来たんだか、コチェビばかり増えて……ふうっ！」

女はあきれたようにため息をつくと「こんなふうに世の中がずっと反対のほうにばっかり向かって行ったら、国が滅んでしまう。ちっちっちっ」と舌打ちをした。

隣にうずくまって腸詰をつまみに酒を飲んでいた若い男が、このおばさんは怖い物知らずだ、というように見つめた。

「おばさん、口に気をつけてくださいよ」

「なんでだい、言っちゃいけないことなのかい？」

「じゃあ、言って良いことを言ったんですか？」

「でなけりゃあ、まともな方向に向かっていてこんなありさまだって言うのかい？」

女はあたかもその男が世の中を率いているかのように、怒りをぶちまけた。若い男は、怖い物知らずに危険な言葉をぽんぽん投げつける女をあきれた様子で見つめながら、腸詰をよく噛みもしないでごくんと飲み込むと威嚇するように、「このおばさん、反動じゃないのか？」と睨みつけた。

女は当惑した。女たちのおしゃべりのせいで、夫まで党に呼びつけられ、事の軽重によっては解任解雇されることもあると知っていたからだった。

「ああもうけっこうだよ。本物の反動でも捕まえるみたいに……さあ、このねじり揚げ菓子でも食べてくださいよ」

女は卑屈に笑いながら、ねじり揚げ菓子二つを若い男に差し出した。それでも若い男は「おばさん、こんなケチのくせに、怖い物知らずに危ない話をまき散らすのかい」と言って、ねじり揚げ菓子を押しやった。ねじり揚げ菓子が少ないということか……。男にねじり揚げ菓子をもうひとつ渡すことを思うと、泣けてくるほどもったいなかった。だが危険千万な状況を収拾するためには、仕方なかった。ねじり揚げ菓子をもっとやろうかためらっていたそのとき、横で誰かが「あっちからテットゥが来るぞ」と悲鳴を上げた。「テットゥ」

とは市党や保安署が、住民統制のために労働者の中から選抜して組織した「労働者糾察隊」を蔑んで呼ぶ別名だった。売り手たちが食べ物の箱を抱えてあちこちの脇道に走り逃れて行く。ねじり揚げ菓子の女も、手にしていたねじり揚げ菓子二つを、若い男の膝に投げ置いて脇道に消えて行った。

チョリは二日がかりで、墓の中からお化けが出てきそうで怖いと言うポミを落ち着かせた。幸い気持ちが落ち着くと、ポミは何か尋ねたり笑うこともあった。

チョリは、以前は何とも思わなかったが、今は自分をにいちゃんと呼ぶポミが唯一の家族だと思った。血縁関係はまったくない他人だが、気楽に過ごせる唯一の家族だった。確かに共同墓地の中を寝場所とする身の上だが、一人ではないことが嬉しかった。

「にいちゃん、あたしたち、ずっとこんなふうに暮さないといけないの？」

「何だい、今は仕方ないさ」

「このまま冬が来たらどうするの？」

「まったくだ。冬にはうちの村はここより暖かいのに……もう家も他の人のものになってるだろう」

チョリは、ふうっ！とため息をついた。

そのとおりだった。コチェビたちには、冬が最大の心配事だった。それも国境地域は北方で並大抵の寒さではなかった。チョリはずっと夏だという熱帯地方はどんなに良いだろうと思った。

「でもにいちゃん、ここはどうしてあたしたちが住んでいたところよりも寒いのかな？」

「それはここがもっと北のほうだからだよ」

「北のほうだと寒いの？」

「それ知らなかったのか？　おまえは学校に通えなかったから知らないよなあ。天気っていうのはね、南に行くほど暖かくて、北に行くほど寒いんだ」

「どうして？」

「うん、そ、それはな、北のほうは太陽から遠く離れているし、南のほうに行くと太陽と近いから」

「じゃあ、南のほうにずっとずっと行けば、太陽まで行けるんだね」

「太陽まで？　それはまあ、そうだろう」

チョリは知ったかぶりをする。その実、チョリ自身も学校に通った日数より、家にいた日のほうが多かったのだ。適当に聞きかじったウサギのシッポぐらいの常識だとでもいうか、その程度の水準に過ぎないのだ。

「にいちゃん、じゃあ、南朝鮮はほんとうに暑いだろうにね」

「そうだろう、でもあっちは統一されてないから行けないんだ。あっちはいい生活してるんだって。市場で南朝鮮の品物売ってるの見てると、みんな良い物じゃないか」

「にいちゃん、あっちはアメリカのやつらがいばってる悪い世の中だよ。あたし幼稚園に通ってた頃、アメリカのやつら叩く競技、いつも一等だったもん」

チョリはポミの言うことが合っているようでもあるし、自分の言うことが合っているようでもあった。

南朝鮮と言うところが本当に「アメリカのやつら」がいばっていてとても暮らせないような場所なのか、でなければおもしろい映画や、かっこいい品物が一杯ある世の中なのか、先生たちは南朝鮮を悪く言うが、市場で聞く話ではそうではなかった。

「南朝鮮ってね、食べ物もたくさんあるし、向こう側にある中国よりもいいんだって」

「中国より？　ふん、うそつき」

「ほんとだって。お前、クワンヒョクって知ってるか？　ここのあたりをうろついてた、お前ぐらいのコチェビだよ。そうか、お前はここに来たばかりで知らないだろうな。そういう子がいたんだ。でもそのちっちゃいやつがどういうわけか南朝鮮に行ったんだ。市場で大人たちが話すのを聞いたんだけど、そいつが南朝鮮に行って、太って学校にも通って良い生活してるんだって、それに南朝鮮ではコットリ［訳注：コチェビは蔑みが強い言葉だが、コットリは可愛らしい感じがある言葉］って呼ばれるんだって」

「ほんと？」

「ほんとだって。だから最近、保安員（原注：警察）とかテットゥたちがコチェビを鴨緑江の近くに寄せつけないようにしているんだって。誰かがまた逃げると思ってるんだろう」

ポミは目をぱちぱちさせている。どうやら状況の把握ができないようだ。

昨年の冬、この市場で物乞いをしていていなくなったクヮンヒョクという幼いコチェビが、南朝鮮の人たちの支援で、南朝鮮に行ってテレビにまで出たんだという噂が、もう数ヶ月前から広まっていた。それが事実だからなのか、保安員と労働者糾察隊がコチェビたちを一気に捕まえ、駅前の旅館に個別に設置した収容施設に送った。だがそのたくさんのコチェビたちを食べさせる余力はなく、いくらもたたないうちにうやむやになってしまった。コチェビたちは再び路上に出てきた。

「ポミ。おれたちさ、南北が統一されたら、南朝鮮にあるっていう済州道っていうところに行って暮らそう。そこは島で、景色が良くて、一番暖かいんだって。そこに行って、おれは漁師になって、お前は海女になってさ」

チョリはポミに囁くように言った。

「海女？　海女って何なの？」

「海女っていうのは、海で魚みたいに自由に泳げる女のことだって」

「いやだ、あたし水ってお化けみたいで怖い……」

「怖いなんて。水泳は教わればいい、海女たちが生まれる前から泳ぎ方知ってたと思ってるのか？」

チョリが楽しそうにしゃべり始めた。水泳っていうのはね、こうやって手で水をかきわけて、足を動かしながらね……そのかっこうがおもしろくてポミもにこにこ笑った。

「そうだ、お前今、お化けって言ったね？　お前、お化け見たことあるのか？」

「見たことないけど、怖い姿をしてたらお化けじゃないの？」

「そうかい？　じゃおれ、お化けだ」

チョリは両手を獲物を襲うワシの足の形に広げ、両目を見開いて「うおー」とお化けの真似事をした。

もじゃもじゃのカツラを被ったような髪の毛、垢だらけの顔にぎらぎらと光る眼、垢が真っ黒に染みついた鋭い爪、ポミはお化けの真似をする様子にひどく怯えて、後ずさってしゃがんで顔を背けた。

「へへへ、ポミ。怖がらなくていいよ。お前を楽しませようとしてるんだから」

ところがこのいたずらで、ポミの頭の中から忘れられていたお化けをまた呼んでくる結果になり、チョリはまた懸命になだめなくてはならなかった。

チョリは、ポミが退屈する暇のないよう何か話さないと、と考えた。

「ポミ。お前、昨日の夜見た夢の話、聞いてみるかい？ち、ちがうよ、怖い夢じゃないよ。夢でね、おれ、かっこいい服を着て、少年団の代表になって、統一凧に乗って南朝鮮にふわふわ飛んで行ったんだよ。でもひとつ心配なことがあるんだ、さて、可哀そうな南朝鮮の子たちに会ったら、なんて慰めようかな……っていう心配なんだ。おれにはその子たちに渡してやれるものが何にもないんだ。でもね、そうやっておれが心配してる間に、凧が方向を間違えて、どこかの金持ちの国の空を飛んでいるじゃないか。見下ろすとそこらじゅう林だらけなんだけど、近くに行ってみると、それがみんな、空を突き刺しそうな高層アパートなんだ。道路にはこれまたどんなにたくさんの車が行ったり来たりしていることか、車が進んでるんじゃなくて、道路が車を載せて動いているみたいなんだ。どこの国なんだか、ほんとうにかっこいい国だなあって驚きながら凧の方向を変えようとするんだけど、『南朝鮮を訪問する北朝鮮少年団代表を熱烈に歓迎します』っていう声が聞こえてくるじゃないか。おれは自分の耳を疑った。『今日の日をどんなに待ちに待っただろう、今日の日をどんなに願って眠れなかっただろう。北方の友人たち、さあ統一凧から降りて、私たちと抱き合って統一の踊りを踊ろう』って言ってるんだ。おれは自分が今夢を見てるんじゃないかって思って、両方のほっぺたをつねったんだ。痛かったんだ。だから確かに夢じゃなかった。それでここが南朝鮮で合ってるんだなって、どこかから金持ちの子ばかり集めた広場に降りたんだ。その子たちはみんなそろって、背が高くて元気が良くて……あれ？　なんだ、お前今眠ってるのか？」

夢の話は中断されてしまった。聞いていると思ったポミが、夢の話を子守唄にいつの間にか寝入っていた。

チョリは、快い眠りを妨げないように、草の匂いの強い芝生の上にポミをそっと寝かした。


放送車から放送員の力強い声が、明け方の空気を切り裂きながら共同墓地の野山まで聞こえてきた。

「後孫万代が金日成民族の幸運を胸一杯に感じられる

ように、我らの世代はあらゆる難関をも甘受し、喜んで主体の強盛大国を勇壮に作りあげてゆくのだ」

北方の明け方は四月でも肌寒かった。

放送の音に先に目覚めたチョリは、体を縮こませて眠るポミに、かかしに着せれば似合いそうなぼろぼろの上着を脱いで被せてやると、起き上がって都市に向かって両腕を高く持ち上げて力一杯伸びをした。

放送の音に都市も眠りから覚め、煙突から煙が上がり始めた。チョリは朝ごはんの準備をしようと、ベコベコになって紙で作ったような小さなアルミの鍋と、ポミがゴミ捨て場から拾って来た、どこかの家事が下手な女が捨ててしまった分厚く剥いたじゃがいもの皮と、カビの生えたカラシナの漬物、チョリが水産物の売り台でもらった魚の内臓とビニール袋に包んだ砂交じりの米を持って、オンダル池に下りて行った。

「炊事場」は背の低い草木の中にある広くもない空地だった。空地には煙にいぶされた頭ぐらいの大きさの石が、「ヒ」の形に置かれていた。チョリはその石の上に、準備した食材を入れたべこべこの鍋をかけ、火をおこした。鍋が沸騰し始めると、けっこうな香ばしい匂いが漂った。

ポミにこの香ばしいコルコル鍋（原注：コチェビたちは、何でも入れて苦い味のする粥を、そんなふうに呼ぶ）を、食べさせることを考えるとひとりで楽しくなった。チョリは乾いた枯れ枝を探して空地の周辺をうろつきながら、放送車の音楽に合わせて小さな声で歌い始めた。

武陵桃源　花咲き乱れ　良い眺め　アリラン
自力で　花咲き　楽しいな　アリラン
将軍様の　御指示のままに　主体強国　勢いづく

チョリはコルコル粥が出来上がってポミを起こしに行ったが、ふっくらした唇をぎゅっと閉じてまだ眠っているポミを見ると、急にいたずらっ気が出て芝生を一本むしって顔をくすぐった。

ポミは最初は虫だと思って手で払いのけたが、鼻をくすぐられるとチョリのいたずらなのに気づき、「やだ」と甘えて寝返った。

「ポミ、朝ごはん食べよう」

「あたし、食べない」

煩わしそうにチョリが被せてやった上着を頭から被った。

「あーあ、寝坊の妹、おれが起こしてやらないとな」

チョリは頭に被ったぼろ着をはねのけて抱き起したが、ポミはそれでも寝るんだというようにチョリの肩に顔を埋めた。

ポミを抱えているのは重すぎたが、離すのは嫌だった。するとポミがぱっと顔を上げると、チョリの顔を指さした。

「ああ！　顔を洗うんだろ？　そりゃ洗わないと」

チョリは寝場所に行くと、ぼろぼろの背嚢の中から、ポミが洗っておいた、本ぐらいの大きさの綿布の切れ端と、あと一、二度使ったらなくなる石けんのかけら、出し口まで巻き上げた歯磨き粉、ポミがどこからか拾って来た擦り切れた歯ブラシを持ってオンダル池に下りて行った。

コルコル粥を食べたあと、ポミがふいに口を開いた。

「にいちゃん、明日、大元帥おじい様（原注：金日成）のお誕生日だから、あたしたち、花を摘んで売るのはどうかな？」

「花？　そりゃいいな、花売れるだろうな、買う人多そうだね」

チョリは即座に賛成する。ポミは小さいくせにけっこうやるなあ、どうしたらあの小さな頭からおれでも考えつかないことを考え出すんだろう。

二人はすぐに花摘みに出かけた。花を摘もうと思えば遠くまで行かないといけない。近くの山は、もうずいぶん前から花が尽きている。みんなが毎年金日成の銅像に摘んでは持って行くので、花が生き残れるわけがない。

山をひとつ越えると、チョリは無理にでもポミを残して来なかったことが後悔された。山を越える間、何度もポミを背負わねばならず、峠を下りて行く間は、先に立って道をつけようと草木と格闘して、棘の多い茂みに手や顔をひっかかれた。

山を下りきったところで、細い川がさわさわと流れているのを見ると、ポミがまず川の水に足をひたしてばしゃっと音を立てて座り込んだ。チョリもぼろぼろの上着と汗だくになったランニングシャツを脱いで草むらに投げ出すと、小川に飛び込んで水を体中にかけた。それから、ああすっきりした、ああすっきりした、と何度も繰り返すと、両手で水をすくってポミに水を浴びせかけた。

ポミが水を避けてキャッキャと言いながら逃げ、草むらにばたんと寝ころんだ。晴れた空に綿のような雲が、ゆったりと流れていた。

「にいちゃん、ごめんね」

ポミがチョリの隣に来て座りながらこう言った。

「なにが？」

「あたしが花のことなんか言って、にいちゃんが大変な思いして」

「大丈夫さ、花を摘んで売ろうって言うのが、どうしていけないんだ」

かなりの間休んでから、二人は小川を渡ってまた山を一歩一歩登り始め、チョリは前のようにポミを背負ったり、棘の多い茂みや枝を払いのけて道をつけてやったりした。

そうやって長い間登って行くと、背中に背負われていたポミが「花だ」と声を上げた。山の中腹に広がった平原に、様々な野生の花が夢のように広がっていた。赤、黄、白のいろいろの花で、辺り一帯がもう花の山だ。チョリとポミは走って行って花の中に埋もれた。空を眺めていると、花の雲に乗って空を浮かんで行くようだった。

チョリは花輪を作ってポミの頭の上に乗せてやった。花輪を被ったポミは、まるで童話の中のお姫様が花輪を被って花の中に横たわって眠っているようだった。チョリは「おれの妹がこの世で一番きれいだ！」と大声を出した。遠くの山からやまびこが返って来た。ポミも両手を広げて大きく笑い、この世にこの子供たちほど幸せな子供はいないようだった。

チョリはポミと一緒に花の中に倒れ込んだ。二人はこうして倒れ込んだのがまた嬉しくて、楽しそうに笑い続けた。

「にいちゃん、一番きれいな花を選んで、あたしたちの分にして大元帥おじい様にさしあげよう！」

「ええ？　そ、そうすれば」

ポミは他の人よりもきれいな花を金日成の銅像にさしあげるのがこのうえなく嬉しかったが、チョリは気乗りしない様子だった。一番きれいな花はやっぱり売らないと、という言葉が出かかって引っ込んだ。

そんな様子も知らず、ポミは「にいちゃん、あたし、歌うね」と言って、摘んだ花を持って歌った。

私はつぼみ　つぼみ　つぼみ
春の風が吹いて来て　私を咲かせてくれるかな
みつばち　ちょうちょう　飛んで来て　私を咲かせてくれるかな
いいえ　いいえ　元帥様への敬愛が
私を　にこにこ　咲かせてくれます
ああ　私は　朝鮮のつぼみ

つぼみ　内に隠した　花の香
花開くとき　その香　誰にあげようか
いいえ　いいえ　元帥様に
香を　いっぱいいっぱい　さしあげます
ああ　私は　朝鮮のつぼみ

チョリは、ポミが好きなこの歌が、どういうわけかおもしろくなかった。前はそうでもなかったのに変なことだ。

「もう歌は止めて、まず花を摘もうよ」

チョリは花を摘み始めた。ポミは山菜を摘みに行った。

チョリは花を摘みながら心に決めた。花を売ったら、ポミにきれいな髪リボンと履物を買ってやろう、ポミを喜ばせてやれることが他にもないか考えた。

しばらく時間が経つと、突然向こうの山のふもとのほうで、苦しそうな声で自分を呼ぶポミの声が聞こえた。

チョリは摘んで持っていた花をすっかり投げ出して、山を駆け下りた。

「ポミ！　どうしたの、ポミ、どこにいるの？」

「にいちゃん！　にいちゃん」

ポミの声がするほうに行ってみると、ポミがお腹を抱えてごろんごろんと転がっていた。

「ポミ、どうしたんだよ、え？」

チョリは怖くなって焦って聞いた。

「わかんない。セリを食べたらこうなったの」

ポミは苦しそうな声で、やっと答えた。チョリはどうしたらいいのか分からず、ポミを抱きかかえてうろたえた。

「ポミ！　ポミ」

ポミは真っ青な顔でぜいぜい息を吸った。

「病院、病院に行かないと」

チョリはポミを背負って山を駆け下り始めた。木の根につまずいて転び、枝にひっかかれながら走った。ただひたすら病院に行かないとポミが助からないという思いだけだった。花を摘んだ山を下り、小川を渡ったとき、ポミがチョリの肩に顔をつけたまま、うわごとを言った。

「済州道はどこなの？　花がたくさんあったね。ああ……あそこに海女……」

……

病院の門を出たチョリは、死んだポミを背負って、破れた袖で涙をぬぐいながら、オンダル池がある共同墓地の山に、二人の「家」に歩いて行った。

……

数日後、人々は兄妹らしいコチェビが死んでいるのを見た。

● **ユン・ヤンギル** 윤양길――一九四六年朝鮮民主主義人民共和国両江道恵山市出生、二〇一二年大韓民国入国

願い

소원

キム・チョンエ

김정애

1

終日渦巻く厚い雲を抱え込んでいた空が、ようやく雨を降らせ始める。静寂だった海面を打つ雨粒の気勢が次第に強くなる。埠頭に停泊した船の甲板から降り立ったウジン老人は、降りしきる雨粒を気にも留めず、帰路に着いた。手には大きなビニール袋が入った網袋を下げていた。太い雨脚がその広い背中を打ちつけても、手に持っていたずっしり重みのある網袋を背に担ぐウジン老人の目は、終始光を放っている。ずしっと網袋が背中に収まると、ウジン老人はにやりと笑った。

大股に、溜まった雨水が渦を巻くコンクリートの埠頭道を踏みつける足取りは飛ぶように軽い。おそらく背に担いだ大きな網袋がそれだけの強い満足感を与えているのだろう。

埠頭を抜けて漁村に通じる大通りに出ると、ウジン老人は周囲をぐるっと見回し、平べったい顔に雨水を受けとめながら、気がふれた者のように声を出して笑う。それから老人らしくもなく降雨に向かって、おい、今日わしは大漁だったんだ！と大声を張り上げる。

道端の角が崩れた土管の中から、ぼさぼさ髪の頭を突き出した薄汚れた女と、その息子とおぼしき子供の焦点の合わない目が、大声を出す老人を怪訝そうに見つめる。

人が見ていようがいまいが濡れた服をはためかせながら、どしどしと大股の歩みはいつのまにか大通りを抜けている。

白い霧の中でも、山裾にこぢんまりと建っている一軒の家が見えた。ウジン老人の歩みはいっそう速くなった。家の前に着いた老人は、えへんえへんと空咳をしてみる。何の応答もない。背に担いだ網袋をどさっと玄関前に降ろして、おいお前、と大声で呼んでも中からは何の応答もない。老人はふと玄関の扉を見た。鍵のところにかかっている大きな錠前が目に入る。

あのばあさん、まだ市場から戻って来んのか？　玄関前に腰を下ろして呟く声には、残念さが滲み出ていた。千戸あまりの漁村が、降雨に遮られてはっきりしない姿で老人と向かい合っている。

「こんなに雨が降ってるのにさっさと帰って来んと……」

老人は網袋の中のビニール袋の口を開ける。でかいホッケやヒラメ、ハゼといった海魚でいっぱいになっている。

へへっ……これを売れば米五斗にはなるだろう。老人はもう一度満足そうに笑う。ヒラメ一匹を取り出して、あいつが好きな刺身にしようか？と呟きながら懐から鍵を出して玄関を開け、戸を開けて中に一歩入る。いきなりその場に立ち止まった。どこから入って来たのか野良猫が一匹、中からこっちを睨んでいたが、老人の足の間をすり抜けて矢のように飛び出して行った。

「いや、あいつはまったく」

家の中を見回す老人の目が、またぼんやりとかすむ。猫に驚いたこともあったが、それよりは目に入ってくる家の中の様子が、他人の家のように馴染みがないものだったからだ。竈《かまど》にはいつ火を入れたのか、冷えきっている。着ている服からぽたぽたと水が落ちて床を濡らしたが、すぐに上り込む気持ちになれず、四方をきょろきょろと眺めた。どう見ても人の気配が感じられなかった。

「いや、これはまったく」

いつからか老人には、いつも玄関前に座り込んで村の出入口のほうを眺めながら待っていてくれる老妻が、家のように感じられた。老妻のいない家など、それがたとえ豪邸だろうと、何の役にもたたない幻に過ぎなかった。あたかも老妻の存在が、夕日が落ちかかる山の稜線のように、人生の最後の砦のようで、いつもその安否を気にかけて生きていた。それはおそらく、一人だけの娘が予告もなくふっと家出してからのことだっただろう。

もう五年が過ぎた。結婚もしていなかった娘が今は三十を超えているだろうに、死んでいなければ帰って来ないはずがないだろうに、ずっと消息が知れなかった。娘の空白は、いつも老人の胸を痛ませた。座ればまず溜息ばかりだった老妻も、もうくたびれてしまったのか、いつからか忘れていた笑顔を取り戻し、たいしたことでなくとも時にはにこにこしているのを見ると、怒りが込み上げてきて何がそんなに嬉しいのかと怒鳴りつけることもあった。

濡れた服を脱ぎもしないで床にどすんと座り込んだ老人は、手で床を撫でながらクモの網が交錯する天井をぼんやりと見上げた。もしやと思いながらひんやりした焚口を手で触ってみながらも、老人は、老妻がいつ頃から笑うようになったのだろう?と、どうでも良いことを考えていた。なぜそんな考えが突然浮かんだのかわからない。いやいやと頭を横に振る。もう帰って来るだろう、と呟きながら濡れた服を着替えようとして、ウジン老人はまた何を考えたのか、びくっと体を震わせながら、ついさっき眺めた天井をまた仰ぎ見る。汚れてはいても丸く輪を描いたクモの巣が、目に入る。そんな見た目の悪いクモの巣が、老妻の目を逃れて堂々とそのままの形を保っているなどとは考えられないことだ。

頭から足の先に何かがキーンと突き抜け、空気が漏れ出るように抜けてゆく。魂の抜けた人間のようにぼんやりクモの巣ばかり眺めていたウジン老人は、稲妻のように貫く衝動を感じ、急いで奥の部屋に入って老妻が大事にしていた箪笥を開け放った。それから何かを探してあれこれ引っ張り出す。

まれに外出する際に着ていた老妻の朝鮮服がない。その朝鮮服は妻が嫁に来るとき、妻の母が夜明かしをして作ってくれたものだった。祖先祭祀のときや名節［訳注：陰暦八月十五日や正月など伝統行事の日］、何か特別な行事の日になると、大事そうに取り出して着ていた服だった。数十年の歳月をそうしてきたので、老人の眼にはその服が妻の象徴のように映っていた。一度に数十の疑問符が頭の中に一杯になった瞬間、ウジン老人は半ば気のふれた人のようにあえぎ始めた。もしそのとき誰かが玄関の戸を開けなかったら、ウジン老人は、家中の物をひっくりかえし始めただろう。

トントン、戸を叩く音がした。慌てた目つきで振り返った老人を、どこかの薄汚れた女が、ニッと笑いながらこっちを見ている。

「あんた、誰？」

見ると女は、ついさっき道端の捨てられた土管の中から、空に向かって叫ぶウジン老人を怪訝そうに見つめていたあの女だ。

「あたし、分かりませんか？　あたし、パクじいさんの娘です」

名前を言うよりそのほうがすぐ分かるだろうと思ったのか、女がすぐに答えた。

「パクじいさん？」

ウジン老人は驚愕した。雑然とした台所道具に狼狽した視線を移していた老人は、また女に視線を戻した。思い出したくないつらい記憶が、彼の視線にはっきりとからみついた。

「ちょっと待ってくれ、もしかしてうちのばあさんを見なかったか？」

老人はすぐに話を変えた。

「ええ、見ましたよ。だからこうして来たんです……知らせようと思って……」

「そうなのか？　じゃ、教えてくれ。いったいどこで見たんだ？」

ウジン老人は女にぐっと近づいた。薄汚れた女のぼろぼろの服から漂うひどくすえた匂いにも、いつ洗ったのか、ネギの根っこのように絡み合った灰色の髪の毛も、老人の目には全く入らなかった。

「出て行きました。三日前に、それも夜中……」

「出て行くって、夜中に、どこに？」

「若い男一人と出て行って……ヒヒヒ、その男、あたしちょっと知ってます」

「？」

何をおかしなこと言ってるんだ？　老人の口がぽかんと開いたが、女はただクスクスと笑う。

「おとうさん、こうやってあたしを外に立たせておくんですか、寒いのに……」

「おお、そうだそうだ、早く入りなさい、気がつかなかった」

ウジン老人は急いで走って行って、女の手をつかんで中に引き入れた。灯かりに浮き出た女の身なりは話にならないほどひどい。破れてぼろぼろの古びたズボンに、どこで拾ったのか垢だらけで破れてよれよれになった上着をひっかけていた。げっそりした顔は雨に打たれて真っ白に見えたが、首から下のほうに雨水に流された垢が、襟の間から点々と見える。拾って食べる物はみんな胸の肉になるのか、でなければ中に何か隠し持っているのか、胸は際立って突き出ている。女は入るとすぐ、トントン足踏みをして外に向かって叫んだ。

「ヒョンチョル、さっさと入っておいで。へへっ……あたしの息子なんです」

ひょろひょろに痩せた子だ。ひと目でまともではない子だと分かる。焦点がぼやけた目で老人をじっと見て、ふらふらと母親の腰にすがりつく。足に合わない大きな古靴も片方ずつ違うものを履いていた。

「あのね、おとうさん。あたしが今から秘密を話してあげたら、今夜この家にあたしたち泊めてくれますか?」

女の目の色は、必死であると同時にどこか堂々として見える。

「そ、そうだな。早く話してみなさい。立ってないで、早く上がって座りなさい」

ウジン老人は前後の算段をする余裕もないほど慌てて言った。ぱっと嬉しそうな顔になった女が、息子を連れてオンドルの焚口の近くにくつろいで座る。辺りを見回す様子が、こんなオンドル部屋に久しぶりに入ったように見えた。頬骨が高い顔に浮かんだ微笑は、電燈よりももっと明るい。

「あれ、かまどに火をくべないと。床が冷たいよ」

「さあ、話してみなさい。若い男と一緒にいなくなったっていうのは、いったいどういうことなんだ?」

「そうなんです。多分中国に行ったんです。おとうさんもまったく、そばにいる間に大事にしてあげればよかったのに。どうしてそうしなかったんです?」

「?」

いったいわしが何を間違っていたというのか? 女はいったい何を知っているんだ。

「あたしはね、昼間の出来事はよく知りませんが、夜の出来事はよく知ってるんです。あの若い男は向こう側、中国に人を渡らせる仕事をしていると言うんだけど、そこに行ったらどこに行くかは決まってます。もう探しちゃいけません。探して保衛部に知られたら大変なことになります。おとうさん、誰かと一緒にいたければ、あたしと一緒にいたらいいじゃないですか」

老人は茫然と女を見つめる。ウソではないということが、胸に突き刺さってくる。女の言うとおり、路上生活者だから昼より夜の出来事に詳しいだろうし、ということは娘も老妻も二人ともわしを捨てて、もっと良い生活をしようと河を越えて逃げたということか？信じたくない、いや信じてはいけないひどい話だが、それがくさびのように胸にぐさっと刺さる。思いあたることがあった。老妻の性格では一人で逃げることはできない。海に老人を送り出しておいて、あとは知らないとばかりに逃げるような心持ちでは絶対にない。どういうわけかにこやかにしていた老妻の顔が、絵のように思い浮かぶ。

一週間前、海に出る前の事だ。

「おじいさん、あんたはやっぱりここを出て行く考えはないでしょうね？」

朝ごはんを食べ終えたウジン老人に、慎重に投げかけた言葉だ。

「出て行くって、何いいかげんなこと言ってるんだ？」

「いいえ、ただ言ってみたんです。でもあたしはちょっと出てみたいんです」

「何だと？」

「いなくなったスヨンも探したいし、ぼんやりとこうしていてもあの子が戻って来るわけじゃないし」

「ふん、そんなに心配なばあさんが、最近なんで口元がにやけてるんだ、何を隠しているんだ？」

「隠すなんて、じゃあいったい、毎日泣きながら暮らすんですか？　まったく」

「昔から胸につらい思いを抱えた人間はそんなにぺらぺらと口をきかないもんだ。率直に打ち明けるつもりでいろ。わしが海から帰ってもまだだんまりならひどい目に合うぞ」

結局は……。

茫然と女を見下ろすウジン老人の目に、ついに涙が浮かぶ。本当に老妻がいなくなったと考えると、今にも部屋の床が割れて地面の奥深くまで逆さに沈んで行くようだ。

「泣かないでくださいよ。今はそういう世の中なんです。食べ物が多いところに行くのは当然のこと、行かないほうがバカですよ」

　浮浪者の女の顔にも、心配そうな表情が浮かぶ。これはまったく、いつからわしが、物乞いをして歩く浮浪者の同情まで必要になったのか。いやいや、ひどい運命だな。うっ、何かが込み上げたようにぐいっと立ち上がった老人は、若者のようにどたばたと部屋を走り出て行った。まだ暗くなりきってはいないが、外は依然として雨がざあざあ降っている。縁側に置いた網をさっと持ちあげると背中に担いだ老人は、足の向くままに歩いた。網袋からは、魚の生臭い匂いが漂った。

2

　夜中の十二時過ぎになって、年下の船乗りチャングの家から出て来たウジン老人は、背中に何も担いでいなかった。歩き方はもうまともではなかった。酒に酔いつぶれた千鳥足は、家のほうではなく海辺に向かう。いやいや、ひどい老妻だ。どうしてわしを置いてそんなふうに夜逃げできるんだ。わしがそんなに憎かったのか？

「だからといって、どこかでちょっとでもしゃべらないようにしないと。家に入れてやったっていうあの浮浪者の女のこと、話を聞いて誰だか分かりましたよ。私も何度も見ましたからね、ヨンチョルの娘です。パク・ヨンチョル、分かりませんか？　え？　ヨンチョルはおじさんの中学校の同窓じゃないですか。五年前に牛泥棒で銃殺された……口は謹んでください。人間は寿命まで生きないと。うっかりするとおじさん、寿命まで生きられませんよ。お分かりですか？　我々船乗りは海から魚を獲ってくるから、他の人たちのように飢え死にする心配はないでしょう」

　向かい合って心配そうに言うチャングの言葉が、今耳底に響く。なぜかその言葉に鬱憤が込み上げた。口では懇切丁寧なことを言っても、陰では自分のもうけを求め、他人がうまくいくと妬んで上層に告げ口するのを得意とする。ごほんごほんと込み上げる咳で、何か言うたびに哀れなほどに咳きこんでいたチャングの細長い顔が、憎らしく迫ってくる。今日の昼も、魚でふくらんだ網袋を持って船から降りるところを、ちらちらと睨んでいたチャングだ。自分では捕まえられずに取り分が少ないので、無駄に他人のふくらんだ網袋を妬み、分け前が得られないと粗暴なふるまいをする。船では捕まえた魚の七割を収めて三割だけが取り分になる。配給もない時勢に、そうしてこそ船乗りたちが仕事をし、事業所も生き延びられるのだ。さっきも、魚と交換して来た一升瓶の酒を飲みきって酔いが回ると、ウジン老人は日頃から憎らしかったチャングに向かって、大声で文句を言った。あまり向かい合いたくない相手だったが、とりたてて向かい合える他の相手もいない。

「チャング、お前さっきなんて言った？　何？　寿命まで生きるだって？　おいチャング、他人事だと思ってお前はそんなに簡単に言うが、わしのようにお前もこの歳になって一人になってみろ。何が楽しくてぐだぐだと生き長らえるんだ」

「なんだい、おじさんも強情なことを……俺は考えて言ってるのに、まったく」

今その鳥肌が立つようなくすぐったいことを言われると、また悪口が出る。ああ、意地汚い老妻、全く罰当たりな老妻だ。わしを置いて逃げるのか？　そうだ、一人できっと良い暮らしをしろ、娘に会ってわしの寿命の分までこの先きっと良い暮らしをしろ。ごほんごほん、チャングのしつこい咳が伝染したように咳きこんだ。

咳が止まると、海に向かって大声を出して拳を握った手を前後にぶんぶん振り回す。青黒い波が、私をお呼びですか？というようにざあっと押し寄せる。降雨と暴風で山のように高くなった真っ黒な波だ。ウジン老人には押し寄せる夜の波が口を開けた怪物のように見えた。奇妙なことに、怪物なら恐ろしくて当然のはずなのに、まったく滑稽に見える。わっと押し寄せても何をどうすることもできず、敗残兵のようにすうっと引いて行く。こいつ、退却するざまときたら……ははは……ウジン老人は波に向かって大笑いした。それから波が引いた砂の上に座り込んだ。星の光のきらめく砂浜の水気が、すぐに下衣を濡らした。やたらがぶ飲みした酒のせいか、でなければ体の一部も同然の家族をすっかり失った虚しさのせいか、力なくうずくまった老人は、あたかも死のうとしてわざわざ白砂浜に出て座っているようだ。膝の上にまたさあっと波が押し寄せる。さっきより凶暴になっているようだ。と思う間に、老人の半分ほど開いた口に砂交じりの塩水を容赦なく浴びせかけ、ざあっと元通りに引いて行き、老人のか細い体も一緒に流された。何メートルか波に流されて行った老人の身体は、幸い砂浜にまん丸く残された。次にまた波が襲えば、完全にさらわれていくかもしれない。だが老人はそれを恐れない。いやそれを望んでいるようだ。さっさと立ち上がって退けばいいのに、そのままその場に座って空に拳を振り上げる。

世の中があまりに汚いからか？　家族がみんないなくなったあとになって、あやふやだった一切が鮮明な色彩を帯びて表われる。本当に一生を、海で彼らの要求どおり、労働党だけを信じて生きてきた。そりゃあ党員は党を信じるものだ、地面を信じるのか？　だが歳月は老人の党への信心に、警鐘を鳴らした。

自分一人のけ者にして行ってしまった娘と老妻の行動も、彼が今まで維持してきた党への信心と、全くの無関係ではない。たとえその出発のとき、一緒に行こうと言ったとしても、すぐに応じるはずのない老人だ。むしろ箒を逆さに持って容赦なく殴ってでも、頭の中に一杯に詰まった悪い思想を根こそぎ引っこ抜いてやると、見境なく飛びかかっただろう。国が困難に直面しているとき、それを他人事のように考える民衆などは三代にわたって処刑してもかまわぬ逆賊と思い、またそれを信じて生きてきた老人だ。国を率いる労働党は、老松に垂れ下がる葉の数ほどに多数の餓死者を出しながらも、初期の頃に掲げた路線を変わりなく続けていった。これからもその風貌のまま立ち止まることはないだろう。それがこの国の機構であり、数千万の民衆がみんな死んでも捨ててはならない揺るぎない思想なのだ。

食えずに国を去ろうとして囚われ、生き延びようとあがいた命は公権力に無慈悲に断ち切られ、血の涙で彩られた怨恨が今、青黒い波に乗せられてふわふわと漂ってくる。そのせいかウジン老人は波が怖しくなかった。当然、そうやって死ぬことがふさわしい人生なのだ。衆人の前で処刑されるのはなぜか嫌だ。家族がみんな国を捨てて逃げたという理由だけでも、首から上の頭はもう自分のものではない、という思いが身に染みてくる。

「それでいいんだ、はっはっは……こんな命、わしの手で断ち切るのがいいんだ、それが本当に国に仕える忠臣の真の姿ではなかったか。そうだ来い、波のやつら、さっさと反逆の家長であるわしを襲うんだ」

老人は泣き笑いしながら大声を出した。後悔もなくはない。チャングの言ったとおり、夕方家に入って来たパク・ヨンチョルの娘の顔を見る面目もない。牛泥棒をしたヨンチョルを当局に告発した人間は、他でもない自分だ。それを後悔したことはない。だが今や反逆の家長になった自分を発見した瞬間から、なぜかそれが胸を打つ後悔になって迫ってくる。

波がまた押し寄せる。ウジン老人はふらりと立ち上がってその波に向かって歩き始めた。押し寄せる激しい波に、体が海に引きずり込まれながらも、老人は口を大きく開けてからからと笑った。

チクタクと壁にかかった時計の秒針の音が高い。規則的に響くその音に、心臓の拍動も平穏を取り戻したようだ。ウジン老人は気分がすっきりしてくるのを感じながら、そっと目を開いた。火を入れて暖かい部屋の中が、彼にゆったりした気分をもたらす。わしはどういうわけでこうして横たわっているのか?

もぞもぞと天井を見上げていたウジン老人は、初めてびくっとした。夕方見た薄汚いクモの巣が、跡形もなく消えている。うん？　老妻が来たのか？　そうでなくてはクモの巣がどうして自然に消えるだろう。そりゃそうだろう。おいばあさん。いざ立ち去ってみると、わしがいなければ到底生きられないだろう？　とにかく帰って来たのならありがたい、ウジン老人は横に寝ている見慣れた老妻の寝間着を見ながら、満足げに笑った。

まだずきずきと頭がふらつく。ちくしょう、どういう酒なんだ?!　急に喉が渇いた。ふらりと立ち上がって棚から椀を取り出して水瓶の水を汲み、ごくごくと飲んだ。胸がひんやりした。頭がすっきりする。彼はさっき何が起こったのかすっかり忘れて、ごそごそと老妻のそばに這って行った。夜中になって明るくなった電燈が眩しく、すぐに壁にあるスイッチを押した。

老妻を抱いて寝たいつもの習慣どおりに、寝間着の中にごわごわの手をそっと差し入れた。もう弾力を失って伸びきってしまった胸だが、若いときの習慣が癖になり、そうやってつかんで寝なければ、眠れないのだ。そっと差し入れた手が胸に触れた瞬間、ウジン老人はあっと驚いて慌てて手を引っ込めた。

おや？　なんだこれは、はっと我に返った。ぼんやり見えていたもの一切が、真っ暗な暗闇の中でもごくはっきりと見えた。ウジン老人は、慌てふためいて引っ込めた手で壁にあるスイッチを押した。ぱっと電燈が点いてそばに横たわった女の姿を一瞥した瞬間、老人はあっと驚いた。あの女だ。パク・ヨンチョルの娘、パク・ミョンソンだ。

夕方、雨に打たれて入って来た若い浮浪者の女、これはいったいどうしたことなのか？　振り返ってみると、一切のことがはっきりしてきた。いやこれはどういう？　チャングの言葉が、この瞬間また乱れた頭の中から飛び出てくる。

そうだ。この女は間違いなくパク・ヨンチョルの娘だ。その娘が、父親のような年齢の自分のそばに横たわり、今ぐっすり深い眠りの中にいる。そのときになって、海辺の白砂浜のことが絵のように思い返された。襲いかかった波に流されて広い海原に流れ込もうとしたとき、頑強に引き留めた力の主が果たして誰だったのか、深く考えなくとも分かった。

ヨンチョルの娘がわしを救うとは。ああまったく、一生を共にしてきた老妻もわしを捨てて未練なく出て行ったのに、わしを仇だと思ってもかまわぬお前が、波にさらわれかけたわしを救ったというのか、うう……おんおんと大声で泣きながら老人は自分の胸をどんどんと打った。

どうしてあんなことをしたのか、同じ集落に暮らすヨンチョルの牛泥棒をなぜその夜目撃したのか、知ったらったでそれをなぜ申告したのか、そのときは当然のことをしたと思っていたが、今は胸を打つ後悔として残った。

その申告で、無慈悲な銃が吐き出した弾にあんなにも簡単に殺されるとは、予想もできなかった。そのためにパク・ヨンチョルの家族全員が、寒地に放り出されて彷徨ったあげく一人二人と死んでゆくとは、そのときは予想もできなかった。だがそれ以後ウジン老人は、そのことで苦痛に身を震わせたこともなかった。

知らなければともかく、党員であればそれは当然、申告すべきことだったから……。

流れる涙がついに大声の泣き声を誘い出した。

「どうなさったんですか。泣かないでください。え？」

目を開けたミョンソンが、ぱっと身を起こしてウジンを抱きかかえる。

「ミョンソン、申し訳ない。本当に申し訳ない。ううう……」

「あたしが申し訳ないんです。おとうさんほんとに。あたしはね、久しぶりにあったかいオンドルで寝たんです。布団も敷いて、ほんとに人間らしく。ふふふ……ありがとうございます。おとうさん」

何も知らないからなのか？

「ああ、このひどい年寄りがどうして人間の皮を被って……」

ウジン老人は我知らずがばっとミョンソンを抱きかかえた。おんおんと泣きながらマラリアにでもかかったように震えるごつごつした手が、痩せた女の背中をあちこち撫でさする。

急に、一緒にしゃくりあげていたミョンソンが、何か思い出したように体の向きを変えてごそごそと這って行き、机の上に置いた小さな紙切れを持って来る。

「おとうさん、さっきご飯を炊こうと米入れを開けたら、この紙切れが出て来ました」

それを受け取ったウジン老人の手が、またぶるぶる震えた。それは曲がり曲がり書かれた老妻の筆跡だ。


——あなた。私はスヨンを探しに行きます。一緒に行こうと言ったら、あなたの性格では、いえ、それはあなたにとっては性格ではなくて党性なんでしょうね、あなたの岩のような忠心の前に、そんなことを言ったらすぐに大騒ぎになることは分かりきってるから、こうやって黙って先に行きます。この紙を机の上に置こうかと思ったけど、もし誰かが見たらあなたに迷惑になるかと思って、米入れに入れておきます。ちょっとだけ待っていてください。落ち着いたらすぐ迎えに行くから。そのときまで、気持ちを落ち着けていてください。

ひどい老妻め、言ってみろ、歳月は過ぎるのに、わしだっていつまでも棒っきれにばかり固執するとでも思っているのか？　こんな悪い老妻に……いやいや、あのときはダメだったんだ。そうだ今ならいいに決まってる。もうお前たちがみんなあっちに逃げた今、ここでわしの居場所がどこにあるって言うんだ……。

老人は紙切れを持って魂の抜けた人間のようにきりもなく覗き込んでいる。

「食事なさってください。まだほかほかです。あの……あたしがお腹があんまり空いていたんで、米を炊いてご飯を作っておきました」

釜の蓋を開けてきちんと炊いたご飯や汁の器を四脚の食膳に並べて、慎重に話すミョンソンの言葉だ。

「？」

「あたしたちはお腹いっぱい食べました。久しぶりに見た米のご飯だから、口に入ったのか鼻に入ったのか、知らずに食べました。早く召し上がって」

「ミョンソン、あんた……この紙を読んだのか？」

「え？　ええ、米入れにあったから何かと思って……」

「読んだのかい？」

「はい、読みました。おとうさん、そうやって出て行ったら中国経由で南朝鮮に行くはず……」

ウジン老人はがばっと立ち上がってミョンソンの口をふさぐ。

「黙れ。何も……」

「え？　ああ、本当です。あっち行けば米も溢れていて、お腹が空いて苦しむこともないって……あたしはそういう噂よく知ってるから、心配ないですよ。みんなうまくいきますって」

「あ、あ、はやくこの膳、片づけてくれ。わしはチャングの家で一杯やった」

ウジン老人は慌てて言う。

「そうだったんですか？　分かりました」

食膳のご飯や汁の器を急いで片づけながら、ミョンソンはただ無駄口を並べる。

「おとうさん、南朝鮮のことですけど。すごく良い暮らしだそうです。犬も米のご飯は食べ飽きて……」

「やめろ、やめろ、黙ってられないのか？」

ウジン老人の様子が、いきなり険悪になった。両目が血走った。申し訳ないと言って涙を流していたさっきの姿は、どこからも見てとれなかった。人の心持ちが一瞬のうちにそんなふうに豹変するとは、本人も知らなかっただろう。チャングの最後の言葉がまた聞こえてきた。

「口は謹んでください。人間は寿命まで生きないと。うっかりするとおじさん、寿命まで生きられませんよ。お分かりですか?」

3

電燈の消えた部屋の中は真っ暗だった。雨はやんだが、引いて行かない雲のせいで夜の光すら差し込んで来なかった。奥の部屋からは寝言が聞こえてきた。

「あたしがこれからおとうさんの面倒をちゃんとみます。ご飯もきちんと作るし、あたしの息子はこれ以上外の風に当たったら、何日も耐えられないで死にます。事情を察してもらえませんか。あ、それからおとうさん、獲って来た魚はあたしが市場で損しないように売ります。あたしたち、お願いですから追い出さないでくださいよ。ね?」

耳をそばだてて聞いている老人の口から、ほうっとため息が流れ出た。

「まったく不思議ですよ。この家の米入れにはどうして米が一杯になってるんですか。え?」

「老妻が出て行くとき、手に入れて置いて行ったんだろう。箪笥に入っていた服もなくなったし、とにかく本人の物は、大半がなくなっている。心に決めていたんだろう、わしのところを出て行こうと……」

ウジン老人は、女の寝言に自分でも気づかぬうちに呟いた。空耳か?

「ふふ。金に換えられる物が、まだ残っていたのが不思議じゃないですか。やっぱり魚獲りの船乗りは違いますね」

まるで向かい合ってぼつりぼつりと会話しているようだ。これは目が覚めていて話しているのか? こんなにはっきり答えるとは、ためらいながら近づくウジン老人の耳に、また寝言の声が聞こえてくる。

「おばあさんの心配はしなくてもいいんですよ。あんなに良い暮らしをしているっていう南朝鮮に行ったっていうのに」

南朝鮮、南朝鮮だと? 南朝鮮がおまえのじいさんだとでも言うのか? これ以上ためらうこともなかった。鬱屈した衝動が、全ての思考を突き崩す。そうだ、それは一瞬の間に生じた制御不能な衝動だった。ぐっとミョンソンに近づいて左手で口を塞ぎ、右手で首根っこをひっつかんだ。ぼろ着の中に、骨しか残っていない痩せた肉体がぴくぴくしている。片手に収まるほどの痩せ衰えた首をつかんだウジン老人の口がひきつった。これでは浮浪者の女はもう持ちこたえられず、すぐ道端で死ぬことになるだろう。どうせ歩むことになる道を、わしが少し早めてやる。老妻の短い手紙を読んだ瞬間から、手が震えた。何の考えもなしにぺらぺらしゃべる口が、絶え間なく南朝鮮のことを言えば、大ごとになる。いやはや、これは誰を殺そうとしているのか？　一生船倉で働きながら太くなった熊手のような手に力が入った。死ぬことなく、辱めも受けず、ただ元気な体で老妻のところに行きたいのに、こいつがそれを邪魔しようとするとは、明るくなったら外に行って老妻が南朝鮮に逃げたと、会う人ごとにしゃべりたてるだろうに、いやダメだ、絶対にそれだけは。ウジン老人は、首をつかんだ手に、ううっと声まで出しながらぐっと力を入れた。だが変だ。手に到底力が入らない。指が他人の指のようだ。血の流れが悪くなって、感覚がなくなったのか？　ウジン老人は、ミョンソンがもう目を開いて、呆然と自分を見上げていることも知らなかった。ぽかんと見ているミョンソンの目に、ぱっと喜びが浮かんだ。本人としては、上に乗った老人が自分と情を交わそうとしているのだと錯覚したのだ。

「おとうさん」

嬉しそうに呼ぶ。同時に、ぱっと身を起こす勢いでウジン老人は後ろにばったりと倒れた。ミョンソンは倒れた老躯の上にのしかかり、夢中になって老人の頬に自分の頬をすりつける。

おかあちゃん……知恵おくれの息子が呟きながら目を覚ましたのもそのときだ。ミョンソンは急いで老人の体から離れた。

ウジン老人は、大慌てで台所に下りて行った。どうやって下りたのかも分からなかった。

いったいどうしたら……。

どきどきする胸をひっつかんだ老人は、ぼおっとした視線を天井に向けた。クモが一匹、ミョンソンが掃除をした網の場所に、再び網をかけていた。もうほとんど円になっている。ウジン老人にはそのクモの網が、自分を捕える捕縄に見えた。

ああ、とても直視できずに老人はすぐ目を閉じてしまった。捕えられて命を絶たれるむごたらしい幻影が、頭の中をいっぱいにした。痩せ衰えた手が老人の肩をまたつかまなかったら、恐らくは想像で思い浮かべた恐怖に気を失っていたかもしれない。

「おい？　おまえ、何またやってるんだ？」

ミョンソンがひょこひょこと膝歩きで迫って来た。痩せ衰えた顔だが、切実な願いが浮かんでいた。彼女はウジン老人の首を抱きかかえて、低く囁いた。

「奥さんのこと思い出したんですか？　もともと船乗りたちは、何日も海に出て帰って来たらまず妻の服を脱がせるって、あたし聞いたんです。どうですか、あたしが代わりになってあげます。さっき部屋の戸は閉めましたから、早くどうにかしてください。あたし、さっき盥に水を溜めて、体もきれいに洗ったんです。あたしたち母子、ただ追い出さないでくれればいいんです。あたしを台所にさえ置いてくれれば、え？」

殺そうとしたのに、ミョンソンは老人がさっきから自分の体に欲情してそうしているのだと考えたようだ。女はぜいぜいとあえぐ老人の胸に覆いかぶさり、乱れた襟の間に白く覗き見える自分の胸に、シワだらけの手を引きよせた。ウジン老人はぶるぶると体を震わせ、ミョンソンの胸をぎゅっとつかんだ。

「おお痛い。なんで力がそんなに強いんですか。ちょっとそおっとそおっと……」

「ううう」

ウジン老人はついに泣き始めた。ぐっと女の胸に顔を埋め、わんわん泣いた。こんなに純真な女にあんなにひどいことをしたことが、この瞬間、自責の念になって溢れ出てきたのか？

ひざまずいて一切を告白し、ミョンソンの言うとおり台所にいさせてやりたい。矛盾する感情の波に、押さえようもなく乱れる心の苦痛に、ウジン老人はどうすることもできず、ただぶるぶる震えている。

バタン、入口の戸が開いた。冷たい深夜の風がひゅうっと吹き込んで来る。ごつごつした靴の先が、そのときまで女を抱いていたウジン老人の腹部を容赦なく打ちつけた。

ほおっ、老人は肺から空気が抜けるような声を出して、力なく床に転がった。

「お前ごときが女まで抱きやがって、手を出せ」

強力な手が老人の腕をねじる。

「待ってください。どうしてこんなことするんです？　どうしてうちのおとうさんを……やめてください、え？　いくら保安員でも、罪もない人をどうしてひどい目に合わせるんですか？」

ミョンソンが怒って大声を出す。あきれた表情でミョンソンを見ていた男が、ふんと笑って足でミョンソンの腹を蹴る。

「いやあ」

ミョンソンは腹を抱えてごろごろと部屋の床を転がった。

「クソったれ、お前このじいさんがどんな罪人なのか知ってて加勢するのか？」

保安員は懐から手錠を出して、ウジン老人の腕にカチャリとかけてしまった。

「いったいどうしてこんなことするんですか？」

「知らないで聞いてるのか？　このろくでなしが、娘もばあさんも両方南朝鮮に逃がしたんじゃないか」

「え、それをどうしてもう？」

思わず飛び出した言葉だ。

「ふん、壁に目があるというのに、秘密がどこにあるんだ。早く歩け。ちょっと待て、この様子を見ると、じいさんもこの若い女を連れて一緒に逃げようっていうんだろ？　ダメだ。おい、お前も立て」

「違います。どうしてそんなことを……おとうさんは今日海から戻って来たばかりです。やめてください。え？」

「かあちゃん……」

奥の部屋から出て来た息子が走って来て、母親にすがりつく。

「ヒョンチョル」

ミョンソンは息子を抱きしめる。母子が一塊になってじっと見上げると、保安員はペッと床に唾を吐き、手錠をかけたウジン老人だけを先に立てて、外に出る。出て行きかけてなぜか振り返ってミョンソンにひとこと投げかける。

「お前、もしかして銃殺されたパク・ヨンチョルの娘じゃないか？」

「？」

「そうだろう？　ばかなやつだな。こいつ、このじいさんが誰か知ってるのか？　お前の父親を牛泥棒で申告した奴だ、それなのにひとつの部屋で寝るのか？まあ……行こう、歩け」

保安員は荒っぽく老人を引っ立てる。

「おおう」

ウジン老人がふらついて床に倒れた。

「おとうさん……」

ミョンソンが銃弾のように走って来て老人にすがりついた。ついさっきの保安員の言葉が、何のことか理解できなかったようだ。

「おとうさんが、こうやって捕まって行ったらあたしはどうするんですか、久しぶりに願いどおりに台所に座ってみたのに、ううう……獲って来た魚を売って米を買って、それであったかいかまどの前に座ってしゃべり合って、夫婦生活を続けるんだって思ったのに……おとうさん、あたしこうなったらその願いをどこに行って叶えられるんですか、え？　おんおんおん……」

ミョンソンの慟哭に幼いヒョンチョルまで飛びついて加勢する。

「かあちゃん、おれたちこれからまた、割れた土管の中で寝ないといかんの？　いやだおれは、おれも火をつけたあったかい焚口で寝るのが願いなんだ。ひいい……」

あ然としたのは保安員だけではなかった。ウジン老人のほうがひどかった。いや茫然どころではなく、胸が破れるような自責の念だった。許してさえもらえれば、必死で働いて母子の切実な願いを叶えてやりたかった。

突然、ごほんごほんと咳の音が聞こえた。

「ええっ、チャングが？　じゃああいつがわしを申告したというのか？　そんな悪い奴がいるのか……」

ウジン老人の驚いた視線が、咳の音がする煙突のほうに向かった。それもしばしの間だった。

急にウジン老人が、夜の空を仰いで大笑いし始めた。うははは……大笑いは長い間続いた。

ぷつっと笑いを止めたウジン老人は、とぼとぼとミョンソンに近づいた。それからゆっくりとひざまずいて、うなだれた。目からは音もなく涙がぽろぽろと途切れなく落ちた。

●**キム・チョンエ** 김정애――一九六八年朝鮮民主主義人民共和国咸鏡北道清津市出生、二〇〇五年大韓民国入国

チノクという女
진옥이

ソル・ソンア
설송아

1

チノクは当年とって二十九歳だった。五年前結婚したが、まだ出産はしていない。彼女は努力して妊娠を避けた。二日でも月経が遅れると妊娠ではないかとびくびくして、虫下しを飲んだりアスピリンを飲んだり、一人で焦った。これまでは毎回うまくやり過ごしてきた。夫が不妊を疑って治療を受けようと言うたびに、心の中であざ笑っていた。

夫は、妻の気をもませることもなく酒癖の悪さもなかったが、時が経つほどに愛情は薄らいだ。見たところ立派な夫ではあっても、妻を喜ばせるようなことは何もせず、工場への出勤だけは完璧だった。それがまたチノクの目には間が抜けて見えた。

間の抜けた夫に、チノクは夫の父の紹介で出逢った。初めて出逢ったとき、チノクは見合いをしたというよりは、幹部の息子という圧力によってすでに定まった夫の顔を確認したのだった。或いは、夫の父の希望で成立した結婚と言ったほうが正確だろう。

夫の父は「化学工場一級企業所幹部課長」だった。「幹部課長」は自分の息子と結婚させてチノクを他の男にやるまいとした。数年前からチノクは、夫の父と肉体関係があった。


平安南道建設建材専門学校を卒業し、化学工場設計室写図工として働いていた頃はまだ、チノクはおとなしく教養ある若い女性だという評判だった。背は高くはなかったが、顔はかわいらしいほうだった。設計室が三階にあるので、庁舎廊下の階段を上り下りするたびに行き交うのは企業所の幹部たちだった。チノクが笑いながら挨拶すると、えくぼの浮かぶ頬がかわいいと、手で叩いたりくだらない冗談を言う幹部たちが多かった。

幹部課長はそれでも紳士的なほうだったが、冬のある日、帰り支度をするチノクを、事務室にちょっと、と呼んだ。幹部課長が呼ぶのなら、馳せ参じない者はいない。チノクはわけも分からず幹部課に入った。気分はもちろん良かった。親御さんは何をなさっているの、設計室の写図は大変じゃないの、あれこれ尋ねた幹部課長は、次に親切に言った。

「ドアの前だと風が入って来るだろう。寒いからオンドルに座りなさい。緊張しなくていいんだ……」

机の前の椅子にきちんと座っていたチノクを、幹部課長が自ら手を引いてオンドルに座らせた。壁際に五十センチぐらいの幅のオンドルが、椅子の高さほどに細長く作りつけられ、夜間勤務する際に就寝できるようになっていた。暖かいオンドルに座ったチノクの隣に、幹部課長も並んで座った。妙な感触にチノクは立ち上がろうとした。

「もう失礼します。幹部課長同志」

「大丈夫だよ。少し温まって行きなさい……手がきれいだね」

幹部課長は、チノクの手を自分の足の上に載せ、さすった。そして耳元に静かに囁いた。

「かわいがってやるからじっとしているんだ」

いつの間にか幹部課長の手は、チノクが着ていたタートルネックのセーターの上からすっと入って来た。二十歳を超えたばかりの弾力のある胸が、男の片手につかまれた。まるでとっておきのリンゴを出して食べるように、幹部課長はしばらくの間、若い女の胸を撫でさすった。幹部という威圧の前には、若い女の反抗は形式に過ぎなかった。戦場の兵士が上官に服従するように、淡々とした感覚の中で、チノクはセックスの初体験をさせられた。

幹部課長は、父親の世代だった。チノクがこの日感じたのは、女ではなく男が自分の体に触れ、スカートをたくし上げて痛みを加えながら性を刺激したということだけだった。

それ以降、幹部課長はチノクが自分の所有物であるかのように、時折呼んで服を脱がせた。チノクも次第にその手使いに慣れ、愛情はなくとも、性感帯を刺激されれば興奮ぐらいは得た。それでも自分だけの好運かもしれないと慰め、幹部課長が望めばいつでも性関係を持った。男の感触に馴染んでからは、自ら進んで事務室に入って愛撫を求めた。工場に噂が立ち始めたが、たいした問題にはならず陰で言われるぐらいだった。

ふた月ほど経つと、労働者として働いていたチノクの父が、経理課倉庫長に異動になった。チノクの家の暮らしが上向き始め、そこそこ陰口を叩いていた者たちも、チノクの家を陰で羨み始めた。幹部のコネがあるということに妬みもあったが、コネにつながろうと、ある者たちはチノクにまとわりついて機嫌をとった。

飯だけでも腹いっぱい食うことが願いである者たちが、経理課倉庫を握るチノクの家を羨むのは当然のことだった。一九九〇年代末、飢え死にした死体にとりたてて驚きもしなくなった者たちが生き延びようとあがく頃、チノクの父は、四号倉庫に詰まった米と物資を動かし、おもしろいほどに金を貯めていった。チノクの父のところには、裏で賄賂もそろそろと入って来た。

二十四歳になった年、チノクのところにきちんとした青年たちが結婚相手として次々と紹介された。おとなしくて素朴な彼女の姿は消え、洗練されて魅惑的な服装が、若者たちにとって将来確かな足がかりに見えた。だが幹部課長が息子を紹介して六ヶ月後には、チノクは結婚して工場を退職した。

チノクが退職すると幹部課長は、新婚生活をいとなむ息子の家によく遊びに来た。息子の帰りが遅くなるか出張に行けば、義父と嫁が裸体で楽しむ時間は十分だったが、二人とも後ろめたさのようなものは感じなかった。チノクは毎月生活費をくれる義父がありがたく、義父もまた、前と変わらずチノクを自分のものだと考えた。

ある日、実家の父が娘の家に遊びに来た。

「チノク、何か金儲けをしないとな」

「金儲け？　何をしたらいいのだか分からない、お父さん」

実際のところ、チノクは商売をするつもりはあまりなかった。食べるだけの米は実家からもらい、生活費は義父がくれるもので満足だった。金を儲けろと言う実家の父が、なぜそこまで慎重なのか理解できなかった。実家の父は、娘にもう一度言った。

「婿の家に頼るんじゃない。もう自分の生きる道を見つけなければ……お義父さんも米年には退職だ」

「退職？」

目を丸くしてチノクは退職という言葉を繰り返した。

「もうお前が金を稼ぐ方法を覚えなければ。お義父さんが退職したらどうやって食べてゆくんだ？」

ようやく、退職すれば収入が途絶えることにチノクは気づいた。退職した義父が何の役にも立たないことに初めて気づくことになった。どこか虚しくなる気分だった。実家の父が何か見抜いてそう言っているのではないかと様子を窺ったが、そういうことではなさそうだった。

「商売をする方法を教えて。お父さん、私も自分で稼ぎたい」

父はタバコを吸いながら言った。

「商売は教わるもんじゃない。頭を使わないと」

父の声に強圧的と言ってもよい戒めが込められていた。今日の父はどうしたのだろう、チノクは父の顔を眺めるばかりだった。目の前に座った娘に、父は米千キロに値する現金を、商売の元手として渡しながら言った。

「金は減らさずに動かすことをまず勉強しなさい。この金で一度商売をしてみるんだ」

大金だった。娘の独立心を育て、市場に足掛かりを築いて世間を知る最初の一歩を示してくれた父の愛情だと、チノクは何年かあとになって理解した。義父がくれる金には一度もありがたいと思うことはなかった。だが実家の父が生きることを考えるようにとくれた金が、心臓の片隅から突き刺さってきた。チノクは初めて、金というものはどれも同じだが、欲情と骨肉の情はその成り立ちが違うことを知った。三ヶ月後、自分の金を稼ぐようになると、チノクは義父の一方的な性関係を拒絶し始めた。

2

チノクは家で燃料油を商う。彼女が燃料油の商いを始めた動機は、偶然やって来たきっかけだった。市場に夕食の材料を買いに家を出ようとしたところ、車で通りがかった男が尋ねた。家が道路沿いにあるので道を尋ねて煩わせる人々のうちの一人だった。

「おばさん、油売っているところはないですかね」

鍵穴がうまく合わず、出入口をトントンと足で叩きながら鍵を閉めようとしていたチノクは、振り返って声のするほうを見た。大きな目に鼻が平べったくて小さく見える三十代初頭の男だった。背は高いが体型が貧弱で、女性に嫌われる要素がそろっているように見えた。男をじろりと見たチノクは、馬鹿にするような目つきで聞き返した。

「油？」

「油売りがこの辺りにいるって聞いたんだが……」

男は当然知っているはずだから、急いでいるので早く教えてほしいという表情で、チノクに向かっていらいらしながら答えた。

チノクは油も色々なので混乱した。通りがかりの男は運転しているんだから食用油を求めているのではないだろう、ぱっと思いつくままに相手の様子を見て答えた。

「ガソリン？　よく分かりません」

チノクは煩わしそうに答えた。もう一度運転士が尋ねた。

「市場はどの辺りなのか、ちょっと教えてくださいよ……」

チノクは顎を上げて市場の位置をだいたい教えてやり、自転車にさっと乗って走った。市場管理所の駐輪場に自転車を預けたチノクは、野菜売場に入ろうとして、百メートルほど向こうに乗用車やトラックがずらりと並んでいるところに目を奪われた。ついさっき油を売るところはどこなのか尋ねた運転士の言葉が思い出された。

「自動車があそこで何してるんだろう」

なにげなくそっちのほうに足が向いた。好奇心というものは商売の本能と言ってもよい。割り込んで温飯［訳注：韓国のクッパと似た料理］や麵、カカオ（原注：アイスキャンディーの一種）を売ったり食べたりしている人々の間をかき分け、チノクは車が何台も停車しているところに近づいた。車の間に人が見えた。

彼女の直観は一度も外れたことがない。やはりゴムバケツにガソリンを入れて車に入れ、金を受け取っている小柄な女が見えた。四十代ぐらいに見える油売りだった。そばかすが遠くからでも見える小柄な女は、運転士の男たちから金を受け取っては、知り合いのように親しげに挨拶する。さらに他の車が入って来ると、油を入れてお金をやりとりする。チノクはしばらくの間、立ち止まって見ていた。ガソリンが出てくる倉庫だとか、油を入れる運転士たちだとか、運転士たちに笑顔を振りまく女に、興味がわいた。

知り合いでもない油売りに、突然嫉妬がわいた。自分よりはるかに劣って見える女が、手垢のついた赤い金入れをヘソの下に括りつけて、金の束を何度も押し込む。盗まれている気分だった。

また一台、車が入って来る。ついさっき、油を売る場所はどこかと聞いた運転士だった。

「おじさん、何キロ購入ですか」

油売りの女は、車体を見ただけで何を求めているのか分かる様子だ。今度は軽油を持って出て来た。車の燃料タンクに軽油をバケツ三杯分入れてやり、運転士が差し出す金を、手際よく本の頁をめくるように指で確認し、ついさっき笑顔を見せたのと全く同じように愛嬌を振りまいた。客を引きつける手法が身体に馴染んで、周りのことは気にも止めない。チノクはあの小柄な女が自分よりはるかに手腕があって、商売の格も高いということを見て取った。

チノクは家で丸薬をこしらえて売っている。これもなかなかの金もうけになったが、偽薬だと文句をつけられれば元手まですっかり吹き飛んでしまうこともある。間違いなく薬商人から金をだまし取る手口だと争えば、保安署の取り調べを受け、もっと大きな損害になる。他の品目に替えようとしていたところで、ちょうど目の当たりにした油商売は、餌には食いつかなかった魚が釣竿に引っかかったも同然だった。

適当に食材を買って家に戻ったチノクは、ひと晩悩んだ。油売りの赤い金入れが目にちらついて眠りにつけなかった。油商売が薬商売より良さそうだ、という直観的打算が彼女をいっそう興奮させた。考えをめぐらしていると、市場はどこかと尋ねた運転士が思い出された。そうだ、あの運転士が車を停めたのは、家が道路沿いに位置するからだった。

「道路沿いにあるうちの横を、いろんな車が通り過ぎる」

道路沿いで油商売をするのであれば、狭い市場の付近まで車が行かなくてもいいんじゃないか？！　……自分が住んでいる家がまさにうってつけの場所だという正確な打算が、用水路を流れる水のように溢れ、歓声でも上げたくなった。誰かと一刻も早くこの問題を話し合いたかった。

チノクは並んで寝ている夫に言った。

「油商売はどう？　ガソリン売れば、ちょっとは金儲けになるでしょう。今日、油商売するのを直接見たんです」

夫はあっさりと否定した。

「女が何だって油商売するんだ？」

男と接触するなという話だ。

やっぱりおもしろくない人間だ。夫は薬商売もやめてミシンを家に備えつけて仕立て屋をしろと、いつからか言っていた。それも嫌なら市場の良い売場を買って、工業品売場をしろと言う。ひと言でいえば、安定的な商売を望んでいるということだが、チノクは自分には合わない商売だとあっさり拒絶した。一日中日差しを浴びて座っていても、うまくいって米一キロ、うまくいかない日は豆腐一丁分の稼ぎだ。秘訣を知ってこそ金が稼げるという世の中の法則をもう知っている女には、夫の言葉は世間知らずな者の言葉に聞こえた。

油商売をやってみようという妻の言葉をただ承諾さえしてくれていたら、チノクはこれほど夫を無能扱いしなかっただろう。まぬけどころか、いっそ死んでくれたらという気がする。見るほどに憎らしい夫が、妻の気持ちも知らず乳首をなぶりながらセックスを望む。チノクは夫の手をいらいらと跳ねのけた。あまりに話の通じない男だ。

くるっと身体の向きを変える妻を見ていた夫は自尊心が傷ついたのか、むくっと起き上がった。そして妻のズボンをウサギの皮を剥ぐように腕力で脱がせ、足を広げた。チノクは体の上で一人上下運動をしている夫を、目を閉じたまま見もしなかった。黄牛の鳴き声のような夫のうめき声が聞こえる瞬間も、チノクの頭の中は油商売のことばかりだった。

3

チノクは油商売の元売りから探索し始めた。小柄な女に尋ねることもできない。一人で自転車に乗って何日も燃油の出処を調査したが、統制品なので誰も表だって販売しておらず、教えてもくれなかった。転売専門の個人業者を一軒調べあげた。だがこれでは不足だった。燃油を専門に商おうとすれば、元売りが重要だった。

何日かたって、チノクは燃油供給所でこっそり油を販売するという事実を調べ上げた。個人より供給所と取引すれば、価格も安く規模も大きくすることができる。問題は燃油供給所の所長と知り合いにならないといけないのだが、賄賂も事情を知ってこそ効果が大きい。

チノクは義父を利用することに決めた。幹部課長職は退いても、人脈は生きていることはよく知っていた。賄賂を渡して燃油を闇価格で買うと言えば、義父も、供給所の幹部たちも、拒絶することはないだろう。何より義父が供給所の所長を紹介してくれることが重要だった。だが義父とセックスをしなくなってもう随分になる。いや、もうあの老いた男など見るのも嫌だった。

チノクが金を稼ぎ始めると、義父も嫁の体を要求しづらくなった。日ましに豊満になる嫁の胸を見るたびに、自分の所有だったあの頃が思い返される。

一族が集まる行事のときに向かい合って座る食卓の席で、チノクは義父の淫蕩な視線が胸に向けられるのを知っていた。どうかして機会があると抱こうとするのだが、チノクに退けられて苦々しい思いで退散した。

チノクは老いた男と今日は楽しくセックスしなければ、と打算を働かせた。セックスが金と権力より力があるという原理を承知しており、実際その能力には自分でも驚くしかない。

チノクは午前十時を過ぎると夫の実家に行った。この時間義母は市場管理所にいる。義父は人民委員会に手づるがあり、妻を市場管理所の使用税管理員として入らせた。幹部課長としての稼ぎが退職で途絶え、今は妻が使用税の裏金で金を稼いでいるわけだった。

どういうわけか家に訪ねて来た嫁を、義父はにこやかに迎えた。通りがかりに立ち寄ったのだという嫁だが、向かい合って座ってみると工場の事務室で抱いたときの新鮮な雰囲気になっていた。だが、あの頃のように思いどおりに抱くことのできない自分の無力さが嘆かわしかった。

チノクが昼ごはんの支度をしましょうと言って、台所で米を炊き始め汁をこしらえ始めた。火の勢いが強いのか、今この瞬間も頭の中でそろばんの珠が何百回も弾かれているせいか、チノクは体がほてり暑くなってきた。上着を脱いで台所の洗濯紐にかけ、下着姿で再び板の間に座った。嫁の豊満な胸が野菜を切るたびに揺れ、上半身を傾ければ風船のような肉の塊がすっかり露わになるのだった。義父は板の間に座っている嫁に後ろから近づいた。

「チノク、私がお前を我が子のようにかわいいと思っているのは分かっているね」

老いた男の手が胸をわしづかみにして揺さぶり、声は静かだったが震えていた。チノクは仕方なさそうに、そのまま身を任せてしまった。飢えた人間のように義父は嫁の衣服を焦ってすっかり脱がせてしまうと、両手で嫁の胸を一ヶ所に寄せてヤギの乳を絞るようにふざけた。変態じみた義父のふるまいに、嫁は怒るところをぐっと我慢した。心地良いふりをしてただ身を任せてしまった。ズボンの中が熱くなる頃、義父は嫁を抱えて部屋の中に入って行った。チノクは初めて打算的で計算ずくの、そして目標がはっきりとした値打ちのあるセックスをした。大人のセックスをし終わると、今や自分が幹部課長になった気分だった。

4

チノクの打算は正しかった。義父は燃料供給所所長に会い、工場資金を名目に闇市場に横流しして売られている分の燃油を、嫁であるチノクに回って来るようにした。

家の前の倉庫を大きく改造して油商売を始めて一年で、チノクが稼いだ金は驚くべきものだった。稼いだ金をすぐに数える暇もなく枕の中に入れて、商売は続いた。

小柄な女が文句をつけてくることもあった。自分の客を奪ったと喧嘩をふっかけて暴言を浴びせるのはもちろん、髪の毛をつかんで喧嘩することも一度や二度ではない。チノクは次第に野性的になった。油が上手く売れなければ小柄な女のせいだと考え、自分からとびかかって髪の毛ひとつかみを引っこ抜いてようやく鬱憤をはらした。

すれっからしの女になったチノクに、小柄な女はもう、喧嘩をふっかけることはなかった。その代わり、色っぽい女に運転士たちを奪われないように、タバコ一箱をサービスし始めた。

チノクは更なる手を打った。輸出石炭を運搬するトラック運転士たちを自分の客として定着させるために、近隣に住む一族に冷麺食堂をさせた。一族の家が油倉庫から遠くないところにあり、より多くの車が、食事と燃料補給を一度に済ませようと集まった。

男を刺激するように、すっと胸元の開いた服を時折着ることも忘れないので、同業者の誹りも聞いた。気にならなかった。呪う弱者より呪われる強者になるという、チノクらしい市場気質では、誹りなどは耳にひっかかりもしなかった。

最初に油を売る場所を聞いた運転士も、見事に客として奪うことに成功した。その運転士に油を売るときには、妙な感情になった。油が何かも知らなかった女が燃油を売っているのがおもしろいと、運転士が賑やかに冗談を投げかけてくるときには、すっと微笑を浮かべることも一種の技術だった。運転士とわずかずつ体が触れ合うような気分だった。それにつれて運転士はより多くの車にここを紹介し、特に長距離運転士を多く紹介した。いつしか冷麺一杯ぐらいはサービスで食べてもらうありがたいお兄さんになった。見た目が悪いと思っていた運転士が今は夫の十倍もいかした男だ。気の良い親しめる男じゃないか……。

ある日、軽油の元売りを知っているという若い運転士の言葉に、チノクは気分良く座席に上がった。三十分ほど走ったろうか、チノクの張りのある胸が運転士の視線をとらえていた。体に張りつく服を着たせいか、胸がとりわけ大きく見えた。ごく軽く運転士の片手が上着の上に置かれた。若い男は何の反抗もないとなると、車を停めてチノクの上着をたくし上げてしまった。乳首がくっきりとした大きな胸があらわになると、運転士はただ見とれるばかりだった。目を閉じたチノクの息が速くなった。運転士は柔らかく胸を愛撫しつつチノクの唇の間に舌を差し入れた。チノクが運転士を抱きかかえると、高まりきった男の欲情が、いつの間にかチノクのズボンを脱がせていた。

夫に対する罪の意識のようなものはなかった。少しずつ商売の活動範囲が広がると、チノクは性の持つ力を発見し、世の中の法則を学んでゆくばかりだ。必要な男に一度でも微笑を投げかけると、誰でもひっかかってチノクの手足になってくれた。油商売が非社会主義という項目で取り締まりにあって保安署に行っても、セックス一回を奉仕してやると、保安員も油商売の頼りがいのある保護者になってくれた。

運転士とのセックスは、他の男たちと違って利害打算はあまりなく、少なくとも情の通い合うものだと、チノクは考えた。これまでセックスをした多くの男たちよりも単調ではなかった。情が深まると運転士は、チノクの油商売を自分の仕事のように手伝った。わざわざ時間をとって遠くにあるガソリンのドラム缶を車で運搬し、油倉庫の掃除までしてくれ、タイヤの商売もしてみたらどうかと商売の道を広げてくれた。運転士の言葉は正しかった。車はどれもタイヤも市場で買い入れるということを知らなかったのだ。チノクはタイヤも扱い始め、商売はいっそう大きくなっていった。

金儲けが好調を続ける頃、チノクは運悪く妊娠したことを確認した。妊娠だと病院で確認したとき、癌にかかった患者よりも腹が立った。夫とは月経の日にちを考えて避妊し、運転士をはじめとする男たちと関係するときは、クリームを塗ったり事後に冷水で洗うことも忘れなかった。だが結局妊娠してしまった。病院では、八週を超えていて胎児の手足ができ始めているという。掻爬手術の時期は過ぎているのだ。

「とにかく産むことは産もう」。チノクは出産を決心したが、誰の子供を妊娠したのか確定する必要があった。最近関係した男たちを思い浮かべ、暦を前に月経の日と関係した日を確認した。夫の子供のようでもあり、運転士の子供のようでもある。夜は夫と同衾《どうきん》し、昼は運転士と情を交わしたことも多い。

誰の子供かということとはまた別の問題がある。そうでなくとも市場に遅れて参入したのに、子供を育てるために商売の口を手放せば、空白は誰が埋めるのか……チノクの市場への野望は、きりもなく高まっていた。悩む間に数ヶ月が過ぎ、胎児の足がチノクの腹をトントンと叩く。胎児を処置することが最善の選択だとチノクは考えた……。

5

産婦人科医師として三十年働いてきたチョン・イム先生が、最近特に生き甲斐を感じるのもこのためだ。彼女は病院に勤めながら、朝と帰宅後に堕胎手術で金儲けをする。場所は自宅だ。周辺では釜に入れる米一粒がないと騒いでいるが、彼女は黄金の夕立を浴びている。避妊、掻爬、中絶など胎児を処置する女性たちが、チョン・イム先生の家にひっきりなしに訪ねて来る。

それに自由奔放になった女性たちが子宮炎の苦痛を訴え始めている。炎症治療剤は、市場でペニシリンを買って筋肉注射するか、塩水で洗浄するのが普通だが、どれも偽薬なので十本打っても効果がない。チョン・イム先生のお手製の炎症治療剤を十五日間使用すれば、〈新品〉のようにきれいになるという噂が、女たちのおしゃべりを通じて広まった。価格は米十キロだ。なかなかの値段だ。ある女性たちは金がなくて手が届かず、子宮に膿がいっぱいになるまで痛みを我慢する。治療を受ける患者たちはそれでも金を多少は稼ぐ女性たちだ。彼女たちは、治療費用を金や米で支払いつつも、チョン・イム先生を恩人のように敬った。口評判は次第に広がり、「チョン・イム先生」と言えば産科博士だという評判だ。出産を控えた娘の助産を、前もって申し込んでゆく母親たちもいた。

チョン・イム先生の自宅が病院と塀を境に隣りあっていることが幸いした。退職した六十代の医師を雇って患者の治療を任せているが、チョン・イム先生がいなければ患者たちが不安な様子を見せる。

チョン・イム先生の懐には、金がずっしり溜まり始めた。病院に出勤するのが嫌になったが、それでも出勤の印鑑はきちんと押す。古くからの党員でもあるし、それに重要なことは、掻爬手術や中絶に必要な機器が不足すれば、病院から持って来て使える。万が一、堕胎手術を受ける患者が出血で危険なら、病院に救急搬送もできる。

今日も明け方訪ねて来て涙を流しながら頼む二十歳の女性の、八週になった胎児の手術を終え、続いて来た避妊を望む患者にリングを入れてやって急いで出勤しようとすると、門の前に若い女が立っていた。高価な韓国製の古着を着ているのをみると、金持ちのようだ。［訳注：韓国製の古着が中国などを経由して闇で北朝鮮に入り富裕層に好まれている］

「うちに訪ねて来たんですか」

チョン・イム先生が尋ねた。

「チョン・イム先生のお宅でしょうか？」

「？」

「子供を処置しようと思いまして……」

チノクの話があまりに唐突だったので、チョン・イム先生はややあきれてしまった。他の女のように口ごもりながら言えば同情でもするが、これほど悪びれない女は初めてだ。

「妊娠何週目になるんですか？」

「八ヶ月……」

「子供は何人ですか？」

結婚した女性が来る場合は必ずチェックする事項だ。子供のない女性の場合、反覆的な堕胎で妊娠できなくなったり、自然流産する場合がある。

「まだいません。お金をまず稼いでから産もうと思うんです」

「最初の子はダメです。私がひっぱられてもいいって言うんですか？」

チョン・イム先生はやや不快な表情で言うと、チノクが何か言う前に、出勤が遅れたというようにさっと通り過ぎた。病院はチョン・イム先生の自宅からは転べば鼻が触れるほどに近いところだが、いつもこうやって走って通う。チョン・イム先生の後ろ姿をじっと見ていたチノクは、何歩か歩くと大きな石があるところに行った。それから足でそっと石を転がして、病院の正門前の木の影の下に行って座った。腰を据えて待つつもりだ。

商売に詳しくなったチノクは、チョン・イム先生の気持ちをよく分かっていた。貧しい女性たちは胎児を処置したくても金がなくてできないか、言われた料金をかろうじて支払う。金の匂いが漂う女たちは別問題だ。チョン・イム先生は金づるを簡単には手放さないというのが、チノクの計算だ。

あれこれ考えているチノクの前に、チョン・イム先生が歩いて来るのが見えた。昼食の時間になろうとしていた。正面から自分の前に歩いて来るチノクと向かい合ったチョン・イム先生はびっくりした。

「何なの。今まで待っていたの？　……最初の子供はダメだと言ったでしょう」

やや語調が高ぶった。

チノクはとりあわないでチョン・イム先生の後ろについて、家の敷地内に入って行った。チョン・イム先生も拒否する様子ではなかった。庭に低い椅子があった。チョン・イム先生がまず座り、チノクが続いて座った。大きな犬が鎖につながれてひっぱられる首を持ち上げて、ワンワンと吠えたてた。チョン・イム先生が犬に静かにと大声を出した。チノクの話が聞きたかったのだ。

「……私も子供を産みたいです。それはもちろん、子供を産むつもりなら一歳でも若いときに産むと良いのは知っていますが、金は誰が稼ぐんでしょう？　夫は工場の仕事しか知らない、夫の家は大根のきれっぱしひとつくれるほどの力もない、それじゃあ実家に頼って子供を産むんですか？　それも違うでしょう。今は自分の口ひとつ満たすのが大変な時代なのに……」

医師の気持ちを引きつけるために、チノクは可能な限り可哀そうな様子をして、真剣に言った。

チョン・イム先生は何の返事もしなかった。

「市場に定着してから子供を産みたいです。油商売をしてるんですが、今すごくうまくいってるんです。定着する前に子供を産めば、その商売は誰がするんですか。子供を産んでいて先手をとられてしまえば、コチェビ［訳注：浮浪児（者）］にするしかありません。子供の世話だけしていても、暮らしていけないでしょう？　金を稼いでこそ子供も育てられる、ただ産みさえすればいいんでしょうか？　よく知りもしないで子供を何人も産む女たちを見ると……金をちょっとは稼いでから、きちんと子供を産むつもりなんです……」

チノクの言葉はいらだつほど重々しかった。チョン・イム先生はまるで自分とつながりがあるような気にすらなった。数日前、四人の子供に道端で物乞いをさせている一人の女性が、また妊娠して堕胎できないかと訪ねて来たことがあった。堕胎の料金を支払う金もない女性だ。今堕胎は違法になるから、と送り帰して内心で罵った。

責任感のない出産だった。ちょうどそのことをチノクが言葉にした。今どきの若い者が、こんなふうに考えるとは驚きの事実だ。正しいこと、正しくないことの基準が混乱している時期だ。多産政策が知らされたときも、チョン・イム先生は現実を前に気持ちが暗くなった。食べてゆくことも難しいのに子供をたくさん産めという政府の方針が矛盾している。堕胎は犯罪だと公的に認められ、病院の産科でも堕胎は十八歳の娘であっても禁止された。

犬を産むように簡単に出産する女性たち、母親が責任を持てるかどうか考えて出産を調節する女性たち、それが最近は対照的だ。チノクは後者だった。

出産政策の矛盾の中で正義を追求するなら、チョン・イム先生もまた飢え死にするのは時間の問題だ。こうやって哀願する患者たちのおかげで、金儲けになり現代の金持ちになっているわけだ。言ってみればチノクの言葉が、チョン・イム先生がしている金儲けの理由だ。世の中がどうしてこんなふうに回ってゆくのか、その不合理なリングの上に医師である自分が立っていると考えると、やや気持ちが悪かった。そのうえ、八ヶ月の胎児はほとんど人の生命と同じで、二ヶ月の堕胎と違う。危険度もより高い。だがチノクの堕胎手術をしてやろうと、チョン・イム先生は心を決めた。

6

「お入りなさい。家で内診してみて――」

チョン・イム先生が、裏庭にある開け放たれた部屋に入って行った。チョン・イム先生の後について、チノクも入って行った。ヨードチンキのような匂いが家の中からつんと匂ってきた。奥の部屋を覗くと、壁を埋め尽くした本棚には『産婦人科学』をはじめとする臨床の書がぎっしりと収められていた。家の中を見わたす間もなく、医師の言葉が聞こえた。

「ズボンを脱いで横になりなさい」

横になれという言葉に、チノクは慌てて本棚から目を逸らした。いつの間にか、四角くて大きな座卓が、部屋の中央に置かれていた。しばらくぼうっと立っていたチノクは、座卓の前に座っている医師を見て、「ああ、これが分娩台なんだな」と思い至った。しっかりと作られた大きな座卓だった。少し寒気がする。

「こんな……あたしが座卓に乗るなんて」

食肉処理場の豚が思い浮かんで気分が良くなかったが、それでも仕方ない。チノクはおとなしく座卓に乗り、まっすぐに横たわった。チョン・イム先生は最終月経の日にちを聞き、子宮の中に二本の指を入れた。頭に指が触れるという。ふくらんだ腹の中で胎児が驚いたのか足で蹴った。

突然、チノクは怖くなり始めた。「やめようか」と考えてむくっと座卓の上で起き上がった。腹の左右を手で押してみていた医師は、どうしたのかというように見つめ、尋ねた。

「今からでも考え直したら言いなさい。まだホースを挿してないから……」

どうして起き上がったのか、チノクにもよく分からなかった。座卓に乗った自分を感じてみると、子供を産みたいという思いが強くなった。

座卓から下りたチノクを見て、チョン・イム先生は暖房の近くで身体を少し温めるよう言った。

掻爬、中絶、堕胎などをする女性たちがこういう行動をよく見せることを、チョン・イム先生はよく知っていた。女はどこまでも子供を産んで母性愛を感じたいのだ。女の本能は子供を強く望む。

母になろうという本能を押し殺して金を稼ごうとする自分を英雄のように思うが、腹中の胎児を殺す分娩台に乗ると、もう一度人間の本能で罪の意識を感じるのだ。だが現実を改めて考えると、北朝鮮の女性は再び野性的になる。ただひたすら金を稼がねばならず、生き抜かねばならないためだ。

三十分経ったろうか……チノクはもう一度座卓に乗った。女として生まれたことに、初めて軽蔑を感じた。なぜ女だけがこんな苦労をしないといけないのか、もうセックスなどしたくもなかった。目に入る天井の模様がぼやけてよく見えなかった。チノクの目から涙が流れていたのだ。染みのついた天井に、妊娠したと喜んでいた夫の姿も見え、恋愛を楽しんだ運転士の姿も見えた。この瞬間だけは、それがみんな憎らしい。チノクは分娩台の代わりの座卓に、まっすぐ横たわり膝を立てて足を広げた。

「……処置します」

ようやく決心したチノクの声に、医師は再び動き始めた。台所に行くと、何かの器を持って戻って来た。カチャカチャいう音だけがチノクの耳に聞こえる。

「ホースを挿しますよ」

チノクは目をぐっと閉じた。

三十センチほどのゴムホースを消毒箱から出し、薬物を入れたチョン・イム先生は、チノクの子宮に消毒薬を塗った。それからチョン・イム先生は夫に補助作業をさせた。チョン・イム先生の夫は、チョン・イム先生が指示するままに、カギ型になった手術器具を右手に持ってチノクの子宮に入れ、下に垂れ下がるようにすると、大きくなった子宮口に焦点を当てた。雇用医師が昼食のために家に戻っている間は、チョン・イム先生の夫が助手になった。

子宮壁をチクチク刺しながら入って来るホースの感覚が下半身に感じられると、チノクはまた女であることが嫌になった。なぜ子供は女が産むようになっているのか、男が産むのならこんな苦労をしなくてもいいだろうに……変なことを考える。五分ほど過ぎただろうか、医師が話す声が聞こえた。

「ホースを挿して十二時間ぐらい経つと、陣痛が始まります。子供を産むのと同じだから陣痛が始まる時間にまた来ないといけません」

チノクはうなずいてズボンをはいた。ここに来たときの堂々とした姿は全くない。チョン・イム先生がもう一度言った。

「ホースが抜けないように注意して、大便のときに力を入れると出ることがあるから、便所に行くときは、下のほうを持って注意してください」

チノクはもう一度来るのは嫌だった。どうしてか、この座卓が嫌だ。死刑囚たちが処刑される盛り土のような幻影すら見える。彼女は医師に言った。

「中絶するとき、自宅ではできないんでしょうか？姉の家が近くにあるんです」

チョン・イム先生は快く承諾した。その代り、ビニールシート（原注：透明なビニールシート。北朝鮮では雨が降ると傘代わりに、旅行時には道路の上に敷いて休むための毛布代わりに使用する。特に病院、自宅で出産するとき、分娩台の上に敷いて使用する。ビニールシートは布よりも洗いやすく再利用することができ、利用率が高い）とビニール袋、捨ててもよい布団を準備するよう言った。

分娩台の代用に使うビニールシートは床に敷くためで、ビニール袋と捨ててもよい布団は、死んだ胎児を包んで処理する人に渡さねばならないと言う。うなずいたチノクは家に帰って行った。

次の日の午前になると、耐えがたい陣痛が始まった。陣痛は周期的に来ていたが、周期が早くなってチノクを苦痛に陥れた。チノクの姉が、チョン・イム医師を連れて来た。脂汗を出して耐えているチノクは、チョン・イム先生と補助の医師が入って来ると多少安堵を覚えたが、陣痛でまた叫び始めた。チョン・イム先生が再度チノクを内診し、子供の頭が子宮の外に出て来ていないと言った。

「腹の中で窒息死したらいけない……」

そうなると堕胎手術は倍も大変になる。子宮の中で胎児を割いて取り出すことは容易ではない上に、産婦の出血の危険があった。三十分ほどさらに経つと、破水があって胎児の頭が見えるということで、チョン・イム先生は手術の準備を始めた。ビニールシートを床に敷いて、その上にチノクを横たわらせたのが手術の準備だ。

「力を入れて。そうすれば子供が出て来るから」

チョン・イム先生が叫んだ。チノクはこぶしを握って深呼吸をすると、子宮に力を入れた。力を入れるほど力が抜けた。もう一度息を吸って、ひとつ、ふたつ、みっつと言いながら死ぬほど力を入れた。力が弱いと言ってチョン・イム先生がオキシトシン注射を一本打った。陣痛促進剤だった。だがそれも無駄だった。

「特異体質なんだね。なぜ効かないのかな？　だめだね。胎児が死ぬ前に引っ張り出さないと……」

チョン・イム先生は、チノクの子宮にゴム手袋をはめた手を入れて、胎児の頭をそっと回し始めた。チノクは死にそうな悲鳴をあげた。だがチョン・イム先生は我慢するように、としか言わない。それでも胎児は出て来ない。ゴム管に入れた薬量が胎児に過剰接種された場合こういうことがあると、チョン・イム先生と補助医師が囁き合う声が聞こえた。

「だめだね。無理にでも胎児を引っ張り出さないと」

決然とチョン・イム先生は再び手を子宮に差し入れ、胎児の頭をつまんだ。そして胎児を少しずつ前にひっぱって抜き出した。チノクの悲鳴がより強くなった。ぴくぴくする塊の感覚が子宮を通るのが感じられると、チノクの陣痛の声はようやく止まった。

　無理やり外に出た胎児は、きいきいと反抗するような泣き声を細く上げた。その声がチノクを突き刺す。心臓の片方が刀でえぐり出されるような心情だ。これが母性愛なのか。囁き合う声を聞くと、女の子だ。髪の毛が縮れて丸々とした赤ん坊の姿が可愛らしくすらあったと、後日、姉が教えてくれた。

　チョン・イム先生は医者らしく決然と胎児をうつ伏せにした。すぐさま泣き声が止んだ。

　残滓があると出血の危険があるからと、チョン・イム先生がまた手を子宮の中に入れ、子宮を底から掻き出した。破裂した胎盤がひとつ残らずチョン・イム先生の手につかまれて全て血の塊になって出た。床に敷いたビニールシートの上に血が流れ、血の生臭い臭いが立ちこめた。

　およそ二時間二十分の間、堕胎手術が続いた。出血があって心配だったが良かったと言って、チョン・イム先生は出血を止める注射を一本打ってくれた。それに炎症を防がねばならないと、ペニシリン一本を打ってくれた。抗生剤は正規品をチノクが用意しておいたものだ。ようやく堕胎手術が終わった。

　いつそんなことがあったのかと思うほど、チノクの体はすっきりした。チノクを見ながらチョン・イム先生が言った。

「胎児の処理は別料金で支払わないといけないよ。山の地勢をよく知っている男だから、事がうまくいくように埋めてくれますよ」

　金を稼ぐすべのない男たちが、堕胎した胎児を山に埋めて金を稼いでいる。市場が形成されると共に、風変わりな方法で金を稼いでいる人も多い。

　チノクは少し驚いたが、金の入ったかばんを引き寄せて金を数えた。中絶した胎児でも人間のようにきちんと地面に埋めてくれることがありがたく、金が惜しくなかった。胎児処理の料金は米五キロだ。

　補助医師がビニール袋に死んだ胎児を入れている間に、チノクはチョン・イム先生と勘定をした。堕胎六ヶ月は米十キロの料金だが、それ以上は胎児が大きいので二十キロが料金だ。チノクの胎児は八ヶ月だから米二十キロ、現金にすると十万ウォンと、胎児を埋める料金三万ウォンで計十三万ウォンだ。チノクは上乗せして十五万ウォンを支払った。ありがとうと言いながらチョン・イム先生は、数日したら体の状態をもう一度見てやろうと言った。支払いを上乗せしたことに対するサービスだ。

チョン・イム医師は、体調に注意するよう言ってチノクの家を出た。手には死んだ胎児を入れた袋がぶらぶらしていた。周囲が暗くなって雨粒が落ち始めた。

●**ソル・ソンア** 설송아――一九六九年朝鮮民主主義人民共和国平安南道平城市出生、二〇一〇年大韓民国入国

父の手帖

아버지의 다이어리

イ・ウンチョル

이은철

一年前のことだ。ようやく話す勇気が湧いた。

淡いピンク色の桜の花がキャンパスを華やかに彩った。頭の上に白い桜の花を被り、坂道をゆっくり、とてもゆっくり歩いた。広くないキャンパスを上ったり下りたりしながらひと回り、そしてまたひと回りした。嫌ではなかった。何周したのか、陽の光に体が解きほぐされた。桜の花の影が落ちた芝生で、両腕を枕に横になって桜の花を眺めながら、花びらの間を縫って指し込む陽の光に目をぎゅっと閉じ、ただそのまま深く眠りたかった。

レポート、発表、クラスミーティングに追われ、何ひとつきちんと学んだものもなく、いつのまにか中間試験が目と鼻の先に迫っていた。体は疲労していたが、明後日に迫る試験のために、教科書をひととおり読まないといけなかった。甘い眠りの誘惑を退けて図書館に向かって歩いた。ほとんどの学生たちが教科書を覗き込んでいた。ひとり自分の横の席の男子学生だけが、すうすうと寝息をたてていた。自分が外に出る前から寝ていたから、一時間はゆうに寝ているらしかった。教科書に両腕を乗せてその上に頭を伏せて寝ている姿が、とりわけ天真爛漫に見えた。少し開いた口の端から水っぽい唾が流れた。昼ごはんにキムチチゲでも食べたのか、唇の周りに唐辛子スープが赤く染みついていた。なぜかその寝入った姿から、深い哀れみが感じられた。

彼が唾を拭いて顔を上げたのは、ジージーと音をたてる携帯電話の振動のせいだった。自分がついさっき時間を確認して、机の上に置いたばかりだった。よりによって寝ている人を起こしてしまったことに、わけもなくすまないという思いになる。携帯電話を持って立ち上がりながら甘い眠りを妨げたすまなさを表そうと軽く会釈をした。彼は片手で目をこすりながら、もう片方の手で大丈夫だと手の平を見せた。

液晶画面に浮かんだ見慣れない文字に、自分はびくっとした。「父」だった。「父」という文字は見慣れないとか驚かされるような単語ではないのに、携帯に浮かぶ「父」は、見慣れず驚かされるものだった。携帯電話を使い始めて五年になるが、父が自分に電話をかけてきたことはほとんどないのだった。電話が手の平でジージーと音をたてた。小走りで図書館を出る間に、音は途切れた。

父の日常は単調だった。休日を除けば、毎日反復されるパターンだった。朝は出勤、夕方は帰宅。会社の食事会にもほとんど参加しないようだった。とても良いことも、とても悪いこともうちには起こらないのが、ごく正常な状態だった。だから午後二時にかかってくる父の電話に驚かずにはいられなかった。もうかかってこない電話に、無駄な心配をしたのかな、と白けた気分になった。ロック画面の設定をめんどうだからとしていないせいで、間違って押されたのに違いなかった。それでも外に出てきたので、自分のほうからかけて見ることにした。二回呼び出し音が鳴って、父が電話に出た。

「あの、お父さん。電話がかかって……」

「そうだ、電話した。忙しいか？」

父の声はいつもより低く、沈んでいた。

「いや、図書館だから外に出ようとして、すぐ電話に出られなかったんだ」

「実は、お前に病院に来てもらわないといけない。保護者同意書が必要だそうだ」

「お父さん！　保護者同意書っていうと……？」

自分は言葉に詰まってしまった。韓国に来た年に総合健康診断を受けたのが最初で最後の病院訪問だったが、病院で要求される保護者同意書の使われ方ぐらいは知っていた。当惑する自分をなだめるように、父は病院の位置を言い、「切るよ」という言葉と同時に電話を切った。

忙しいことを口実に、何日か家に戻っていなかった。学校の近所で一人暮らしをする友達のところで過ごした。父に会っていないのは数日に過ぎなかった。その間にこんなことになるとは。

自分が病院に到着したとき、父はいつもの服ではなく患者服を着ていた。父はベッドに腰掛けて、窓の外を眺めていた。何かを深く苦悩しているような目つきだった。陽の光に正面から照らされている父の顔は蒼白だった。げっそりした頬と落ち窪んだ目に、明るい陽の光が留まっていた。

自分の気配を感じたのか、父がこちらを向いた。痩せた父と視線を合わせることがひどくつらかった。大家族でもなく、たった二人で暮らしながら、父がこんなになるまで一体自分は何をしていたのか。自分はその状況を認めることができなかった。

自分は父の手を握ったまま、しばらく顔を上げられなかった。父から事の経過を聞いたのは、突き上げてきた興奮がある程度鎮まってからだった。父の話によると、半月ほど前から父は腹痛があって下痢をし、腸炎だろうと思っていた。薬局で薬を買って服用したが、日が経つにつれて腹痛がひどくなった。病院でCT撮影をして異常の兆候が認められ、MRI撮影まで済ませたところだと言うのだった。

MRI判読の結果、父はすい臓癌Ⅲ期だった。手術はもう時期を逃しており、抗癌剤治療の他に方法がないと言うのだった。父は抗癌剤治療を始めた。だがそれは自分の身勝手な要求でしかなかったのか、父の体は耐えられなかった。抗癌剤治療を起点にして、父の体重は潮が引くように減少し、銅色だった皮膚は脱皮した蛇の皮のようにポロポロと剥けた。平坦ではなかった過去を余すところなく蓄えた父の冷たい目の色は、黄疸で黄色くなった。肉の落ちた腕は、注射針の痕で青黒い染みになった。

ある日父が自分に頼みごとをした。

「ミンス、家に行ったら、ラジオと、本棚の上の棚にある黒いノートを持って来てくれ。ノートは中を見ないでくれるとありがたい」

「他に必要な物はない？　食べたい物とか」

「ペンも一本持って来てくれ。それから……この前マンチョルが持って来た果物なんだが。ええと、何といったかな？」

マンチョルさんは、父と同じ職場の同僚であると同時に、同じく「脱北者」だった。自分が分からずに目をぱちくりさせていると、父が言葉を継いだ。

「ええと、あっただろう、天馬［訳注：オニノヤガラの漢名。漢方薬に用いられる］みたいな形の。黄色くて種が大きい……」

「あ、もしかしてマンゴーのこと？」

「そうだ、そうだ。マンゴー」

父にはやはり、慣れない果物の名前よりも、北朝鮮で生計手段として掘っては売っていた「天馬」が一番先に思い浮かんだようだった。

自分は病室を出て、エレベーターに乗って一階に降りた。ラウンジの中央には案内デスクが、左側にコーヒーショップ、コンビニ、花屋が順に並んでいた。初日には目につかなかったものが、ひとつずつ目に入ってくる。裏門に出れば、葬式場と駐車場につながっていた。

自分は広いラウンジを横切って正門に出た。しばらくぶりに味わう外の空気だったが、それほど爽快ではなかった。それこそ鼻を突き、澱んでいた。空気に桜の花の香りは混じっていなかった。軽い風が吹いて来て、自分の体臭を揺らした。何日か洗うこともできずにうずくまっていた身体からすっぱい匂いがした。バスを待つ若い女性の服装は軽かった。彼女たちから化粧品の匂いが漂って来た。自分とは区別される匂いだった。

バスの中は空いていた。車体の動きにつれて体が揺れると、眠気が押し寄せた。寝たらダメなんだが……。目を開けるといつの間にかバス停はあとひとつだった。

団地の敷地内に入ると、お腹を抱えて笑っている子供、水鉄砲で遊びながら追いかけっこをしている子供、足を投げ出して座りおもちゃを押す子供、木の葉や花びらを石で細かくしている子供たちの姿が、生き生きとしていた。その他はいつもと同じだった。

玄関の戸を開けると、留守にしてあった家がひっそりして侘しく感じられた。外で走り回る子供たちの声も聞こえてこなかった。自分は固く締められた窓を開けた。テレビを点け、ボリュームを上げた。ちょうど、最近気に入って見ていた『ギャグコンサート』の「黄海」が再放送中だった。「お客様、驚かれましたか？」驚いたというよりは父がいない家が、寂しく感じられただけなのに。［訳注：「お客様、驚かれましたか？」は、韓国でも被害が多発している振り込め詐欺を題材にした喜劇シリーズ「黄海」の中の台詞。詐欺グループが、あなたの家族が事故にあった、など虚偽の話を知らせる電話をかけ、銀行口座へ送金するよう誘導したり暗証番号などを聞きだそうとする間に反復される。テレビ番組『ギャグコンサート』を通じて二〇一三年の流行語となった。詐欺グループは中国から韓国に出稼ぎに来ている朝鮮族という設定で、朝鮮族に特徴的な言葉づかいや韓国の事情にうといところから詐欺だと相手に見破られて落ちがつく。朝鮮族は韓国のドラマや映画などで凶悪犯の役割を担わされることが常態化しており、そのことで多くの朝鮮族が強い苦痛を感じている。脱北者の言葉づかいは朝鮮族の言葉づかいと共通点が多い］

まず身体を洗いたかった。自分は脱皮するように服を脱ぎ、浴室に入って行った。鏡に映った自分の姿は、肉が落ちてやつれていた。これまで溜まっていた疲労で食欲が落ち、まともに食事がとれなかった。そのうえ夜になると、不眠症に苦しむ人のようになかなか眠れなかった。病室の簡易ベッドが寝づらかったせいではない。時折寝入っても、父が自分を呼ぶ幻聴に何度も目が覚めるのだった。

シャワーを浴びると体がむしろより深い沼に引き込まれた。部屋が左右に揺れ、家の中の物が勝手に空中を飛び交うようだった。両手で顔を打ち、混迷する精神を目覚めさせた。病院に持って行く物を入れるために、カバンに入った教科書を出そうとして中途休学申請書をまだ提出していないことに気づいた。学校にはもう行けないのだった。学年にすれば先輩、年齢では自分と同い年のテヨンに電話をかけた。

「テヨン、頼みがひとつあるんだけど」

「試験期間だよ。難しい頼みはかんべんしてくれ」

「難しいことではなくて、僕の代わりに休学申請書を作成して、担当教授のサインもらって、学事支援チームに提出してくれないかな」

電話の向こうで彼がうろたえるのが見えるようだった。

「何だって？　学期中に休学するだって？」

テヨンは全羅道からソウルにやって来た。本人としてはなまりはないと口癖のように繰り返したが、慌てたりうろたえたりしたときは例外だった。

「そうなんだ。父親がすい臓癌で入院して……」

「何だって？　入院？」

答える気力がなかった。彼は何度も慰めの言葉をかけて電話を切った。カバンの中身を出し、着替えとスリッパを揃えて入れた。父が頼んだラジオと黒いノートも忘れなかった。マンゴーは病院の近くのショッピングセンターで購入することにした。黒いノートは敢えてカバンに入れなかった。父が強調した言葉が、耳元で響いた。

「中を見ないでくれるとありがたい」

バス停に着いたとき、ちょうどバスが滑るように近づいて来ていた。後方に席を取って座った。黒いノートの中を見ることができる、という期待ですっかり緊張した。ノートというより、黒い革のカバーをかけた手帖で、真ん中にスナップボタンが付いていた。手帖の右側の上段には、五年前の年度が金文字で刻まれていた。スナップボタンを引っ張ると、パチンと固い音がした。何の記入もされていない暦を何枚かめくると、丁寧に書きつけた文字が表れた。家族の名前、出生年度、そして家の住所が細かく記されていた。まさか忘れることを恐れて記しておいたのか。ページを一枚めくった。


荒々しく迫りくる明日を経験してゆく過程を、人生だと信じていました。だから前だけを見て走り続けてこそ、後悔などしないだろうと。だが過去の記憶の中に退こうとするわたくしは、誰でしょうか。お父さんの子であったわたくしが、三人の子の父になり、今五十二を超えた年齢で、わたくしはいまだにお父さんに会いたいと思います。青い秋の空には、白い雲が北風または南風に流されて自由に往来していますが、愚かな身では来ても戻ることができませんでした。こんなことだと事前に知っていれば、来る道がこれほど惨めなものと知っていれば、これほど喉元を締めつけるものと知っていれば、旅立たなかったものを。

いつだったかお父さんは、こんなことをおっしゃいました。砲弾がいつ飛んで来て破裂するかしれない戦争の最中にも、戦争が終わった廃墟の中でも、私とお前たちの母親は、お前たち五人きょうだいをしっかり育てたのだ、と。だがその親の元で育ったわたくしは、自分の家族を守ることができませんでした。十一歳の末っ子ミンチョルがちょっとした病で死生の間をさまようとき、薬ひとつ与えてやれませんでした。米粥が食べたいという言葉を残して命を落としてしまった末っ子を抱えて、わたくしは涙を流すことすらできませんでした。餓死に近い、トウモロコシの皮のように痩せてしまったミンチョルを埋めると、四人で何の未練もなく豆満江を越えました。

妻と娘が中国の男たちに引きずられて行くときも、わたくしは守ってやることができませんでした。一番上の子ミンスを連れて、妻と二番目の子ミンジョンを探して往来を訪ね歩きましたが、不法身分と言葉の限界に突き当たり、探すことに失敗しました。旅立ったことを胸を叩いて後悔しました。そして帰ることができないという事実に悲憤慷慨しました。

家族を失い、国を失った悲痛さがわたくしを極端に追い詰めました。死のうとしました。だがミンスのことが気にかかりました。ミンスにはすまない話ですが、こいつの人生もまた、限りなく惨めなものになることが目に見えたので、一緒に死ぬことにしたのです。なのにそうはできませんでした。この子の澄んだ目を見てしまったのです。こいつと目が合った瞬間、はっと我に返ったのです。

わたくしはまたミンスを連れて、街に出ました。そうするうちに宣教師に出会って韓国に来ることになったのです。何ヶ月も経っていません。まだ何と言ってよいか、この社会についてよく知りません。しかし確かに餓死者はいないようです。食物ゴミ収集場が団地ごとに設置されています。そこには残飯が一杯です。

食事を欠かさずに毎食食べて生きるということが、ときには残酷なことのように感じられます。食事のために座ると、どの器にも末っ子の顔が浮かんでいるのです。米の飯を器によそうたびに、まるで末っ子を押しのけているかのようでつらいのです。

ミンスは韓国に来て数ヶ月の間に、身長が大豆もやしのように伸びました。この子の身体が大きくなるのが自慢ではあっても、心の片隅でひとつ違いの二番目の子ミンジョンが思い出されて、この子にいわれのない憎しみを感じます。お父さんの人生は恵まれていました。生きているうちは家庭に大きな困難はなかったからです。お父さんがこの世を去ったとき、お母さんは、おじいさん私も連れて行っておくれ、と悲しそうに泣きながらお父さんが墓地に行く道を最後まで見守りました。お父さんも家庭のためにひどく苦労したから、家族みんなが大きな困難なく過ごしたのでしょう。今お父さんにとても会いたいです。しかしそれはできないことですね。

お金がたまったらまず、妻と二番目の子を探そうと思っています。韓国でも中国を通じて北朝鮮と連絡がつくそうですから、きょうだいたちに連絡をしてみるつもりです。それまで皆無事であることを切に願っています。お父さんが守ってくださるようお願いします。

今日のようにしらふでは耐えられない夜には、酒でも飲み過ごして悲しい気持ちを振り払いたいのですが、酒で解決できる感情であればそれはもともと傷でもないのでしょう。0時が近づいています。大学入試を準備しているミンスが帰って来る時間です。何か食べさせて寝かせないといけません。


父は日ごろ話をしなかった。間違ったことをした自分をひどく叱責したことも、よくやったと褒めたこともなかった。一年十二ヶ月、感情の屈折というものは見出せない父だった。自分は父の乾燥した生き方を寡黙だからとは思わなかった。自分は父を木や石と同じだと考えた。そして本当に木や石のように接した。それでも父は自分に大声を出したこともなかった。自分は父のそういう姿に余計に腹を立てた。自分の考えで父を導こうとすらした。仕事が終わったらすぐ家に帰らず他の人たちと一緒に酒を飲んで、二次会でカラオケにでも行って来いと、家にばかり閉じこもって哀れっぽく何やってるんだと。身のほど知らずにも父に向かって、自分はそういうことを言った。

その記憶が自分を苦しめた。みぞおちから重たい塊が突き上げてきた。バスの案内放送が、次のバス停が自分が見えなかった。視野が暗くなり文章の続きが見えなかった。バスの案内放送が、次のバス停が自分が降りるべきバス停であることを告げた。だが降りたくなかった。終点がどこであってもただこのままでいたかった。どんな顔で父と顔を合わせたらいいのか。どんな顔で……。

紅潮した顔を父に見せることはできなかった。可能であれば、どこか深く隠れてしまいたかった。だがそうはできないのだから、自分は隠れる代わりにショッピングセンターに入った。マンゴーを買い物かごに入れて、目的もなく果物と野菜コーナーを繰り返し回った。何周したのか、自分を見る従業員の目が尋常ではなかった。彼らの鋭い視線を感じると、自分は予定にもなかったイチゴを一パック、手にとった。

ショッピングセンターを出ても心のどこかがすっきりせず、病院の周囲をうろうろした。病室に入る勇気が出なかったのだ。やっと病室に向けた歩みは、ただ重いばかりだった。遠くから重い足音を聞いていたように、父は自分が入って来る姿を、じっと見守っていた。自分と目が合うと、来たか、と言ってごくゆっくりと上体を起こした。父は自分が差し出した手帖を受け取り枕の下に入れた。その後も、父は気力の続く限り、何かを時折記していた。

一次抗癌治療を中断せねばならないほど、父の体力は急速に失われた。癌の転移も予想より早かった。このところ意識もぼんやりして、知人が見舞いに来てもはっきり分からなかった。自分が前に出て誰々が来たと言うと、その時になって目をかろうじて開くだけだった。父の深く落ち窪んだ目は、焦点も合わず空中をさまよった。

しばらく前からは肛門の括約筋がしまらず、随時便が流れ出た。イチゴやマンゴーのかけらを飲み込んでもすぐに吐いてしまった。父の体臭は発酵させた麹のようにすっぱかった。

入院初期に枕もとに置いてたびたび聞いていたラジオにも、少しずつ薄いホコリが積もっていった。

父はひと月半で重患者室に移された。自分は父がいなくなったベッドに顔を深く埋めた。背後から誰かが病室の整理を要求してきた。悲しむ間もなく、ひと月以上共に過ごした父の痕跡を、消さねばならなかった。果物ナイフ、果物、飲み物、タオル、スリッパ、ラジオ……。荷物をまとめて案内デスクの前を通ると、看護師が自分を呼び止めた。担当医師が面談したいとのこと、行ってみてくれというのだった。担当医師は淡々とした語調で、お父さんはあまり長くないようだから、心の準備をしてほしい、と言った。

重患者室は保護者の面会時間が定められているので、自分は家に戻るしかなかった。持って来た荷物を出しかけて、父の手帖を思い出した。カバンを逆さにしてみたが、出てこなかった。枕の下から出した記憶がなかった。

自分は病室に戻った。病室の入口まで来ると、なぜか父がそのままベッドに横たわっているような気がした。自分の足音を聞いて、目を合わせようと振り向くような気がした。だがそれは自分の願望に過ぎず、錯覚に過ぎず、父の痕跡はどこにもなかった。すでにベッドシーツやふとんカバーも新しい物に取り換えられていた。

自分は案内デスクに行った。幸い、キム・ソルメ看護師が案内デスクにいた。ひと月あまりの間、病室で、または建物のどこかでしばしば顔を合わせて見覚えのある看護師だった。互いに事務的な話だけを取り交わしただけ、異性としての好奇心はなかった。だが今日に限って彼女に会ったことが、他郷で出会った故郷の友のように嬉しかった。彼女は自分が案内デスクに来た理由を知っているように、自分を迎えた。

「分かってますよ。お父様の手帖のことでいらしたんですよね」

彼女ははっきりと自分に向かってそう言った。それから後ろに向かって、ちょっと席を外すというジェスチャーを同僚に送った。

「ラウンジでコーヒーでもどうですか?」

彼女が半歩先を歩きながら言った。

「はい、えっと……」

どういうことになっているのか判断がつかず、言葉に詰まった。

「実は、お父様から手帖をお預かりして、十日ほどになるんです。もちろんお父様からのご依頼で、ご自分の意識が完全になくなってから手帖を息子さんに渡してほしい、とおっしゃったんです」

十日前と言えば、父の意識がはっきりしたり昏睡したりしていた頃だった。

「ああ、そんなことがあったんですか。父の頼みを聞いてくださってありがとうございます。コーヒー代は自分が出します」

「いえ、まだ学生さんじゃないですか。私はアイスアメリカーノ、ミンスさんは？」

彼女は自分を「保護者の方」から「ミンスさん」と呼び変えた。自分が学生であることも知っていた。

「自分も同じ物にします。でもここは自分が出しますよ」

自分が財布を取り出そうとまごついている間に、彼女がカードで精算してしまった。

「知り合いでもない人がコーヒーをおごるっていうから、気分を悪くしたんですか？」

「いえ、そういうことではなくて、自分が当然、出さないといけないところだからです」

「冗談ですよ。お父様と何時間かお話したことがありました。ミンスさんがカバンを肩にかけて出て行ったな、と思ってから私の交代時間になっても戻って来なかった日でした。疲れてはいましたけど、他に約束もなかったし、私服に着替えてからお父様のところに行ったんです。お父様は私に親切にしてくださいました。果物とか飲み物とか出して勧めてくださって。最初の印象どおりに、お父様は良い方でした。変わることがありませんでしたね。何というか、ゆったりしていてあったかくて、包まれてみたい感じというか。たくさんの患者さんのお世話をして来ましたが、お父様のような方は初めてでした。その後、お父様とよくお話したんですよ。私がお父様のところに行く機会はたくさんありましたからね。随時チェックする脈拍、交換するリンゲル、お父様の状態……お父様に煩わしく思われるぐらい出入りしたんですよ。私、言わなくていい話してますね。とにかくお父様は私に手帖を頼むほど私を好いてくださった、いえ私を信じてくださった……それが言いたいんです」

「だけど自分はお二人がそんなに親しくしておられたとは、全く気づきませんでした」

「お父様はミンスさんに不必要なことはあまりお話なさらなかったでしょう。それから私はミンスさんの前ではそんなそぶりを見せたくなかっただけです。私の行動を誤解されるのは本当に嫌なんです。勤務中にあまり出ていられないので、もう戻らないと。手帖は私のロッカーにあります」

「じゃあ、もしかして、父が手帖の中も見せたんでしょうか？」

彼女はエレベーターのボタンを押しながら「そうですね」と、短い、いろんな解釈ができる答え方をした。我々は七階にまた上がって行った。案内デスクまで来ると彼女は軽くうなずいてこちらに背を向け足早に歩いた。淡いピンク色の制服が彼女によく似合っていた。ズボンがややタイトなのか、無駄な肉のないまっすぐな脚が目についた。二、三分も経ったろうか、彼女がこちらに手帖を差し出した。

「あ、そうだミンスさん！　お父様が、ミンスさんに書いた遺書とは別に書いた手紙をファイルから取り出しておいてくれとおっしゃったんですけど、私、うっかりしてまだ出してません。親子の間で秘密なんてありませんからね」

彼女の話は、まるであなたに読ませようと思って取り出さなかった、と言っているようだった。


お前、元気でいるだろうか。

中国から韓国に来る脱北者は一年に二千人を超えるというのに、お前とミンジョンは依然行方が分からない。三年もいろんな人を通じてお前が居そうなところはどこも問い合わせてみたが、返ってくる答えは虚しさだけだった。繰り返される手応えのない返事に、いつかこんなことを考え始めた。或いは俺だけがお前に再会したがっているのかもしれないと。当然守るべき家族を守れなかった人間のところにもう戻りたくないのだろうと。だから俺が見つけ出せないところに、わざとしっかりと隠れているのだと。

だが子を持つ親の心は、それではすまされない。仕事の行き帰りに女子生徒を見ると、ミンジョンのことが胸を締めつけて、それで外に出るのが怖いぐらいだから、お前はどんな気持ちだろう。お前もどれほどミンスに会いたいだろう。腹を痛めた子なんだから、俺よりもずっとそう思うだろう……。まさか公安に捕まって北に送還されたのではないか、と考えてみて、ぞっとしてその考えを打ち消した。お前とミンジョンにはそんなことが起こらないように祈っている。一緒にいられないからどうだと言うんだ。お互い元気でさえいれば。

　ミンスの心配はしなくてもいい。あいつはお前に似て骨格が大きくて、見栄えもする。五年前のミンスとは違う。道端で会ってももう分からないだろう。目は俺に似て小さいが、俺の子だからなのか、それもどことなく魅力になっているようだし、それに威厳もあるように見える。子を持つ親の心というものだろう。あいつは三年間一生懸命勉強して、名門大学に入ったよ。頭が良いのも多分お前に似たんだろう。同学年の中では一、二歳年長だが、それでもうまくやっていけると思う。うちのミンスのことだから……。

　韓国は俺たちが住んでいた北朝鮮に比べれば人間が生きている匂いが薄い。隣に誰が住んでいるのかも知らないんだ。キムチ漬けの季節になれば、近くの者たちがひとつの家に集まって座り込んで味見しながらキムチ漬けをし、盆正月には互いに作った料理を分け、あちこちの家に集まっては時間を過ごしたじゃないか。だが韓国ではなかなかそんな姿を見つけるのが難しいんだ。そのせいか、家族揃って、家族みんなで集まって不足はあっても分かち合いながら生きていた頃が懐かしい。

　ミンスは俺が家にばかりいることにひどく不満を感じているらしい。外で酒を飲んだり、友達を作ったりしろと言うんだが、俺にはそうしたい気持ちがないんだ。それでも何か書いていると気持ちがちょっとは落ち着くんだ。残った時間であいつが腹を空かせないようにおかずをたっぷり作り置きして、お前のいない空白を感じさせないように洗濯機を回し、服にアイロンをかけ、そんなことをしている。ミンス一人はしっかり育てることを楽しみにして生きている。こいつまでいなかったら、俺はもうずっと前にあの世の人になっていただろうよ。お前も健康でミンジョンを立派に育ててくれ。二人の子供たちがいつか会えるようにしてやらないと。健康な体で。健康な体でね……。

父の筆跡とはかなり違って見える文字は、角を失ってくねくねと書きつけられていた。父の遺書だった。ただ気力が衰えて滑るペンを思うままに押したり引っ張ったりできなかっただけだ。

　ミンス、父のせいで最近お前まで体を壊している。前のように運動もよくやって、ごはんもよく食べて、そうしてくれるといい。それからもう泣くのはよせ。男がそんなに涙もろくてどうする。時間が経てば、当然来るべきことなんだ。ただ少し早めに来ただけだ。誰でもこの世に来たらあの世に戻らねばならない、それが自然の理なのだ。人間というものはそれに逆らって生きることはできないものだ。だから父の死をあまり悲しまないでほしい。お前が悲しむと、ちゃんと守ってやれないで旅立つ父の心が安らかではいられない。お前に似たかわいい孫を見られずに旅立つのが残念だが、人生がそうなっているのだから仕方がない。
　だがお前は好きな女の子もいないようだな。お前の入学式に行ったらかわいい女の子がたくさんいたのに、お前を好いてくれる女の子はいないようだな。お前は他のことは父よりうまくやれるのに、女の子を誘う腕前は俺に及ばないんだな。ははは……。だから俺がかわいい女の子に一人、目をつけておいた。キム・ソルメ看護師、どうかな？お前と年齢もだいたい同じぐらいだし、顔もかわいいし、性格も見た目と同じように良いよ。境遇がお前と似ているところがあるから、頼りあって労りあいながら生きてくれるといいんだが。親の愛情に恵まれず、施設で育ったというんだから、偉いもんだ。最近の四歳違いはなんでもないことだ。テレビを見てみろ。芸能人は十歳以上年上でもうまくやってるよ。父さんはうちの嫁にキム・

ソルメ看護師を考えておくよ。

ミンス！　父さんが死んだら納骨堂とか墓に押し込めないで、火葬して撒いてくれ。多少面倒でも江原道に行って撒いてくれるといい。そうすれば自由に往来してお前のお祖父さんやミンチョルに会えるし、それにお前とソルメ看護師が暮してゆく姿も見られるじゃないか。それからお前のお母さんとミンジョンを探すことはおろそかにしてはいけない。中国現地で宣教師をしていたり、脱北者を支援している人たちの電話番号を記して置く。連絡してお前の名前を言えば分かってくれる。一緒にずっといてやれなくてすまない。

　チェ・ミンスを愛する父より

　重患者室に移された父は、七十二時間後、この世を去った。そしてそれから一年が過ぎた。父を思うと、すまなさと懐かしさと、感謝の思いだけがある。銭湯に行って背中を流したり、渓谷でバーベキューをして口に入れてあげたり、そういうことをしないといけなかったのに、そうできなかったことが、いつも心に棘のようにひっかかって痛みを引き起こす。季節は滞りなく巡り、キャンパスは華やかな桜の花でいっぱいになった。父がどうかあの世では、安らかに休んでくれるといい。

●**イ・ウンチョル** 이은철 ―― 一九八七年朝鮮民主主義人民共和国咸鏡北道茂山郡出生、二〇〇八年大韓民国入国

第2部

迎えいれる者たちの当惑

——引き受ける責任

どこまで来たの

어디까지 왔나

李《イ》青海《チョンヘ》

이청해

1

その日の朝、勲《フン》は電灯を買いに行った。ショッピングセンターが店を開ける時間に見当をつけて、黄色の縞模様のシャツを出して着ていった。そのシャツは引出の一番下の段に入っていて、ずいぶん前に妻が家にいた頃、夫婦仲が春の日のようだった頃着ていた服で、彼が持っている服の中で一番さっぱりした物だった。

明け方に目が覚めたとき、いつもとは気分が違った。遠くから時間の経過を知らせる鐘の音が、カーンカーンと聞こえたようだった。ようやく床にしっかり足がついたような、体の中心が胸のあたりから足に下がったような、これ以上落ちるところはなく、泥沼の隅々まで這い回るだけ這い回った感覚が、全身に広がっていた。その感覚は覚えのないものだったが、山に囲まれた平地のように穏やかだった。何もかも諦めて放り出して手に入れた平穏なのかもしれなかった。彼は透明な液体が、一滴一滴、毛細血管に広がってゆくのを感じた。

どうしてこんな感覚になったのか考えてみた。昨夜遅く、ギリシャ情勢を伝えるドキュメンタリーを見たまま寝入ったからかもしれなかった。ギリシャでは今、数多くの高学歴者たちが、失業の末に路上生活者になるか物乞いをしていた。彼らは毎日毎日生存の恐怖を前にして、最後のプライドまで捻じ曲げてゴミのように暮らしていた。極貧に耐えられず自殺した人間が六千名を超えた。その国の富の四十八・六パーセントを上位一パーセントが所有していたし、救済融資を支給されても、それすら九十九パーセントに近い額を恥知らずな銀行が持ってゆき、資本家の支援を必要とする政治家たちがそのまま放置していたという内容が、専門家たちの口を通じて繰り返し暴露された。衝撃的だった。一般の国民たちには何の過ちもなく、他国の国民に劣らず懸命に暮らしてきたのに、ヨーロッパ先進諸国からは「怠け者」と馬鹿にされ、極限まで追い詰められていた。正確に言えば、ギリシャよりヨーロッパ連合の責任が大きく、ギリシャの運命を変えた大きな決定一つ一つに、主導権を握ったヨーロッパの強国たちの国内政治の状況が、密接に関連していた。最も胸を打った言葉は、ギリシャはもう負債が多すぎて協商能力がないというものだった。どうあがいても、協商カードが通用しないというのだ。例えば韓国の一般人の場合、負債が三千万ウォン程度なら銀行と協商できるが、負債が一億を超えると協商する力がなくなり、銀行の指示に従うしかないという。眠気に負けてドキュメンタリーを最後まで見ることはできなかったが、協商能力についての断言が胸に突き刺さり、自分がギリシャの失業者たちと重なって見え、恐怖が襲ってきた。このままでは韓国で下位一パーセントに属することになるかもしれず、そうなると自身の人生を抵当にとられたまま、奴隷のように生きてゆくしかない。勲はしばらく前に提案されたことのある「労働」について考えた。労働。僕がそれをすることができるだろうか……そのあたりで寝入ったのだから、自らを戒める気にもなるだろう。

天井の四隅で壁紙が剥がれてぶらぶらしているのが見えた。冬に暖房が入ると乾燥した壁紙がおのずから裂けて、徐々に破れてゆくようだった。彼はそういうことに気づかずに暮らしていた。

勲は起き上がり電灯を点けた。ひどく暗かった。三つの蛍光灯のうち、二つが切れていた。勲はそのことにも気づかずにいた。部屋の中はまるで穴倉の中のようだった。

勲はタオルを水に浸して床を拭いた。タオルがすぐ真っ黒になった。

――掃除をまるでしないで暮らしていたんだな。

彼は自分に話しかけた。この家に、自分ではない他の人物が住んでいたようだった。雑巾と化したタオルを洗うために、浴室に入って行った。浴室灯も一つ切れていた。二つが並んで一対になっていたのだが、一つが消えて片っぽだけになっていた。

台所に行くと台所灯も寿命が尽きかけたように薄暗かった。電灯が集団になって彼にストライキをしていた。

――この家に引越して来るとき、電灯を新しくしなかったかな？　前の住人が使っていたのをそのまま使ったのかな？

思い出せない。そのまま使ったのではなかったようなのに、こんなふうに電灯が一度に切れてゆくのを見ると、多分、前の物を使っていたようだった。いや、一度に切れたのではなく時間差で一つずつ切れていったのだろうが。

家中が廃墟だった。

どれほどの時間が流れたのだろう。

抑圧された歳月が、足元に河のように横たわっていた。

勲はそのふやけた時間をぎゅっと踏みしめた。

台所に行ってゆっくり朝食を用意し、きちんと食卓に並べた。食事をまともにとるのは、何年かぶりのようだった。

ショッピングセンターが開店する時間を待った。待ちくたびれて、用もないのに衣装箪笥や整理箪笥を開けてみた。整理されるべきものばかりだった。服は半分以上捨てて、着られる物だけをもう一度洗濯しないといけなさそうだった。箪笥の一番下の引出に、黄色の縞模様のシャツがくしゃくしゃになったまま押しこまれていた。かわいらしかった。勲はすぐその服を引っ張り出して、鏡の前に行って首から下にあてがってみた。顔色が明るくなった。勲はそのシャツをパタパタとはたいて、椅子の背にかけておいた。顔を剃ってスキンローションを塗ってくると、その服を着た。シャツはしわしわだったが、すぐ体に巻きついて自然な格好になった。

靴箱の前で、姿見に映してみた。背の高い案山子が立っていた。滑稽だった。

――まるで電柱だな。

成長過程で何度も言われた言葉が、口をついて出た。体重が二、三キロ減ったようだった。三十九という年齢が信じられなかった。

――来年は四十だな。

彼は自分に囁いた。四十、不惑の歳。惑わされないというのは、何をするにしても立ち位置が定まって大抵のことには揺るがないという意味らしかった。それなのに自分は、惑わされないどころか、何かを始めてもいない状態だった。始めることもできずに終末に向かっているありさまだった。

　家を出た。

　午前の空気は新鮮で、太陽の日差しは透明だった。彼はまぶしくて手でひさしを作って歩いた。早い時間に買い物に出て来た主婦たちの柔らかな表情には、その日こなさねばならない仕事に対する決意と負担感が交錯していた。

　三十六ワットの棒型蛍光灯を二つ買って戻って来た。

　蛍光灯をとりつけるために、椅子を持って来て上った。高い視野から眺望してみると、雑多な物が部屋の中にぎっしり積まれていた。彼は視線を上に向けた。電灯の乳白色の覆いを外すと、棒型蛍光灯三つが並んで彼を見下ろしてきた。そのうち二つが切れていると思ったのだが、よく見ると蛍光灯はなんでもなかった。二つの端っこがやや黒ずんでいるだけだ。部屋の扉近くのスイッチに行って灯かりをつけてみた。五秒ほどの時間が流れたあと、パチパチと瞬いてから一つの蛍光灯が点灯した。また椅子に上がって点灯しない蛍光灯二つを調べた。見たところは新しいものと変わりなく、接続状態もしっかりしていた。内側にはめこまれている点灯管が切れたらしかった。彼は点灯管を回して外してみた。ポロポロとプラスチックの粉が落ちてきた。電灯があまりに古くなって、点灯管のソケットが劣化したらしかった。まったく困ったものだった。点灯管を買い換えれば、復旧できるかな？　勲は点灯管のソケットに通っている細い電線には触らずに椅子から下りた。

　居間のほうに行った。

　これまで六ヶ月の間、昼夜にわたって彼の体を受け止めてくれたソファーが、沈みこんだ形のまま彼を誘った。彼は急いでベランダに出てタバコに火をつけてくわえることにした。バス停から家に来る間に、金物屋の横にあった電気屋が思い浮かんだ。彼は電気屋に行った。専門家の助言が必要だった。

　電気屋の主人は、最近は点灯管が生産されないと言った。

生産もされないなんて？　それはあんまりではないか？　家には確かに点灯管が設置されているのに？　彼は歳月を越えて飛び出して来た石器時代の人間のように当惑した。

「全部ＬＥＤライトに換わったんですよ。蛍光灯もほとんどなくなりましてね。見てくださいよ。蛍光灯はもう、いくつも残ってないでしょ」

電気屋の主人が指し示す棚には、本当にＬＥＤライトばかりが一杯に積まれ、蛍光灯は四、五本に過ぎなかった。

「点灯管はもうずいぶん前になくなりまして。お宅の電灯はすごく古いものなんですね」

電気屋の主人は勲を原始人扱いして、もう他の品物を片づけ始めた。

「じゃ、どうしたらいいですかね？」

勲はすがるような口調で尋ねた。

「ＬＥＤライトに換えるしかないですね。他に方法はありません。点灯管がついた電灯なら。電灯そのものを取り換えないといけませんね」

彼は仕方なく新しい電灯の代金を支払い、電気屋の主人が一緒に来てＬＥＤライトを設置した。

新しい物はやっぱり良いものだった。それに新技術ということで、よけいに明るくきれいだった。

「これなら電気代も少なくてすみます。半分にもなりませんよ。電球を取り換える必要もないですしね」

「電球を取り換えないんですか？」

「ええ、めったに切れません」

「切れたら？」

「切れませんよ。切れたら電灯の寿命が尽きたんです。数年では切れません。だから電灯を全部、一つずつでも取り換えるといいですよ。一度に換えると費用がたくさんかかりますから」

技術は目ざましく進歩していた。じっと動かないばかりでは、声も出せず取り残されてしまいそうな世の中だった。

部屋が明るくなると、見苦しい物がいっそう目立った。彼は一日中、壁紙を貼り、整理整頓し、電球を取り換え、掃除をした。

夕方になった。

彼はすっきりした気分で電灯を全部点けて、居間に座っていた。

母親に電話してみようかな。

そんな気分になった。国語教師だった母親は定年退職して一人で暮らしていた。父親はベトナム戦争に参戦して武功勲章までもらった筋肉質の男だったが、事業は何をしても結果が良くなかったし、一生妻の顔色をうかがい、老年に入ってから妻と別れて家事ヘルパーをしていた女性と暮らし始めた。

勲の母親は湧き上がる憤怒を、生来の自信に満ちた態度と結合させた。そのためか、勲の離婚を、失職を、受け入れなかった。母親の一生の努力が水泡に帰したことに、火山のように腹を立てていた。

母親は、兄とは仲が良かった。

勲は母親に電話しようとした気持ちを打ち消した。母親は、勲の声を聞くたびに「私の家にバイ菌でもついてるって言うの？　どうしてそんなに来ないの？　指がどうかなったの？　電話もできないの？」と息もつかず責めたてるに違いなかった。それから医者をしている兄がどんな誇らしいことをし、そのうえどうやって親孝行したかを並べたてるだけだった。勲は母親から何も言われたくなかった。何も干渉されたくなかった。死ぬほどの思いをしても、助けてくれとは言わないつもりだった。母親はもちろん、どんな相手にも。電話することでうっかり無用な誤解を招くかもしれなかった。助けてくれというサインを送ったと考え違いをされることは、この上ない恥だった。

携帯電話のアドレス帳をずっと下までスクロールし、また上にスクロールして見たが、二百人を超える名前のうち、電話したいところはなかった。

パソコンのスイッチを入れて没頭すれば今日のところは解決するが、パソコンの電源を切ればひもじさを感じるし、心が曇るのだった。

他の何かが必要だった。切実に。こんなふうに明るくて整理整頓されていて、日当たりの良いところには……もっと活力があるか、もっとおもしろい何かが必要だった。乾ききって意味もなく流れてゆくものは、似つかわしくなかった。

生演奏の音が聞こえてきた。柔らかい旋律だった。重く落ち着いた……深く心を揺り動かす……それはチェロの演奏だった。マンションの敷地内にある、彼が住んでいる棟の正面にある女子高から聞こえる音だった。音楽室の扉を開けたまま練習しているのだろうか？　勲はベランダの戸を開けてしばらくの間チェロの演奏を鑑賞した。曲目は分からないが、意識が遠くなり、昔のことが思い出された。妻と恋愛していた頃……懐かしい音だった。

チェロを弾けたら……。

2

勲はギター講座に申し込んだ。区役所の文化センターで運営する教室だった。履歴書をあちこちに出すことを諦めてから、書類を作成するのは初めてだった。インターネット講座が溢れているが、人間の中に入って行きたかった。奈落をさまよった経験がそうさせた。見知らぬ人たちだろうから、なんとかなりそうだった。貯金が底をつくまでやりくりしなければならないのに、高い受講料を出して民間の教室に通うことはできなかった。

どんな結果をもたらすのか分からないこの試みが、電灯がどれも切れてしまった自分の人生に、点灯管のような役割をしてくれたら、と勲は願った。

彼は新しい局面を迎えたかった。

たとえ、労働というものをしてでも。

労働について考えると、胸がどきどきした。

――僕に本当にそんなことできるのかな……。

肉体労働をしているところを妻や職場の人間たち、母や兄が見たら何と言うだろう。ここはギリシャでもなく韓国なのに。僕が属してきた世界を、完全に離れることができるだろうか。

別れた妻は、バイオリンの演奏者だった。彼女は美しく、火花のような野心を隠し持っていた。勲は妻がバイオリンを演奏するたびに、あの音はちょっとひどいな、と考えた。感傷的で絢爛ではあったが、神経を逆撫でするところがあり、そのたびに火花がはじけ飛ぶのではないかとひやひやした。もっと華やかな生活を夢見ていた妻の期待に応えることができないでいるという自覚が、不安を増幅させていた頃だった。妻は、夫の支えが足りないからあの有名な誰々のようになれない、と率直にまくしたて、身長ばかりが電柱のように高い勲について来たことを、人生の失敗だと考えていた。彼女は、どうでもよいことに難癖をつけ、話にならない八つ当たりをしていた。本人の才能と努力が優れていればともかく、どういうわけで成功できないことを周りのせいにするのだろう。勲はただ勤めに出ては帰っていたが、気持ちがこじれてゆき、バイオリンよりチェロの音が柔らかく耳に届き、チェロの演奏者たちを好み始めた。ミッシャ・マイスキー、ステファン・ハウザー、パブロ・カザルス、ヨーヨー・マ、鄭明和、ハンナ・チャン……勲は体質的にバイオリンの音よりチェロの音のほうが好みだったが、これもまた妻との葛藤において火に油を注ぐ役割をした。

そのぐらいチェロの音が好きだったが、現実的にチェロを習うことは難しかった。ギターは高校の頃触っていたことがあり、ちょうど家にギターがあった。

区役所は歩いて十分ほどの距離にあった。

水曜日の夜七時に、勲は区役所の文化センターに出向いた。

ギター教室に登録した人は、全部で九名だった。女性が四名、男性が五名だったが、十代や二十代はいなかった。男性のうちの三名は、勲よりも年配のように見えた。

年配の人々の集団に入りこんでみると、さわやかさはないが、代わりに温かみがあった。

講師は髪の薄くなった頭を、ベレー帽で隠した五十代の男性だった。

彼はギターの各部位の名称と、弦の調整、チューニングの仕方について詳しく説明した。ギターの持ち方、楽譜の読み方、運指法についても。

受講生たちはみんなメモをとり、ギターを出して膝に乗せた。講師が姿勢を直してくれた。首が痛くならないように、譜面台の高さと傾きを調整するよう指示した。

右手と左手の構えについての説明が続いた。弦をうっかり触って飛びでてくる不協和音が、「できそこない人形」［訳注：笑い顔・怒り顔・泣き顔の三人一組の人形。韓国で一時期流行した］のように教室の床にコロコロと転がった。

時間はあっという間に過ぎた。

講師は次の時間には、ギターの音階と右手の奏法、

C、D、Aコードの運指法を練習すると言った。その次は、アルペッジョの基本練習をするとのこと。
女性たちが、ふうっとため息をついた。ついていくのが難しいと言いたげだった。

講師は受講生にギターを下ろさせてから、教室の後方の空いたところに一列に並ばせた。最後まで座っていた勲はぎこちなく一番後ろに行って並んだ。

講師は一番前に並んだ背の小さな女性と、一番後ろに並んだ勲を丸くつなげて円形の列を作った。それから向きを変えさせて、前の人の肩をほぐしてあげてください、と言った。勲の後ろに並んだ小さな女性が勲の肩をトントン叩いた。痛かった。彼女は勲に、背を少し低くしてくれ、と言うと、本格的に背の筋をもんで、肩甲骨を丸く、丸くマッサージした。マッサージをどこかでしていたことがあるか、よくしてもらったという手つきだった。講師は、ギターを長い時間弾くと、腰、背中の筋肉が固くなるので、それをほぐさないといけない、と言うが、実のところは受講生の間のよそよそしさをなくし、親しみやすい雰囲気を引き出そうということのようだった。また向きを変えて、後ろの人をアンマしてあげてください、と言った。勲も後ろを向いて、小さな女性の肩をトントントンと叩いた。恥ずかしかったのでそれ以上はしなかった。

授業が終わった。

みんなで挨拶をして、ぞろぞろと文化センターの建物を出た。

勲は駐車場を横切って家のほうに向かった。コンビニの灯りの届かないところに来ると、小道の暗さが彼の体を包んだ。妙な気配が感じられて振り向くと、ギター教室にいた背の小さな女性がちょこちょことついて来ていた。こっちの方角に家があるのかな？ 彼は道を譲ってやろうとした。彼女は数歩近づいて来て、ぴょんとはね上がり彼の口に自分の口をつけた。勲は驚いて思わず一歩後ろに退いて止まった。すんでのところでひっくり返るところだった。何だこれは？ わけが分からずにいた。

「キスさせてくれてありがとう」

快活な言葉が飛んできた。蝶々のようだった。春の蝶々は来た道を引き返してひらひらと飛んで行くのだった。

「アメリカ映画で見て、私も一度やってみたかったものので。背の高い男の人って近くで見るの初めてなんです」

モンシロチョウは、飛ぶ格好のまま体を半分ねじって自分の突発的な行動について説明した。勲はあきれてその場にしばらく突っ立っていた。アメリカの映画？ 何を初めて見たって？ 何か釈然としなかった。

彼女が小道の向こうに消えていった。

勲は家に戻った。

悪い気分ではなかった。嫌な目にあったという考えもなかった。奇妙な出来事だった。彼は今まで「積極的な」女性たちを軽蔑してきたし、そういう女性たちに良くない偏見というか、固定観念を持っていた。それでも拒否感が感じられないのは、例外的なことだった。

女性たちは勲に、いつも「クールだ」と言っていた。勲から見ても自分の特徴と言えば、背がすらっと高いということと、他人に干渉しないということぐらいだった。勲は誰かと親しくなることを嫌った。一人でいるほうがずっと気楽で他人に積極的に近づこうとせず、近しい人物が遠ざかっても特別な行動をとらなかった。こういうのを恐らく「クールだ」というのだろう。良い意味では、しつこくしがみつかないという意味かもしれない。最近の若い世代は、この単語を現代的で洗練されたものだと信じているようだ。だが確実に言えることは、勲は十二年間の職場生活の中で、人間関係が密接ではなかったために追い出されたのだ。業務上の能力が不足していたとは到底考えられない。彼は仕事だけは徹底してやりこなしたし、その事実は、会社の内部の人間たちもみんな知っていた。集中攻撃をやられて辞表を書きながら気づいたことは、社交的手腕があるか謀略に長けているか、他人を利用して業績をあげる人物が世の中の至るところにはびこり、彼らは連帯を組んで互いに利益を追求しているということだ。いわゆる「クールな」人間としては、そういう人間たちの対戦相手にはなれなかった。

テレビをつけた。

人生の勝者が登場してカラカラと笑い、はしゃいでいた。

ニュースチャンネルに替えた。

金大中平和財団の李姫鎬《イヒホ》女史が、チャーター便で平壌《ピョンヤン》を訪問したという内容が伝えられていた。金正恩《キムジョンウン》国防委員長との面談が実現するかが、大きな関心事だということだった。車椅子に乗った年老いた李姫鎬女史が空港から出発する姿が、画面に映っていた。夫の遺志を継ぐためだろうか？ 歩くこともできず、高齢による病もあるだろうに、北韓［訳注：韓国で北朝鮮を意味する］に行って大丈夫なのかな？ 九十歳を超えて、どんなことを考えているのかな？

勲は靴下を脱いだ。

アナウンサーの言葉の中の、とりわけ耳ざわりな発音が何度も耳を刺激した。

彼は靴下をいらいらして放り投げた。事件事故を伝えるコーナーのようだった。「事件」もそうだが、特に「事故」をアナウンサーはあまりに短く発音した。それで「交通事故」の「事故」ではなく、「私的な倉庫」、つまり「個人所有の蔵」と言っているように聞こえた。［訳注：韓国語で〈事故〉と〈私庫〉は同音異義語。〈事故〉は長母音で発音されていたが、近年は長母音にしないで発音する人が増えている］いらいらした。国語の長音と短音について、全く感覚のない人間だった。ああいう人間がアナウンサーになるとは！ 最近は年配のアナウンサーでも「恨《ハン》」をのばして発音しないために「漢《ハン》の国」とか、ひとつふたつというときの「ひとつ」のように聞こえる人間がいた。「被告人」の「被」を、「旧習」の「旧」を、「肝癌」の「肝」を、短く発音する人間は山のようにいた。意味が通じないことはなかったが、だんだんひどくなって感覚までなくなっていることが情けなかった。料理家は「皮むきのにんにく」の「皮むきの」を短く発音するので「もう痛んでしまった」とか「塩で味つけした」という意味に聞こえ、哲学者は「時間」の「時」を短く発音するので「死体を姦淫」すると言っているように聞こえた。勲はアナウンサーでもなく、国語学者でもないが、とりわけこういうところが気になった。国語教師の息子として、いつも指摘されて成長したためかもしれなかった。［訳注：韓国語には元来同音でも長母音と短母音で意味を弁別する単語があったが、近年は長母音と短母音の発音の区別はなくなりつつある］

このままでは国語の長音と短音の区別は完全に消え

るだろうし、遠からずそんな特質があったということさえも忘れられるだろう。

完全に消えれば……時代の趨勢ならば……どうでもいいというのか？

意味の混乱が深まり、美しい国語の語感がたくさん消えてゆくというのに？

外国人が来て韓国語を話しているように聞こえるだろうに？

もちろん、暮らしには変わりはないだろう。そうかといって何もしないでいていいのだろうか？　国語研究院に意見するか？　彼らには何か方法があるだろうか？

何もかもどうにもならなかった。

すっきりしないまま寝床に入った。

眠りが浅くなるたびに、モンシロチョウがひらひら飛んで行った。蝶は他の蝶に比べてとても小さく、羽根に黒点がいくつかあった。勲は後ずさりしたり横に避けたりして、モンシロチョウが体に触らないようにした。彼の体を何度も回っていたモンシロチョウが、野原の向こうに飛んで行った。勲は蝶を追いかけて行った。白い蝶がいつの間にか白いテニスボールになって、ポンポンポンと弾んで行った。彼はボールを追いかけて、手の平でバウンドさせた。ボールの弾みが止まらないよう、ずっと追いかけて弾ませているのに、だんだん止まってゆくのだった。もどかしかった。

目が覚めた。

午前三時半だった。

背の小さな女性が近づいて来て口づけをしたことが思い出された。口に触ってみた。触感は残っていなかった。あまりに瞬間的なことで、そういうものを感じる間さえなかった。アメリカの映画か……勲は考えた。いったいどの映画だろう？　どの映画で、背の小さな女優が、背の高い俳優に飛びついて口づけしたのだろう？　どんな内容の映画だろう？　「マンマ・ミーア！」に出てきたアマンダ・サイフリッドが思い出された。もちろんその映画にそんな場面はなかった。名前は思い出せないが、婚約者と殴り合いのけんかをして逮捕された背の小さな女優もいた。彼女はジュリア・ロバーツの姪だった。主にハイティーン映画に出演していたヴァネッサ何とかいう女優も浮かんだ。

なぜかそういった女優たちではないようだった。もしかすると古い映画かもしれないという気がした。あか抜けしない小さな女性が、「アメリカ映画」と言いながら不思議なことのように真似したところを見ると。

数十年前の感覚を憧憬する女。

アメリカ映画を見たことが特別なことになる女。

どういう女がギターを習いに来ているのだろう？

彼女の外貌は思い出せなかった。

3

小さな女には、人を武装解除させる才能があった。それは驚くべき長所だった。関係が糸束のように絡み合った社会というジャングルで生き延びるための、彼女特有の武器のようだった。彼女は誰とでもすぐに親しくなり、その人の心を何年も着古した寝間着のように居心地の良いものにした。勲としては初めて経験する、驚異的な個性だった。

ギター教室の全員が、彼女にはすっかり気を許して言葉をかけ、笑い、しゃべり、頼み、ときには甘えることすらあった。

男たちだけそうなのではなかった。女たちも、他人という警戒を解き、彼女には自分の家族に接するかのようだった。他の見方をすれば、あまりに小さく、みすぼらしく、扱いやすく、最初から競争相手にならないという心理も根底にあるはずだった。

講師すら彼女を見ながら話し始め、彼女を見ながら講習を終えた。ちょっとした整理整頓を頼むとか、事務室に行って出席カードを持って来てくれとか、そういう手伝いをいつもさせた。班長を選んでおいたのに、いつも彼女に頼んだ。

彼女はギター教室に来た四人の女の中で、一番身なりがみすぼらしかった。服の品質ももちろんだが、選び方があか抜けていないし、それに新しい服があまりなかった。そのうえ教育程度も低いようだったし、話すときの抑揚もちょっと微妙だった。標準語は標準語なのだが、ソウルの人ではもちろんなかったし、ソウルに近い京畿道だとか、忠清道、江原道出身でもなかった。勲はじきに、彼女が北のなまりを隠していることに気づいた。言葉は標準語を使っていても、時々抑揚が上下した。北から脱出した人らしい、と勲は推測した。名前がキム・クムファだということからも、確実だった。今年とか去年に南に入ったようではなく、この生活にかなり適応していた。そんな背景を推測すると、釈然としない感じも少しずつほぐれていった。

キム・クムファのギターの腕前は、全くひどかった。教室で誰か一人を落第させねばならないとすれば、ちょうど彼女が対象になるのだった。まず楽譜の読み方が分からなかった。基礎があまりにできていないので、どこから始めたらよいのか分からないほどだった。講師も彼女にはギターの練習をさせるのは無理だと、最初から諦めているようだった。しかし当の彼女は実に熱心だった。自分がどこまで到達しているのかも分からず、やたら一緒にやろうとし、「ピッチ外れの音」を出して演奏をダメにした。それでもみんなはっはっと笑ってやり過ごした。誰とでもしっかりと繋がっている「関係」が、その役割を果たしていたのだろう。

もう一つ驚いたのは、彼女の年齢が若いということだった。彼女は二十代だった。まあその終わりかけの二十九歳だったたが。ギター教室に入った時には十代や二十代はいないと思っていたが、彼女がちょうど唯一の二十代だった。男たちは幸運にめぐりあったように、口をそろえて乙女だと言ってニコニコと喜んだ。

勲はクムファに特別なそぶりは見せなかった。お前は最初の日、僕について来てこういう行動をしたじゃないか、と思い出させるようなことはしなかった。勲の性格でもあったし、そんなことを突き詰めて、関係を持とうともくろむ気持ちはなかった。クムファもそんなことはなかったかのように、勲に普通に接した。

勲はもしや彼女は健忘症患者じゃないのか、自分の行動を記憶できない精神疾患があるんじゃないかと疑ってもみた。だが、おかしな様子を発見することはできなかった。他の人と同じように勲に話しかけ、笑ったり、肩を叩いたり、うなじをくすぐったりした。勲は自分が「単に背が高いせいで」彼女が「アメリカ映画を見た感動に浸ったままのときに」ちょうどそばにいたから攻撃されたのだ、と気持ちを整理しておいた。

打合せ兼親睦会を開こうという話が回って来た。授業が夜九時に終わるので、そのあと開くと遅くなりすぎると女性たちが心配したが、他の日にあらためて約束するのもみんなに時間的な負担になるだろうし、そのまま水曜日の授業が終わったあと、一杯飲むことにした。

水曜日の夜、授業が終わってから区役所の裏にある「この良き日に屋台」に集まった。屋台のような造りの居酒屋だった。

「『この良き日に』って何だよ？『この良き日の』だろう」

勲が文句をつけた。

「『この良き日の』が正しいですか？」

クムファが耳ざとく聞きつけて聞き返した。

「そうだよ、そうじゃないと。所有格なんだから。『この良き日に』って言ったら副詞じゃないか。後ろにある『屋台』の修飾語にならないじゃないか」

「どうして修飾語になりませんか？」

「それは『屋台』が名詞だから。副詞の次は用言を使わないと」

「そういうのはどうしたら分かりますか？」

「誰だって分かるだろう。言わないだけだよ」

「国語の先生ですか？」

「いや、うちの母親が国語の先生だったんだよ。今はもう辞めたけど」

クムファが「ああ、そうなのか！」という表情で勲を眺めた。彼女は勲の隣に座った。テーブルの下に彼女の小さな足が見えた。彼女は白いサンダルを履いていたが、小さい爪に真っ赤なマニュキアがぽつぽつと塗られていた。かわいらしかった。勲はその足を、テーブルの下に時々見下ろした。

「いつ来たんですか？」

勲がクムファに尋ねた。

「え？」

彼女の瞳孔が大きくなった。

「いつ、越えて来たんですか？」

「あ、ああ！」

彼女が頷いた。しばらく時間が過ぎた。彼女が再び顔を上げた。口元の筋肉がひきつっていた。

「九年になります」

彼女の顔には、これまでとは全く違った表情が浮かんでいた。力強い度胸のようなものが、水滴の表面張力のように顔全体をぴんぴんに引っ張っている感じだった。だがその内側から、侘しさや寂しさが溢れでそうに揺れ動いていた。危うさが見えた。

　置かれている状況は違ってはいたが、寂しさだけは、勲にとっても馴染みのあるものだった。勲は何か少しでも慰めてやりたかった。だが適切な言葉が思い浮かばず、口元ばかりぴくぴくした。

「二人で囁き合ってないで、クムファさん、ちょっとこっちおいでよ」

「クムファ、クムファ、クムファさん、私の杯受け取って」

「こっちのほうがずっとおもしろいよ？」

　彼女が立ち上がって笑いながら他の男たちの間に入った。

「おチビのおばさん、ほんとに小さいね。地面にへばりついてるよ」

「地面にへばりつくのはいいけど、おばさんは違う」

「ああ、おばさんじゃなかったか」

「違う。かぐわしき二十九歳、花咲く年齢でしょ」

「花咲く年齢かもしれんが、かぐわしくはないさ。それは春香《チュニャン》［訳注：朝鮮半島でよく知られた古典芸能の演目に登場する女性主人公の名］の年齢だろう」

「かぐわしき年齢じゃないの？」

　彼女がどういう意味なのか、というように勲のほうを見た。誰のどんな発言にも意味もなく笑って関わってくる、例の表情が戻ってきていた。それは、彼女が一生被っている仮面のようだった。

「金花か？　金貨か？　クムファってどういう意味なんだい？」

「両方でしょ。金花に金貨！」

「すごい金持ちだな」

「そうだよ。私が一番の金持ちだね！」

　彼らは焼酎を注文し続け、豚の皮とか鶏の足を食べ、帰る人は帰り、二次会から三次会まで続いた。みんなが完全に酔った。彼女が髭男とジーンズ男をふりはらって、勲の隣に来た。

「かぐわしき年齢って？」

　酔っていてもそれが気になっていた様子だった。

「二十歳前後の年齢。でも春香がその単語を使ったから、にはち青春で十六、せいぜい十八っていうふうにみんな思ってるんだよ」

「じゃ、私が使ってはいけないね」

彼女は素直に納得した。

彼らはビール屋を出て、腕を組んで通りを歩いた。後に誰が残ったのか、勘定は誰が支払ったのか気にも留めなかった。通りは明かりがほとんど消えていた。夜が深まってゆくところだった。

「アメリカ映画はどんなものを見たの？」

勲はクムファに尋ねた。ぼんやりした街灯の明かりに彼女の顔が浮かび上がった。もう仮面を外した顔だった。最初の日のせつない出来事が、二人の間で思い出された。彼女は自分の行動を忘れないでいた。だが、お手本になった映画のタイトルは思い出せなかった。あの日の昼間、彼女は初めてテレビのリモコンのVODボタンを押してみて、無料映画を見たのだと言った。クムファは、西洋の俳優についても全く知っていることがなかった。勲は、多分エリザベス・テイラーぐらい昔の女優が、その当時の映画で背の高い俳優に飛びついてキスする場面を演出したのだろうと推測した。その場面がラストシーンらしかった。彼女はうっとりとその場面を眺め、自分が幸福に押し流されるみたいだったと言った。

彼らはいっそうしっかりと腕を組んだ。

明け方三時か四時頃、クムファは勲の人生に入って来た。

4

クムファは手慣れた様子で食事の支度をした。彼女はひとときも休むことがなかった。家の中は全く違ったものになった。勲も、にんにくやよもぎを食べてようやく洞窟の中から出てきて人間になったようだった。［訳注：朝鮮半島の檀君神話にあるよく知られた逸話］
二人は、日の当たる場所で食事をとった。
料理の皿の間に、変なものが置かれていた。真ん中が深くなった洋式のスープ皿に、棗《ナツメ》の枝が一本置かれていた。縦の枝を中心に、両側に互い違いについている棗の木の葉がみずみずしくツヤがあって、その間にはまだ青い棗の実が五、六個くっついていた。食用というには、真ん中に水が入っているだけで何の調理もされていなかったし、飾りというには、皿の中に一本の枝が置かれている様子がおかしかった。

「これ、何？　食べるんじゃないだろ？」

勲は冗談のように尋ねた。食べ物の味も、食べ物の種類も、実のところは全てがあまりにも違った。アフリカとヨーロッパの間よりも、もっと違いがあった。

「飾り、花と同じ。良い食堂には、テーブルに花が飾ってあるね」

「ふーん」

そう返したが、勲は「これ、きれいなの？」と聞きたかった。飾りであればきれいだとか、素敵だとか、何かの意味があるべきだった。そのどれでもなさそうだったが、勲は聞かなかった。彼女がきまりわるく思ったり、バカにされたと思うかもしれなかったからだった。彼女という個人を知ってゆくということは、見知らぬ大陸を探検するようなものだった。

「一昨日ぐらいから台風が来てるでしょ。風が相当ひどく吹いた？　ゴミ捨てに行ったら、うちの棟の後ろにある棗の木が、根元から引き抜かれて倒れていた。もったいなくてかわいそうで……」

「その棗の木の枝なの？」

「そう。棗がびっくりするぐらいたくさんなっていた。秋に収穫したら何袋分にもなったのに。多分、実が重すぎて倒れたみたい。他の木はみんなそのまま立ってて、風に吹かれてもなんともなかったから。あまりもったいないから、警備員さんのところに行って話したんだけど、どうしようもないって言ってた。管理所長さんとかみんな出て来て見たんだけど、ひっぱり起こして助けることはできないって言って。さっきもう一回下りて行ってみたら、斧で適当に切ってトラックで運んで行ったみたいで、真ん中が窪んだ、木があったところに、こんな葉のついた枝が落ちていた。とてももったいなくて、拾って来たよ」

勲は、実や収穫物に対する愛着が我々とは違うのだな、と感じただけだった。

クムファは、食器を片づけたあと、その棗の木の枝をコップに生けようとした。だが、うまく生けられなかった。

「がんばってそうやって生けても、棗が熟するわけじゃないよ」

「熟したら食べようと思ってない。あまりにもったいないなくてもったいなくて……こういう気持ち、どう言えばいいか分からない！」

彼女が自分の胸をドンドンと叩いた。

しかしいくらがんばっても、棗の枝はコップに生けられなかった。実の重さのせいで、枝が逆さになって下向きにぶらさがり、コップから抜けて床に落ちた。あれこれとコップを出して格闘していた彼女はやがて、結局実を全部取ってしまった。

「ほら、これで生けられたでしょ。一つ取ったら軽くなってちょっと元気が出て、二つ取ったらずっと軽くなって頭をちょっと持ち上げて、全部取ったらこうやってまっすぐ立つでしょ。子供というのはこういうもの。こんなふうにお母さんにとって負担になってるんだ」

植物のことを母子の関係に例えることが適切なのか、勲はちょっと考えこんだが、彼女自身と親とを思い浮かべているのだろうと、そう推測しただけだった。

台所仕事を終えた彼女が、棗の木の枝が生けられたコップを持って居間に来て、飾り棚の上に置いた。

「最初から聞いてみたかったことだけど、あの絵は何？　獅子が女の隣にいるのはなぜ？　獲って食べるのではない？」

「うーん。獲って食べるわけじゃないだろう」

飾り棚の上の壁にかかっている絵は、アンリ・ルソーの「眠るジプシー女」という絵だった。砂漠で、多分明け方で、きれいな服を着たジプシーが深く眠っているのだが、マンドリンのような楽器と壺が横に置かれ、美しいたてがみに炯々たる眼光の大きな雄獅子が彼女を守っている……理由は説明できないが、この絵を見ると勲は心が平穏になった。砂漠の柔らかい色感、藍色の空に浮いた白い月、ジプシーのきれいな服、飲み物と旋律、何よりも信頼のおける獅子の横で、深く眠っているジプシーの疲れきった表情……勲は説明しようとしたが、どう説明すれば良いのか分からなかった。

芸術作品の鑑賞に説明を押しつけるわけにはいかないだろう。シャガールや、マティス、モンドリアン、カンディンスキーについて、そして青田《チョンジョン》［訳注：朝鮮半島の画家、李象範《イサンボム》の号。一八九七〜一九七二］、雲甫《ウンボ》［訳注：朝鮮半島の画家、金基昶《キムギチャン》の号。一九一三〜二〇〇一］、樹話《スファ》［訳注：朝鮮半島の画家、金煥基《キムファンギ》の号。一九一三〜一九七四］、李仲燮《イジュンソプ》［訳

注：朝鮮半島の画家、一九一六〜一九五六］について、彼女と話をするのは困難だった。いや、話すこともできるだろう。忍耐を持ってすれば。しかし本当の対話ではなかった。

「ただ感じるままに感じるんだよ。何でも。みんな違ったふうに感じるんだ」

「あなたはどう感じますか？」

「僕は、まず、色感が良いんだ。ジプシーの顔も良いし。どこも気に入ってる。最初この絵を見たとき、変に心が落ち着いたんだ。あったかい湯に浸かったような感じ……僕を完全に任せることのできる獅子を横に置いてみたかった、とでも言うのかな。でもホコリぐらいは拭いてあげないとね。いくら複製画でも」

「この女、ジプシーだね！　玉で占いする変な女たち……それで複製画とは何ですか？」

「本物の絵じゃなくて、写真で撮って印刷したもの。もともとは何枚も刷った版画のことだったけど」

彼女は版画についても質問した。いつも質問には終わりがなかった。二人とも物足りないまま終わりにするしかなかった。

勲は雑巾を持って来て、額縁を拭いた。「眠るジプシー女」は、ガラスの中にあっても色がずいぶん褪せていた。

彼女がテレビをつけた。

ドミニカ共和国の人たちがサトウキビを収穫する場面が映っていた。

二秒もしないうちに、彼女がリモコンで他のチャンネルに換えた。

順天《スンチョン》［訳注：韓国全羅南道にある市］で九歳の小学生を人質にした事件が終結したというニュースが流れた。

彼女がまた、リモコンをぎゅっぎゅっと押した。

「昨日、中国が電撃的に人民元の切り下げを行ないましたが、これにより、グローバル市場に甚大な影響を受けました」

そんな解説が流れてきた。放送でどうしてそんな言葉づかいをするんだ、勲は舌打ちをした。「グローバル市場に」と始めたら「影響を与えました」と受けるべきだろう、「受けました」を使いたければ、前で「グローバル市場が」と主格助詞を使うべきだろう……。

クムファはニュース内容に熱中していた。中国に関することなら彼女は何でも耳をぴっとそばだてた。多分、中国でしばらく過ごしてきたのだろうし、それで中国に対して関心が強いのだろう。

クムファはついに望みのチャンネルを探しあてた。彼女はドラマを見ずに、子供たちが出てくる番組ばかり見た。双子や三つ子の父親がスーパーマンになって二日間子供の面倒を見る番組を、飽きるほどいくつも見た。その番組が終わると、チャンネルボタンを数十回押して、言うことを聞かない子供が、専門家の助言を通じて聞き分けの良い子供に変わってゆく過程を見守った。クムファは幸せに浸って涙をほろりとさせながら、その番組を連続して見た。もう見た内容でも、五回、七回と連続して見た。彼女はクロスステッチでも、家の模様ばかりを刺繍した。完成された数十のクロスステッチが、全て家だった。勲の目には同じようなものに見えたが、こっちの家は煙突がここにあり、あっちの家は屋根の傾斜がより急で、窓は四角だったりアーチ型だったりというように、たくさんの家が彼女のクロスステッチ入れの籠に、きちんと積み重ねられていた。子供を産んで家を持つことが夢なのだろうと推測することができた。

クムファが勲の頭を自分の膝の上にのせて、髪の毛の中に指を入れ、あっちこっちに撫でた。勲はくすぐったく、眠くなった。彼女は自分の髪の毛からクリップピンを抜いて、勲の髪のあちこちに付けてみてはくすくす笑った。人形で遊ぶように、彼女は勲の頭で遊んだ。勲は目を閉じた。うとうとと眠気が押し寄せた。こういうふんわりした感じは初めてだった。彼は、母親からもこんなふうに感じたことはなかった。母親は彼を産んだとき、最初にミルクを飲ませた場面をまるで神聖視し、何度も話して聞かせた。一九七〇年代の中盤だったその頃、母親が信奉していた教育論はベンジャミン・スポック博士の育児理論だった。母親よりも前の世代までは大家族だったし、育児について神経を使う余裕もなく、せいぜい年長者の助言を聞くぐらいだった。運良く現代式教育を受けた母親は、聖書の次にたくさん売れたというスポック博士の『育児全書』を抱えて結婚生活を始め、母乳は栄養分が不足していてミルクが完全食品だから、ミルクを飲んでこそ赤ん坊の脳と身体が健康に発育しうるのだ、という説に従い、完全にミルクだけを飲ませることを決意した。そこで母親は、二人の子供に初乳すら与えなかった。特に重要なのは、最初の授乳行為だった。赤ん坊が生まれた直後、最初にミルクを与える瞬間がその子供の一生を決定するというのだった。母親は赤ん坊の口元に哺乳瓶をあてがうのではなく、離して握っておいて、赤ん坊が自ら唇をぐっと突き出して、あっちこっち探し求めたあげく、哺乳瓶の飲み口を探し当てるようにした。母親は儀式をとりおこなうようにその行為を厳粛に行ない、結局、子供は二人共飲み口を探しあてた。反対に、赤ん坊のほうがじっとしていて、母親が飲み口をあてがって楽にくわえさせた場合、一生何かを他人がしてくれることばかりを望む、受動的な人生を生きるのだと信じていた。また赤ん坊はうつぶせに寝かせてこそ、頭の後ろが良い形になるという説に従って、勲と兄を共にうつぶせに寝かせた。彼ら兄弟は頭の後ろは丸くなったが、代わりに前歯が突き出て、思春期に歯の矯正を受けねばならなかった。うつぶせ寝によって窒息死する赤ん坊が続出するに至って、この育児理論は見直されることになり、今ではほとんど忘れられているが、母親はいつも勲を見て「あれほど能動的に育てたのに競争に負けるなんて！」と嘆いた。

ともあれ母親とスポック博士の連帯によって、赤ん坊中心育児法にＧｅｒｂｅｒ印の離乳食を食べて成長した勲と兄は、頭の後ろと歯並びを除いては、完全に違う人間になった。兄は勉強ができて医学部に行き、勲は身長ばかり無駄に伸びてあらゆる趣味を持ったあげく、人文学部の「なんとか学科」に行った。母は兄を成功したものと、勲は失敗したものと見なした。勲は成長過程においてずっと心理的に支えになるものがなかった。母は、万事において問い詰めて検査し、罰を与える人であって、心理的に勲の味方になってはくれなかった。母親との関係が更に悪化したのは、三年前、母と兄と勲の三人で日本に旅行してからだった。ソウルでは時折しか顔を合せなかった三人が、旅行地で二十四時間一緒にいることになると、全員が「本性」をあらわし、ひっきりなしに言い争いが起こり、そのたびに母が兄の味方になり、勲は腹が立って一人で飛行機に乗って帰って来てしまった。家族関係はそんなふうに、大きな亀裂が入ったままになっていた。

「夕飯、何を作って食べようか？」

遠くからのように彼女の声が聞こえた。彼は我に返った。

「ラーメン？」

伸びをしながら答えた。

「いやいや、だめだよ。ご飯を食べないと。米があるから」

彼女が台所に行った。米をとぐ音、野菜を洗う音、冷蔵庫の扉を開け閉めする音が聞こえてきた。

彼らは一日二回、食事をした。「あひるご飯」と早めの夕食。午前十一時と午後五時が食事の時間だった。

おからチゲに野菜包みご飯が用意された。おからチゲと豆腐ご飯［訳注：うす揚げにご飯を詰めたもの］が、彼女の好みの料理だった。彼女が作る料理は、率直に言ってまずかった。だが、勲はそんなことに文句を言える立場ではなかった。

皿洗いは勲がした。

クムファはコンビニでアルバイトをするために、六時頃出勤しないといけなかった。よりによってアルバイトの時間が夕方に決まったのだ。彼女は深夜に戻って来た。

クムファが化粧品ケースを抱えて化粧をし始めた。顔の化粧を終えたあと、手にも丁寧にローションを塗った。彼女は特に手が荒れていた。北朝鮮と中国で、たくさんの仕事をしたのだろうと勲は考えた。不憫だった。顔にも首にも深いシワがあって二十九歳には見えなかった。十才上の勲の年代に見えるか、それ以上に見えることもあった。

深いシワと荒れた手……勲は横目で彼女を眺めた。憐憫と愛情を込めて。

5

チャンミ食堂は焼肉屋だった。

久しぶりの再会だったが、焼肉屋で会おうと言ったのが気になった。勲はカードを持って来たかどうか確認した。場合によっては自分が勘定することになるかもしれなかった。いや、頼み事をする立場なのだから、当然勘定しないといけないだろう。

八時十分過ぎに、金奎植《キムギュシク》が入って来た。真っ黒で、痩せていた。勲は手を上げた。彼らは高校時代の山岳部の先輩後輩の間柄だった。

「どういうわけだい？」

二人は握手をするとすぐ座った。ぜい肉の全くない金奎植の体から、力と頼もしさが感じられた。

金奎植が食堂の主人を呼んで、牛カルビを注文した。

炭火が届き、金網の上で、カルビがじゅうじゅうと焼けていった。金奎植が焼けた肉を切って、勲の皿の上に置いてくれた。

「良い話はないのか？」

「良い話どころか。家に閉じこもってるだけですよ。先輩はどうですか？」

「俺？　俺は仕事ばかりだよ」

金奎植は体育学部を出て今まで結婚しないまま、一人で暮らしていた。

「先輩、俺も仕事しますよ。うまくできるか心配ですけど」

「何か変化があったのか？」

金奎植が大きな肉切れを口に入れながら、勲のほうを見た。

「長い間迷っていたんですけど、もうちゃんと決心しました」

「確かなのか？」

「はい」

「じゃあやってみろよ。本当に職業にするかしないかは、後で決めることにして」

金奎植は二週間後に合流しようと言った。今は巨済島の船舶会社で船体に塗装をしているが、ほとんど終わる段階だと言った。二週間後には、新しく建設する高層マンションの外壁にペンキ塗りをする仕事が始まると言った。

「その仕事はソウル近郊だ。家から通える」

「大変ですよね？」

「当然大変だ。多分、最初は半分死んだようになるさ。覚悟しないと」

「先輩はどれぐらい大変だったんですか？」

「五、六年間は重荷だったな。今は全く大丈夫だ。他の職業に替えてやると言っても、替えないさ」

「何年目なんですか？」

「十二年」

「……」

「雨が降れば休んで、冬の三ヶ月はずっと休む。すごく良いんだ。氷壁登り行って、山岳スキーやって……その楽しさでこの職業辞められないんだ。外国ではこういう職業をもった登山家が多いんだ」

「何か準備して行かないといけませんよね？」

「体力は十分充電して……そのまま来い。俺のところに全部あるから。椅子みたいな形の機具を作って使うんだ。そこに座るか立って作業する。綱にぶらさがって」

「仕事はいつもあるんですか？」

「仕事はある。危険負担があるから志願者が多くないんだ。二十階、三十階にもなる高所で綱にぶらさがってペンキ塗りしてみろよ。普通の人間にはできない。だから日当が良いんだ」

「ペンキの匂いがきついですよね？」

「新築マンションの外壁に使うペンキは品質が良いんだ。それを使用することが法律で定められている。既存のマンションのペンキを塗り直すときもこういうのを使わないといけないんだが、価格の問題で使わない場合が多い。費用に何倍も差があるからね。そんなペンキ作業はそれこそ地獄だ。俺たちが使うのは匂いはそんなにしない。それでも初心者は塗る技術がないから、ひどく大変だろうよ」

「技術を身につけるにはどれぐらいかかりますかね？」

「器用さと頭が重要だ。一人でする仕事が好きで責任感がある人間はすぐ習得して日当も高くなる。仕事の結果を見ればすぐ分かるものなんだ。お前は多分うまくやるだろうよ。山登りに通った頃も、ロープ結びも上手だったし、登攀技術も良かったじゃないか」

「そうですかね？」

「とにかく気楽だ。自分の割当分だけミスなくやりとげればいいから。働いた分だけ毎日もらうんだし。上司も部下もない。あったとしても言葉づかいに気をつかう程度だし、仕事の進行のために班長とか何とか呼称があるが、実情は完全に平等だ。このぐらい気楽な職業は芸術家以外にはないだろう」

「ええ」

「体さえ適応すれば、労働は神聖だということが分かるようになる」

昼間倒れるほど働き、夜は焼酎で鬱憤を晴らす肉体労働者の哀愁が漂っていないのが幸いだった。

覚悟はしていたが、勲は半ば死体になって帰って来た。

それでも次の日、また仕事に出かけた。死のうが生きようが、この仕事で決着をつけねばならなかった。

どこかの会社に再就職するのが不可能だということは体験したが、特別な手づるがあってそういうところに行ったとしても、人間関係のせいでまた困難を味わうに違いなかった。状況は終局めがけて突っ走るだろうし、目を開けたままで生き埋めになるかもしれなかった。「お前が弱ければ世間はお前を生きたまま飲みこむもんだ！」勲はラッパーのようにその台詞を何度も諳んじた。

精神とは別個に、肉体が悲鳴を上げた。腕が腫れ、腰を伸ばすことができなかった。尾てい骨が痛んで、まともに座ることもできなかった。四日目からは目が充血し、歯茎から血が流れた。

それでも勲は仕事に出かけた。

夕方戻ると一晩中うんうんと苦しんだ。熱が出れば深夜に起きてアスピリンを二回、三回と飲んだ。

やがて勲は知った。クムファの勤め先はコンビニではなく、カラオケバーであることを。彼女はカラオケバーの従業員として働いていたのだ。彼女はコンビニでアルバイトをしていて替わったのだと言ったが、彼女に最初に出会った水曜日がカラオケバーの定休日だったことを考えれば、彼女はその頃からカラオケバーに出ていたことは確実だった。考えてみれば、カラオケバーの休みが水曜日だからギター教室に通うことができたというわけだ。彼女は彼に嘘をついたのだ。

騙されていたことを知ってからの勲の耳は、敏感になった。彼はいろいろなことを、日ごとに知っていった。彼女は中国に送金をしていて、その事実を隠していて、中国に誰がいるのかについて際限なく嘘をついた。勲は、頼むから、頼むから、頼むから、と思いながら、この辺りで踏み留まって彼女を信じたかった。だが、彼女は母に送金すると言い、姉に送金すると言い、それからいとこのお姉さんに送金すると言い、子供の服を送るのが見つかると甥や姪のものだと言った。どんどん話が変わってゆき、毎日のように中国に電話をし、中国に結局誰がいるのかは分からなかった。

最も大きな悲劇は、今の勲が彼女の手を、切実に必要としているということであり、彼女の心を切実に渇望しているというところにあった。

これは予想できないことだった。

「クールな」勲の性格としては、生まれて初めて経験することだった。

勲はそうこうする間に、四十歳の誕生日を迎えた。

クムファが作ってくれたワカメスープを飲んでテレビを見ていて、彼らは大ゲンカをした。カラオケバーで、彼女が毎日毎日経験するだろうことが頭に浮かび、彼は彼女にカラオケバーを辞めろと言い、あなたが何だって私にああしろこうしろと言うのかと彼女が金切り声を上げ、僕以外の他の男について行って毎日毎日口づけをするのかと勲は皮肉り、そうだ、私は毎日五人、六人の男にそうしているのだ、と彼女が憤慨し、中国にはいったい誰がいるのか詳しく言ってみろ、と勲は結局クムファの喉元を掴んだ。火のように湧き上がる嫉妬をどうすることもできなかった。彼女は中国に誰がいようがいまいが、あなたが責任とってくれるのか、と目を光らせてまくしたてた。自分はカラオケバーであろうと何だろうと、お金さえくれれば働くしかないのだと言い張った。

「お腹が空くと何を考えるか、知っている？　銃の先がすぐ目の前にあると人間はどうなるか、知っている？」

彼女はおんおんと泣いた。ふりしきる牡丹雪のように、たっぷりと、長い時間泣いた。泣いて泣いて、その末に愚痴を並べるように話し続けた。

「そうだよ、私は何も知らなくて、北朝鮮から来て、お金なくて、過去は悲惨で……他のところにはどこにも就職できない。私は五十万人も飢え死にした、命をつなぐためならできないことなどなかった苦難の行軍時代に北朝鮮で成長して、コチェビ［訳注：北朝鮮の浮浪者（児）を表す言葉］生活もやっていたし、豆満江を越えるときにお母さんとお姉さんが死んで、中国に着いたと思ったら人身売買組織に売られていって、命がけでそんな生活から逃げたが、頼ったおばさんがまたお金貰って私を売って、これ以上ないぐらい貧しい中国の農夫のところに行くしかなかった。そこで男の子を産んだ。病院にも行けないで、へその緒も自分で切った。それ全部、十六歳から二十歳の間に起こった出来事だ。私は毎日毎日生きようとしただけ。死のうとしたことがどんなに多かったか、知っている？　どういうわけか死ねなかっただけ。私は何か間違っている？　どうしろと言うの？」

「そうか、そうか、そうか」

勲はショックに押し流された。彼は彼女を引き寄せてなだめた。彼は彼女の純潔を望んだのではなかった。真実を望んだのだった……だが、次の瞬間、彼女が中国から子供を連れてくるために、子供の父親まで連れてくるつもりだということを知った。なぜ子供の父親まで連れてくるつもりなのか、と聞くと、子供の父親が子供だけを送り出そうとしないからどうしようもない、と言うのだった。ではどうなるのか。子供の父親までソウルに来て暮らすようになれば。彼女はどうやって生きるつもりなのか。それに勲はどうなるのか。

勲は息苦しさに耐えられず、ベランダに出た。真実を望んだが、それを直視するのは困難だった。外は雨が降っていた。勲はそれまで我慢していたタバコに火をつけて吸った。例の「クールな」性格が災いして、彼は自分に合う相手を選ぶことができず、いつも積極的に接近してくる女性たちとばかり付き合い、彼女たちの問題にこうやって無防備に引きずりこまれていた。問題のない人間はいないだろうが、問題があまりに深刻過ぎた。「クールだ」とは何なのか、考えてみた。生まれついた性格というものも、遺伝的DNAというよりは、乳児期の環境とか母親との愛着関係にそのほとんどが起因するというのに。

母親との関係は、どこまで来たのだろうか。

母親との関係をこのままにして、他の関係を美しく磨き上げることはできないのだという自覚が、胸に突き刺さった。

子供たちの童謡の声が、山びこのように響いた。どこまで来たの、山まで来たよ、どこまで来たの、川まで来たよ、どこまで来たの、井戸まで来たよ……。

本当に、僕の人生はどこまで来たのだろう。

時間的には、もう人生の半分を超えつつある。身体は折り返し地点を超え、黄褐色の秋にさしかかりつつある。他のことはどこまで来たのだろう。僕の精神は、僕の心は……クムファは彼女の人生においてどこまで来ていて、僕はどこまで彼女を、他人を、北から来た人々を受け入れてやれるのだろうか。真実であれば、どんな過去でも受け入れることができるのだろうか……。

どこまで来たの、
まだまだ遠い！

子供たちの憎らしいかけあいの声が、耳元でぐるぐると回った。

●李青海《イチョンヘ》 이청해――一九四八年大韓民国ソウル市出生

お断り　本章では、ロマの人々に対する蔑視や認識の限界があった社会と時代を作家が描いているものとして、現著のまま訳出しています。〈ジプシー〉が差別表現であることに留意してください。（編集部）

僕は、謝りたい

나는、미안합니다

李《イ》平宰《ビョンジェ》

이평재

一人の少女がいる。映画*No Country for Old Men*[訳注：邦題『ノーカントリー』]のように、この世ではどこに行っても「No Country for Girls」[訳注：「少女の住める国ではない」の意]と確信している少女。それが原則であり運命だから、誰も自由ではありえないという信念に取り憑かれた少女。だから今日も少女は、ただ自分の名前だけを繰り返す。

「イ・ユニです」

少女の役を演じる女優チユが聞き返す。

「イ・ユネですか？」

少女が繰り返す。

「いいえ、イ・ユニというんです」

「ああ、イ・ユニ？」

「はい、イ、ユン、ヒです」

自分の名前を、一文字ずつ句読点を打つように言った少女は、すぐにチユの視線を避ける。それ以上の対話は望まないという表示だ。だがどういうわけか、少女は急に首を振ってふっと笑う。意外な瞬間だ。僕はその姿を見逃さず、素早く捉える。

クローズアップ　Close-Up

クローズアップとは、ある対象を頭から肩までのみ拡大して、カメラに収める技法だ。クローズアップを最も効果的に提示した映画は、ジェーン・カンピオンの『ピアノ・レッスン』だと言える。女優ホリー・ハンター演じる主人公エイダが四度クローズアップされるのだが、その二十秒ほど持続するクローズアップ場面によって、人物に対する同情心を呼び起こすという強力な劇的効果があった。もちろん暴風が吹き荒れて雲が流れる空だとか、連続する雨粒のようなものが背景に入って、エイダの内面的な混沌が隠喩によって大きく拡大されてはいるが。とにかくクローズアップは、人が近づけば近づくほど同情心が次第に大きくなるという心理を、積極的に利用する方法だ。

思ったとおり、カメラに拡大されて収まった少女の姿に、同情心が呼び起された。ちょうどそのふっと笑った顔に、胸の痛む隠喩が込められていた。人間らしく生きようと歩んできた少女のつらい時間が、一つ一つ染みこんでいた。だがもう、人間らしく生きようとすることがどういうことなのかすら見失ってしまった感覚。それほど彼女のふっと笑った顔には、世の中に対する諦念と嘲笑が妙な具合に混在していた。うっかり話しかけようものなら、対処不能な状況になりかねない。少女はもうずっと前から僕たちに向かって、その対処不能さによって投げ出されるしかない時間についての陳述した。向こう側の河口に顔を突っこんだまま凍え死んだ女が自分の母とも知らずに、通り過ぎていた時間。戸を開けると、布団を被って屍のように横たわっていた父が、早く行けと、自分は大丈夫だから早くここを立ち去れと、痩せ細った手を振った時間。かろうじて手に入れたご飯一杯を、その父の布団の中に入れて涙を拭いながら家を出たあと、ずっと自分を責めていた時間。そのうえ、永遠に終わりそうになかった苛酷な殴打でつなぎ合わされた時間、時間。

ところがチユは何か誤解をしたらしかった。少女はたった一度ふっと笑っただけなのに、カメラのファインダーの中に入って来て、何なの？　と尋ねた。少女がじっと見ると、眉毛をぎゅっと吊り上げ、私、何か変？ともう一度尋ねた。僕は、二人が同い年だからああいうこともありうると思った。一方では、二人があんなふうではいけない、と心配した。今日はクランク・インをひと月後に控えた日だった。鄭監督がこれまでになくパーティーを開いた理由は、みんなが意気投合してリアリティのある映画を撮ろうということだった。特にチユは映画を撮る間ずっと少女になりきらないといけないのだ。とにかく僕はチユに、カメラのファインダー外に出るように手ぶりをした。目ざといチユは、肩をすくめて退いた。それから僕に向かって唇の形だけで、「あの子何なの？」と尋ねた。すると少し離れていた鄭監督がチユの肩を二、三度軽く叩いてから、すぐ少女に近寄った。そのとき初めて少女の顔に、うっすらとではあっても微笑が広がった。僕は少女と鄭監督の二人を一緒にカメラに収めた。編集してエンディングクレジットの途中に入れたらすごく良いだろうな、と思いながら。

ツーショット　Two-Shot

ツーショットは、二人の人物を単一ショットの中に入れて撮影することを言う。だいたいは対象の胸の中間から上を撮って、二人の人物の調和または不調和を暗示する。映画『ピアノ・レッスン』で、エイダは結婚のためにニュージーランドに到着する。彼女の幼い娘フローラと共に。二人は共存関係だ。その関係は話すことのできないエイダの隣で、フローラが代わりに話をすることによってより誇張される。調和を描写するツーショットの特性を活用したものだ。その反面、エイダが新しい夫と結婚する場面は、不調和のツーショットを使用する場合だ。エイダはそっぽを向き、夫は彼女を見つめている。

僕は鄭監督と少女が、調和的な共存関係だと思って二人を注視した。実際、少女はもう少女と呼ぶ年齢ではなかった。四年前初めて会った時は少女と呼んでも無理がなかったが、もう十九になった少女の姿は女性に近かった。それは鄭監督も同じだった。最初に少女のこれまでの人生を映画にするという話を始めたときはまだ、女性の香気が残っていた。髪の毛も長かったし、たまには化粧もしてスカートもはいていた。だがいつからか酒ばかり飲んではちくしょう、もう終わりだ！と叫んだ。髪の毛も男のように短く切り、Ｔシャツにジーンズばかり着て歩いた。今では後ろ姿だけ見ると、間違いなく男のようだった。声と口調まで荒っぽくなった。鄭監督が噂どおりに同性愛者かもしれないと考えるほどだった。だが僕が知っている限りは、鄭監督は決して同性愛者ではなかった。後天的に両性愛者に転じたのかもしれないが。

鄭監督は、大学の演劇映画学科の二年後輩だった。僕が三年生の時に、新入生として入ってきた。肩までかかる自然な髪に、小さくて白い顔、輝きのある瞳が印象的だった。手足が長くすらりとして俳優志望者のようだった。だが彼女ははっきりと言った。小さい頃から映画監督が夢でした。僕は最初から彼女に圧倒されるのを感じた。だがそれに気づかない多くの男子学生が、彼女につきまとった。大学の教授ですらそうだった。学校行事で披露する公演の練習が終わり、みんなで飲み会に行ったところ、酔った教授が、彼女の肩に手をかけて膝をそろそろ触っていたが、そのうちスカートに手を入れた。僕たちはその瞬間どうすることもできず、様子をうかがっていた。だが彼女は落ち着いていた。プラスチックのマッコリ容器をつかんで先生の額を叩いてから、はっきりと言った。先生、私のスカートに手を入れないでください。いっそ私がやってあげますよ。それから誰かが止める間もなく飛びかかって、教授のズボンのジッパーを下げてしまった。当惑した教授は酔っぱらったふりをした。次の日も、全く記憶にないかのようにふるまった。僕は、そんな彼女の姿を見ながら思った。僕も映画監督が夢だが、二人のうちどちらがなるべきかと言えば、当然彼女のほうだろうと。僕が撮影監督になったのも、彼女の褒め言葉が作用した。彼女は僕の卒業作品を見て言った。私は先輩のその生まれ持った美的感覚がとても羨ましい。どうしたらこういう色感で、こんなにも画期的な場面に演出できるの？　ストーリーがいくら良くたってどうにもならない、映画はスクリーンに映る映像なんだから。彼女がいつも褒めてくれるのは映画のストーリーや内容ではなく、僕の映像美だった。


とにかく鄭監督が少女の話を映画にすると言ったとき、僕はたくさんの疑問を感じた。少女に会いに行くから一緒に行かないかと誘われたときも、途中でやめるだろう、そう思った。少女は脱北者であり、鄭監督の志向は進歩派に近かった。脱北とか北朝鮮の人権だとか、そういう種類の論議はむしろ保守派に好まれる事柄だった。僕はふと心配になって尋ねた。

大丈夫かな？

鄭監督はこれまでにないほど力強く言った。彼らは政治的パフォーマンスをするだけだから。確かに鄭監督の言っていることは間違ってはいなかった。人間性を、人権を語るのに、進歩や保守が何だって言うんだ。

そのうえ僕は少女に二度目に会ったときから、鄭監督が作ろうとする映画を百パーセント支持するより他なかった。

といっても、映画制作がすんなりと進むわけではなかった。まずどんな映画よりもシナリオ制作期間が長引いた。いざ作業が始まると、鄭監督はジレンマに陥った。人権蹂躙はどこにでもあることだ。少女の身の上話よりももっとひどい話が、地球の至るところに溢れていたし、しまいには鄭監督の故郷でフィリピンから来た女性が、言語障害のある夫に棒で殴り殺される事件も起きた。

その言語障害のある男は私もよく知っている人なんだ、実は私の母方の従弟なんだ、いくらなんでも今回のシナリオは中止しないとね、と呟きながら、ジレンマに陥った鄭監督の顔色はそれこそ灰色だった。そのうえ、焼酎の杯をひっきりなしに空ける鄭監督の背後の窓には、ごうっと音を立てて強い雨風が吹き荒れていた。僕はなぜか、全ての物が灰色に染まったその場面が後々まで思い出されて、しばらくの間憂鬱だった。

鄭監督はその飲み会を最後に、どこかに消えてしまった。それから三年後に再び現れた。その間僕は、何かに首根っこを掴まれたような感じにつきまとわれ、その感じを振り払うように、選り好みせずにたくさんの映画を撮った。そのうちの一篇で賞までもらった。それからほどなくして休息が必要になり、しばらく仕事を中断して、中堅作家Rの小説創作講座に登録した。十五日に一回出席するその場所では、僕が何者か明かさなかった。どんな仕事をなさっているんですか？　と聞かれると、「今、仕事してないんです」と答えた。間違った話ではなかった。だが人々はその回答を「無職」と理解し、気まずそうな表情を浮かべた。齢四十三で結婚すらしていないと言うと、気の毒そうな表情もされた。それでも中堅作家Rの反応は少し違った。そういうこともあるさ、と言って話題を変えた。このところ話題になっている映画の話を始めた。最初の場面から視線が釘づけになったよ、と目を輝かせた。それは僕が撮影した映画だった。僕に撮影監督賞を抱かせてくれた映画。最初の場面でカメラを垂直に動かすことで、人物の性格を構築した映画。もともとは、鄭監督の映画の最初の場面に使うつもりで構想したものだった。

ティルトアップ　Tilt-up

ティルトアップとは、そんなふうに、対象を下から上に動かしてカメラに収めることを言う。主に人物のキャラクターを紹介する時に使うもので、映画『レオン』で幼いマチルダが初めて登場する場面が、ティルトアップの効果をしっかりと示した例だと言える。階段を上がるレオン、そして階段に座っているマチルダ。十二歳のマチルダはレオンを見るとタバコを隠す。そのマチルダの姿が、非常にゆっくりティルトアップで描写されたのだ。カメラの動きはマチルダが履いたブーツから始まり、ゆっくり漫画模様の靴下に動き、黒いチョーカーを通過し、アンティーク調の欄干の後ろに隠されたマチルダの顔に至る。それによって十二歳のマチルダが、幼くはあっても女性であることを、荒っぽくても心優しいことを、天使の姿と悪魔の姿が共存するが、それでも愛らしい子供であることを露わにしているのだ。

実際、初めて少女に会ったときから、僕はレオンのマチルダを連想した。眼差しが普通ではなかった。おとなしくても絶対服従はありえない少女、きつい性格ではあっても決して無謀な攻撃はしない少女、だからこそ、むやみに手を差し伸べることはできない少女。それは十五才の少女にしては、あまりに多くの経験と鍛錬が濃縮された眼光だった。僕と鄭監督は、何度も互いに顔を見合わせ、無言の対話を交わした。普通の賭けではないと。何か大物を掴んだようだと。思ったとおり、少女は誰の助けもなく三度の脱北と二度の人身売買から逃げ出し、我々の前に立っているのだった。少女は言った。お腹が空いて豆満江を渡って、今はお腹いっぱい食べてますけど、でも私はまだ脱北中です。

僕と鄭監督は、少女が何を言いたいのか理解できた。だが鄭監督は敢えて分からないふりをして少女に問いかけ、少女は、ありがたいことに見かけより従順に質問に答えた。

「まだ脱北中って、どういうこと?」

「体は北側から脱出しても、心はまだ、自由にはなっていないということです」

「後遺症に苦しめられているということなの?」

「はい、そうです」

「具体的に話してくれるかな?」

「一日に何度も息苦しくなって、吐きそうになってつらいです」

「そういう症状を、心が自由になっていないからだと思うんだね」

「はい、そうです」

「すごくつらいだろうね。その他に症状はない?」

少女が突如口をつぐみ、答えなくなった。鄭監督は、どうしたの? というように少女をじっと見つめた。それから特有のカンで見当をつけて尋ねた。悪夢に苦しめられているの? とたんに少女はびくっとした。だが、僕をちらっと見るだけで簡単には口を開かなかった。最初の面会は、そこまでだった。

その後、鄭監督は少女の心を開くために力を尽くした。頻繁に電話をかけ、対話を試みた。すると、二度目の面会時に少女は語った。悪夢に苦しめられているのかどうかは分からないけど、最近、毎晩自分に異常なことが起こっていると。少女は、実はなのですが、そのとこの前は話さなかったことを語り始めた。そのとき僕は最初の面会時とは違って、カメラを手に持っていた。早朝に電話をかけて来た鄭監督は言った。今日はカメラを持って来られますよね? エンディングクレジットのことを念頭に置いた言葉だった。実際のところ僕はそのときもまだ、この映画は製作できるのかな、と思っていたが、せっかくだから愛想よく答えた。そりゃもちろんだよ。鄭監督は構想があるのか、「手持ち撮影」してもらえますよね、と付け加えた。僕の考えと一致した。僕はすぐにオッケー!と答えて電話を切った。ちょうど「ハンドヘルドでステディカム級の撮影が可能になる」というキャッチフレーズの小型カメラを購入したところだった。試しに一度使って見たかったので、ちょうど良かった。「ステディカム」とはカメラを手に持って撮るとき、手振れ防止のために体に機具を装着して撮る方法だった。とにかく僕が持っているカメラが小さいせいか、少女はそれほど緊張しなかった。鄭監督から何か聞いていたのか、僕のほうをちらちら見ることもなかった。僕はいるかいないか分からないように室内を行ったり来たりして、静かに二人をカメラに収めた。

ハンドヘルド　Handheld

ハンドヘルドは言葉そのままに、三脚なしでカメラを手で持って撮ることを言う。躍動的で生き生きとした場面をとらえるときや、登場人物の視線を代弁したり、心理的不安感を表すために使用される。クエンティン・タランティーノ監督の『パルプ・フィクション』が良い例だ。麻薬商ランスとその女ジョディ、そして彼らの顧客である主人公ヴィンセントと、ボスの妻ミアが一緒にいる場面で、ハンドヘルドの次元の高い効果が明らかになる。ランスとジョディは、薬物過剰摂取で運ばれてきて自分の家のカーペットの上でぐったりしているミアを見て混乱してしまう。二人とも狂ったように喚きたてる。その女は誰？　アドレナリン注射持って来い！　何なの？　ヤクのやり過ぎだ。追い出して！　注射！　みんなどうかしてる！　そんなふうにジョディとランスが互いに喚きあっている間、カメラが二人の間を行ったり来たりして撮影したのだった。まるで観客が画面のなかに入りこんでいるかのように、観客の視点で場面を描写して見せたのだ。

新しく買った小型カメラは、普通のカメラでハンドヘルドするよりはるかに性能が良かった。僕はとても満足だった。鄭監督も撮影効果を高めるために、何回も立ち上がって歩き回りながら話を進めていった。少女も感情が高ぶると、時に立ち上がって窓辺に歩いて行った。そして涙を堪えようと深呼吸をした。そんなふうに少女の話は終りなく続いた。その中の一つの話を簡単にまとめてみれば、こういうことだった。
ある日の夜、少女は息をぜいぜいさせながら目を覚ました。そして身震いするほど驚いた。自分が以前のように裸にされたまま、調査官の指示に従って「座る、立つ」を反覆していたのだ。それも眠りについた部屋ではなく、北朝鮮の保衛部調査室で、他の北送された［訳注：脱北者たちが第三国で捕えられて再び北朝鮮に送り戻されること」女性たちと一緒に。ああまた捕まったのか、少女は一瞬恐怖に包まれて悲鳴を上げた。すると案の定、以前のように三、四名の安全員［訳注：警察官］が扉を開けて入って来て容赦なく蹴りつける。少女は永遠に終わらないような乱打に、意識を失う。そしてしばらくして、夢か現実か区別がつかない混迷した状態で目が覚める。そして少女はまた驚く。ある程度頭がはっきりして目を開けると、自分の寝台の上だったのだ。少女も最初は悪夢を見たのだと考えた。だが少女は、パンティも身に着けていない裸で目が覚めたことと、乱打されたように全身が痛いことが、あまりに変だと思った。

その他にもいくつかの話をした。だがどれも朝になれば裸で目覚めるというものだった。悪夢であれ幻覚であれ、毎夜乱打されて。僕には何より、保衛部の調査室だとか北送だとか、安全員とか鍛錬隊だとかいう聞きなれない言葉がリアルに迫ってきた。それに少女が最初の面会ではその話をできず、僕のほうをちらちらと見た理由が理解できた。十五歳といえば羞恥心の強い年頃だ。初めて見る男に、ほとんど毎朝裸の姿で目が覚めるという話をするのは簡単なことではなかった。鄭監督は、本当に毎朝そんな恰好なのかと、確認するように少女に尋ねた。少女が顔を赤らめながら、ほとんど毎朝、と肯くと、僕のほうを向いて夢遊病かな？　と呟いた。僕はどうかな、と言って少女をよく観察した。その間に鄭監督は、病院に行ってみたかどうか尋ねた。少女は、恥ずかしくて、とうなだれた。そのときだった。鄭監督の口から「お姉ちゃんが一緒に行ってあげようか？」という言葉が飛び出した。お姉ちゃんだって？　僕はおかしくなった。だが少女の目にはきらっと涙が浮かんだ。

その後、鄭監督は少女を「ユニ」と呼び、少女は鄭監督を「お姉ちゃん」と呼んだ。そうして二人はほとんど毎日会っていた。ときには少女が鄭監督の作業場に何日か泊まってゆくこともあった。僕は少女に関する残りの話を、鄭監督を通じて聞いた。そのうちに脱北者の人生に少しずつ関心を持ち始めた。それこれ資料を探し、関連する動画を探し、それでも気になることがあれば鄭監督と話し合った。そして僕はなぜか、脱北者に謝りたい、という気持ちになった。おかしなことだった。とにかくその過程でまず解消された疑問は、少女がなぜ裸にされて、調査官の指示に従って「座る、立つ」を繰り返していたのか、ということだった。いかなる理由であれ、そんな場面は想像するだけで衝撃的だった。実話をもとにした映画を撮る際には、どうしてもカメラに収めるべき場面だった。とにかく僕はYouTubeの動画の中の、ある脱北女性の陳述からそのわけを知ることができた。女性の話をそのまま手を加えずに伝えればこんなことだ。北送された女性たちはですね、保衛部で調査が始まると、まず服を脱がされます。そして「座る、立つ」を命じられます。なぜかというと、子宮……そのう、そこに金とか麻薬なんかを隠していないかどうか疑ってたんです。

少女と十分に対話した鄭監督は、すぐさまシナリオ作成にとりかかった。僕は鄭監督にひとこと助言した。「座る、立つ」の場面はどうしても入れるべきだし、その場面が観客の記憶に最も強く残るだろう、と。鄭監督がシナリオを書くことに没頭している間、僕はその「座る、立つ」の場面をどうやって撮影したら良いのか、ずっと考え続けていた。想像で完成させた場面を、頭の中で数知れず反覆再生しながら、一日でも早いシナリオの完成を願った。その場面はドキュメンタリー形式にして付け加えるのも悪くなさそうで、他のバージョンまで構想して夢中になっていた。だからこそ、鄭監督が三年ぶりに僕の前に現れたとき、僕は涙が溢れてきた。お前、何だよ！と恨み言を並べたが、何かに首根っこを掴まれたようなあの感じは、消えていった。

今から六ヶ月前、その日は僕が小説創作講座に通い始めてから五ヶ月ほど経った頃だった。映画撮影に区切りをつけて六ヶ月目で、さて少し休んだからそろそろ仕事場に戻る準備をしないと、という気持ちになった頃だった。小説書きは熱心にやってみたが、三篇ほど書くのがやっとだった。最初のものは小説と言える水準ではなく、二番目のものは物語や素材はそれなりにいいのだが、小説の体をなしていなかった。三番目は「子供売ります」というタイトルの作品だったが、素材、物語共に斬新で完成度もあるから、そのまま文章の修正だけしても良い作品になるだろう、と評価された。今では誰かに作品をいくつ書きましたか?と尋ねられれば、一作品ではあっても、あると答えられるわけだ。だが文章をうまく書くということはたやすいことではなかった。自分が語りたいことを正確に表現できるぐらいになろうとすれば、一年以上は研鑽を積まねばならないのだった。共に小説を書く文友たちは、冗談で言った。勉強をこんなに一生懸命になってしていたら、とっくの昔に司法試験にパスしていただろう、と。中堅作家Rも言った。生活の中心に小説が置かれていないといけない、と。だが小説は僕の生活の中心にはなりえなかった。僕は誰が何と言っても、骨の髄まで撮影監督であり、もうすぐまた映画を撮らねばならなかった。だからといって小説書きをやめたいとは思わなかった。といって、二つともうまく両立させる方法があるわけでもなかった。僕は悩んだ。なぜかジョエル・コーエンの映画『バートン・フィンク』の二重写しのイメージが、しきりに思い浮かんだ。そしてバートンの姿と僕の姿が二重写しになって、頭の中がもっと混乱していった。

ディゾルブ　Dissolve

「溶かす」という意味のディゾルブは、すなわち一つのイメージを他のイメージと重ねながら、二つの概念をつなぐことを言う。劇的な可能性を提示したり、時間の経過を表す際に使われる。劇的な可能性を提示する際に使われた。『バートン・フィンク』ではブロードウェイで戯曲を成功させたバートンに、エージェントはカリフォルニアに行ってより多くの金を稼ぐことを勧める。ブロードウェイを離れたくないバートンは、エージェントと言い争いになる。そこで画面には波が砕ける海の風景が現れ、海の風景はホテル・アールの侘しいロビーと二重写しになり、しまいには波に洗い流されたロビーに一人残されたバートンの姿だけが残る。ここで波が砕ける海の風景はエージェントを意味し、ホテル・アールの侘しいロビーはバートンを意味する。

鄭監督は、そんなふうに僕が悩んでいる時期に連絡をしてきた。ところが運悪く十五日に一度の小説創作講座に行く日で、ちょうど授業中だった。僕が電話をとれないので、鄭監督がショートメッセージを送ってきた。もうそろそろ戻って来てくださいよ。私と映画を撮るべきでしょう。もうすぐシナリオ作業が終わります。最初に先輩にお見せします。メッセージを読んでから、僕は落ち着かなかった。もう少し休みたいとか、今は小説を書くことのほうに没頭したいとか、そういう気持ちはきれいさっぱりなくなって、体中がうずうずした。鄭監督は休暇中の僕を、そうやってまた映画現場に引きこんだ。そしてむしろ僕が彼女をまた映画現場に立たせたのだと言った。だがそれが単なるお愛想だということを、僕は良く分かっていた。鄭監督がジレンマに陥って諦めていたシナリオをまた書くことになったのは、どこまでも少女のためだった。少女の症状が次第に悪化していたのだ。僕はそういう事実をよく分かっていながらも、私は先輩がいないとダメなんです、と言う鄭監督に、冗談を投げかけた。鄭監督もそれに応じた。

「そうなのか？　じゃ、僕たち結婚しようか？」

「私たちは結婚ではダメですよ、それを超えるものがあればね」

「じゃ、ただ一緒に暮らそうよ」

「そしたらお互いに嫌いになるしかないんじゃないですか？」

「だとしても、僕が尽くしてやるよ」

「私たちはただ一生恋愛未満の良い関係のままで、セクシーな同志として生きてゆきましょうよ」


僕は、鄭監督と少女の間に何があったのかよく知らない。少女は鄭監督の家で一緒に暮らしているが、その理由も知らない。たとえ知ったとしても、どうでもいいことだ。もし今回の映画を心よく思わない一群が、鄭監督を同性愛だと攻撃するとしても、それはまた別の問題で、あれこれ言う価値のないことだった。だから、どうかみんながそんな話に惑わされて鄭監督の真心まで歪曲しなければ良いが、と思った。いずれにせよ鄭監督は少女を連れて病院に通い、家族のように面倒を見た。同時に少女の状態が好転することを、切実に願った。だがどんなに力を尽くしても、少女の状態は好転しなかった。鄭監督は次第に絶望していった。ついには少女が眼の前で自殺を試みると、少女をそんなふうにした北朝鮮の社会に対して、言葉にできない憤怒を感じた。そしてそれによって、自分がなぜ多くの人権蹂躙の中で、わざわざ北朝鮮の人権を映画にすべきなのかについての回答を見つけた。そのうえ少女はあるときから、自分に関する話を一切しなくなった。鄭監督にすら、名前以外は何も話さなくなった。鄭監督はいっそう、少女の実話を映画にして世の中に知らせねばならないという、言葉を失った少女の心を代弁してやらねばならないという考えに取り憑かれた。そうやって自らの確信が形成されたからこそ、シナリオをまた書くことができたのだ。

そんなふうに、鄭監督はとても良い人だった。政治的パフォーマンスばかりして見せる人々とは質が違った。僕には、そんな鄭監督が聞かせてくれる全ての話が切実に迫ってきた。鄭監督と同様に憤怒も湧いてきた。話が一つ一つ付け加わるたびに、映画になったときの場面が頭の中に一気に展開され、早く撮影したいという思いが、強く湧いてきた。だが映画というものは、全ての要件が整ってクランクインできるときを待たねばならない。その待機の間、僕は心を落ち着ける意味もあって、小説を一篇書くことにした。ちょうど授業の日程に僕の合評会が組まれていた。しばらく小説創作講座に出席できなくなるから、良い作品によって中堅作家Rとの次の出会いの約束としたかった。

ある日僕は、中堅作家Rにこんな質問をしたことがある。数多くの小説家志望生と会っては別れるんでしょうけど、何ともないんですか？　一般の学校とか専門学校の概念とは違いますよね。中堅作家Rは答えた。何ともないわけないですよ、あるときは残念だし、心残りだし、寂しくもあるよ。でもなんでも時期というものがあるから、仕方ないでしょう。それもまた運命だし。もしかして『ノーカントリー』っていう映画見た？　生きるっていうことはそんなもんだよ。シニカルなんだ。それでも一度は格闘しないといけないんだから、全く大変だよ。それでもね、またそれがつまり小説なんだよ。それでも一度は羽ばたいてみようというのさ。でなきゃ、どうするんだよ。ただみんな死んでしまうのか？　中堅作家Rの話はひどくとぎれとぎれだったが、僕はだいたい何のことか分かるようだった。その日の夜、僕は何度も見た映画『ノーカントリー』をもう一度見た。そして新しい小説を書き始めた。

一人の少女がいます。毎日目覚めると、服が脱がされて裸体になっている少女です。少女はその理由を知りません。だからといって、誰かが夜中に少女の服を脱がせているわけではありません。何かがそういうふうにさせるのです。少女もその事実をよく知っています。そうさせるものの正体もよく知っています。でも少女は自分の口からは決して語りません。なぜなら、少女は魔法がかけられて両方の羽根が切られた鳥になっているからです。無理やりにでも一度飛ぼうとする力さえ失った鳥。昨夜も少女は、リ・ユンヒ！という呼び声に寝床からがばっと起き上がって自動人形のように服を脱ぎました。いち、に、いち、に、という号令に合わせて「座る、立つ」を反覆しました。飛んでくる足蹴りに床をごろごろ転がりました。許してください、許してください、許してください。両手をすり合わせて許しを乞いました。この乱打が永遠に終わらないような恐怖に震え、そのまま気を失いました。そして明け方になって気がつくと、びくっとして驚き周囲を窺いました。自分が寝入った部屋の中に戻っていることを確認して安堵してわっと泣き出しました。でも少女はもうその魔法から抜け出したいのです。椅子の上に上がってぼんやりと見える輪の中に首を差し入れました。深呼吸をして呟きました。私の名前はイ・ユンヒです。私の父の名前はリ・カンチョルです。父の名前は祖父が鋼鉄［訳注：朝鮮語でカンチョルと発音する］のように生きろと付けてくれた名前だそうです。

ここまで書いて僕は全文を注意深く読んでみた。文章もトーンも悪くなかった。中間部分の文章は、一つ一つが生き生きと目の前に思い浮かんだ。まるで映画を見るように少女の姿がリアルだった。フェードイン。寝床から起き上がって服を脱ぐ少女。クロスフェード。

号令に合わせて「座る、立つ」を反覆する少女。クロスフェード。飛んでくる足蹴りで床を転がる少女。クロスフェード。両手をすり合わせて許しを乞う少女。クロスフェード。恐怖に震えながら気を失う少女。フェードアウト。

フェード　Fade

フェードは、映像と暗転が交叉することを言う。映像がゆっくり暗くなって暗転になるか、暗転がゆっくり明るくなって映像が表れる編集技法だ。映像が暗転することをフェードアウト Fadeout、暗転が映像に移り変わることをフェードイン Fadein という。映像が徐々に明るくなってホワイト状態になることもフェードになる。どれも場面が始まるとか終わることをはっきりさせるために使われるものだ。場面が暗転にフェードアウトして、すぐに次の場面にフェードインすることをクロスフェード crossfade という。

クロスフェードで文章のイメージを構想してみた僕は、これまでになく最初の段落に満足を感じた。内心自信があった。鄭監督のシナリオは小説を書き終わったあとで読まないといけない、という気にすらなった。中堅作家Rの言葉も思い出された。「生きるっていうのはそんなもんだよ。シニカルなんだ。それでも一度は格闘しないといけないんだから、全く大変だよ」。僕は考えた。鄭監督はすごく大変だろうなあ。僕も今回の小説をまともに完成させようとすれば、大変だろうな。僕は意味もなく一度ハハハと大きな声で笑ってみた。中堅作家Rの言葉が全部思い出された。「それでもね、またそれがつまり小説なんだよ。それでも一度は羽ばたいてみようというのさ。でなきゃ、どうするんだよ。ただみんな死んでしまうのか?」。僕は考えた。さあ次の場面をどう書いたらいいだろう。ふと、実話をそのまま書くわけじゃない、という考えが浮かんだ。小説的に作らないといけないのだった。だが簡単ではなかった。中堅作家Rの教えどおりに、「〜たら〜ればゲーム」をしてみた。ノートに鄭監督が女ではなくて男だったら?と書いた。まさにこれだ!という直観が訪れた。そこからは想像力で話をつなぎ始めた。結局は、僕がしようとする話も「それでも一度は羽ばたいてみよう」ということだろうから。

ふた月の間家にとじこもって幽霊のように過ごした。半月に一度ずつ小説創作講座にだけ出席した。夜明けから小説を書き、食べて、寝ることだけを繰り返し、運動量は減ったが不思議と痩せた。中堅作家Rは僕に会うたびに、何かあったのかと聞いた。まあ顔色は明るいから……と問い詰めなかった。小説は僕の合評会の日の一週間前に完成した。最善を尽くして脱稿すると、授業の日程に合わせて提出した。最後までタイトルに悩んだ。「謝りたい」と「僕は、謝りたい」のうち、どちらを使えばいいのか迷ったあげく、「僕は幸せだ」という歌のタイトルが思い浮かび、とりあえず「僕は、謝りたい」に決めた。だがいつまた変わるかもしれなかった。僕は鄭監督のシナリオを開いてからも、単に「謝りたい」にしたほうが良かったかな、と決めかねていた。ああ、小説は映画よりも頭を痛める作業だった。

鄭監督のシナリオには少女のこれまでの経緯がリアリティを持って記されていた。少女は十一歳の時、最初の脱北をした。豆満江をどうやって渡ったのかも分からないほど、それこそ無我夢中で必死で渡り、当てもなく中国の朝鮮族の家に駆けこんだ。そこで生まれて初めて白米ご飯を食べて眠った。ところが朝になって起き上がってみると、見知らぬ男がはやく行こうと背中を押した。一般家庭を装ったブローカーの家から山東省に売られて行ったのだ。そして身体に障害のある人の世話をして一年、田舎にまた売られていってまた一年を奴隷のように過ごした。少女は常にあざのある体を見下ろすと、自分が本当に人間なのか分からなくなった。主人の男が言った。おまえは俺が金を出して買ったんだから人間じゃないんだよ、物と同じなんだから俺の思い通りにしていいんだ。それから主人の男は、妊娠でお腹の大きな夫人が見ている前で、少女を陵辱した。夫人も、人身売買で売られてきた北朝鮮の女性だった。少女はもうそんなふうに暮らすことはできなかった。主人の男が酒を飲んで眠っている間に、夫人と共に当てもなく逃亡して都市に出た。だがそこで警察に逮捕されて延辺［訳注：中国吉林省の延辺朝鮮族自治州］に送られ、初めて北送になって引っぱられて行った。少女の歳は十三だった。

十三歳なら小学校六年生の年齢だった。僕は阿吾地《アオジ》炭鉱とかコチェビとかいう言葉に驚いている場合ではないと思った。この場合は人身売買によってはるかに悪辣に人権が蹂躙されていた。とにかくその後も少女はさらなる曲折を経て、再び脱北し、またしても北送され、それが最後となる再度の脱北をした。そこでもう一度北送になれば死刑だった。僕はシナリオをそこまで読んで、昼食をとった。食事を終えてコーヒーを淹れる間に、鄭監督から電話があった。鄭監督は慌ただしく言った。ユニが入院することになりそうなんです、本人がそう望んでいます。私だってずっと一緒にいるわけにいかないし、また自殺を試みる心配もあります。映画の撮影が終わるまでだけでもそうしますって、彼女のほうから言うんです。その前に俳優たちと一度会う機会を持とうと思うんです。金曜日はどうでしょう？　来週の月曜に病院に入ることにしたんです。

僕はシナリオを結末まで読んだ。後半の部分には少女がモンゴルを経て、韓国に入るまでの過程が描かれていた。その過程では、看護中隊出身の十九歳の女性軍人の話が加えられていた。軍で、ある上級軍人に性的暴行を受けて妊娠した腹部が目立つようになると、歩兵部隊に転出になったいきさつだった。女性軍人は結局脱北するしかなくなり、不幸にも中国の公安に逮捕されて北送になり、即時広場で銃殺に処せられた。その女性軍人が登場して死ぬまでの過程で、僕はこのシナリオの特に重要な特徴を把握した。話全体は少女を中心に語られるが、場面転換はどれも人物が一人ずつ登場して繋げられていくのだ。小説も時にこうした方式で書かれる場合があるが、簡単ではない作業になりそうだった。その反面うまく作れば、最高の作品になりそうだった。僕は鄭監督が、先輩のこと信じてますよ、と言った理由が分かるようだった。

幸い僕が提出した小説は好評だった。創作講座の級友たちは、文章が見違えるように良くなった、実際の話を小説にするのは簡単ではないことだが頑張ったね、何より感動があると言った。だが中堅作家Rは特に何も言わなかった。満足そうに笑ってようやくひとこと言った。よく書けています。そして誰かが、先生、あの映画探して見ましたよ、と言うと待っていたように、他のみなさんも見ましたか？　と尋ねた。僕を含めて半分以上が頷きながら、はい、と答えた。すぐにその中の一人が、ちょっと難しかったです、どうしてあんなに人間をたくさん殺すのか分かりません、と言った。そのとき中堅作家Rが私のほうに手を向け、この映画についてちょっと説明してくださいよ、と笑った。どうして僕に？　と僕はびくっとした。僕が誰なのか知っているのかな？　中堅作家Rの表情をうかがった。そういうわけではなさそうだった。

僕もよくは分からないんですけど、と僕は映画についてできるだけ簡単に話した。老人の知恵深さがこの世の全てを統率することはできないことを、観察するかのように描いた映画だと思います。年寄りの保安官が殺人事件を解決するためにずっと追跡しても結局何もできない、そういう話を通して、なぜ世の中がそんなふうに暴力的になるしかないのか、その答えを提示したものだと思います。それが運命なのだという解釈でしょう。「ここは老人の住める国ではない」というふうに。僕の話に、みんながおお、と拍手した。中堅作家Rも頷きながら、二分法的思考法でアプローチすればとても理解できない映画だと、ひとこと付け加えた。そして補足説明をした。この映画は二〇〇七年ピューリッツァ賞受賞作家、コーマック・マッカーシーの長篇小説が原作です。原題が *No Country for Old Men* で、イェイツの詩「ビザンティウムへの船出」の冒頭の言葉、「That is no country for old man」［訳注：「ここは老人の住める国ではない」］を引用したものですよね。機会があれば、原作とイェイツの詩を読んでみてほしいです。僕は「イェイツのビザンティウムへの船出」とメモをとった。そしてカットバック！と内心で呟き、中堅作家Rの次の言葉を待った。

カットバック　Cutback

連続した場面が暗くなる途中で、突然別の場面が表れ、また元の画面に戻る編集技法をカットバックと言う。だから映画の中の場面であれば、中堅作家Rはいま映画 *No Country for Old Men* についての話をやめ、僕の小説について終りまで話をしてくれるべきだった。だがいくらカットバック！　カットバック！と呪文をかけてみても、中堅作家Rは、それ以上僕の小説に言及しなかった。授業が終わって家に帰る途中、中堅作家Rからショートメールを一通受け取った。良い映画が撮れますように。僕は不思議だった。僕が誰か知っていながら、どうして知らないふりをしたんだろう？　たぶん僕が望んでいなかったからだろう。謝りたい、と僕は返事を送ろうとしてやめた。そんな言葉を期待して僕にショートメールを送ったのではないだろう。そんな言葉は、僕が書いた小説の中でそうだったように、少女に向けて言うべき言葉だった。僕は鄭監督にショートメールを送った。良い映画を撮ろう、謝りたい気持ちが解消されるように。

一人の少女がいた。映画 *No Country for Old Men* のように、この世のどこに行っても「少女の住める国ではない」と確信している少女。それが原則で運命であるが故に、誰も自由ではありえない、という信念に取り憑かれた少女。だから今日も少女は、ただ自分の名前ばかりを繰り返して言う。「イ・ユニです」。だが僕はそんな少女をカメラに収めながら、少女の代わりに言葉を継ぐ。私の名前はイ・ユンヒです。私の父の名前はリ・カンチョルです。父の名前は祖父が鋼鉄のように生きろと付けてくれた名前だそうです。僕のつぶやきが、少女の翼になることを願いつつ。

● **李平宰**《イピョンジェ》 이평재 —— 一九六〇年大韓民国ソウル市出生

六月の新婦

유월의 신부

鄭吉娟《チョンキルヨン》

「気分はどうですか」

恩心《ウンシム》が目を開けた。昨夜、夕食の後片づけをしてからちょうど一昼夜を身動きもできないまま、細々と消えかかっていた呼吸が、持ち直したのだった。ここはどこなのか、まだ分からない場所に横たえられた自らの肉体に当惑するように、彼女の瞳が少し揺らいだが、完全に力を失ったわけではなかった。徐《ソ》校長は、内心深く安堵した。かなうことなら彼女が今後もずっと、或いはそれが無理でも、少なくともあと数ヶ月は持ちこたえてほしい。いや、どうしてもそうでなければ。

「ずっとぐっすり眠っていたんです。これで元気が出ますよ」

徐校長が、ことさらに力強く言った。やせ細った腕と青いすじになって浮いた血管の対比が、目をそらしたくなるほど哀れだった。

恩心の顔色が少しずつ良くなってきていると感じるのは、単なる徐校長自身の希望なのかもしれなかった。むしろ彼女は元気なときも弱っているときも、今のようにすっかり病みついているときも、いつも同じ様子だった。一生をそうやって生きてきた人だ。元からそうだったのか、つらい世の中を渡るための方便だったのかは知れないが、いずれにせよ哀れなことに変わりはなかった。まだ二十歳で生き別れになってから六十年余り、水中の砂泥のように、ひっそりと、何度も波立ちを静めた結果としての超然さなのだろうと思うと、二年前に還暦を迎えた徐校長としては、子としての心情よりは、薄幸な娘をもった父親の心情で気を揉むより他なかった。

「上の子は台所に行きました。お母さんが目覚めたときに食べるものを用意するんだそうです。呼んできましょうか？　何か必要なものはありませんか？」

次第に焦点が合ってゆく彼女の瞳が、すぐにでもぽきっと折れそうにかぼそい首と共に、部屋の扉のほうに向けられた。徐校長は見当をつけて答えた。

「そうなんです。雨の音です。今年は梅雨がちょっと早くきましたね？」

彼女が渇いた唇を動かした。徐校長はまた見当をつけて答えた。

「息苦しいですか？　扉を少し開けましょうか？」

そういうとすぐ、すり膝で移動し、格子戸を外側に押し開いた。敷居の向こうでまっすぐにざあざあと落ちる大きな雨粒の間に、爽やかな新緑の葉に鮮紅色の花を鮮やかに咲かせた一本の木が、こうべを垂れるように立っている。塀の内外に蔦を這わせるノウゼンカズラを伴い、とりわけうっとうしい梅雨の季節に花を咲かせる柘榴《ザクロ》の木だ。雨水をぐっしょりと含んだまま、花の塊ごとぽとんと落ちる柘榴の花を、恩心は特にかわいがった。それなのに秋の日差しを受け握りこぶしほどの大きさに熟した実がぎっしりとたくわえている種子は、二の次だった。

「今年はけっこう花がつきました。きっちり一年置きです。昨年は雨でみんな落ちて、いくらも収穫できませんでしたからね」

徐校長は、つややかな種子を取り出してつるりと口の中に入れる瞬間を思うだけでも、口腔に唾が湧いた。恩心が婚礼をあげた年には、もう別棟の縁側に沿って育っていたというから、少なくとも彼にとっては姉のような木だ。十年に一度はとりおこなう家の修理のたびに、縁側をもう少し継ぎ足して広く使えるようにしようと、恩心を説得しようとしたが、いつも彼女は首を横に振った。頭に傷をこしらえて歩いた少年期から、青年になって教育公務員として一生を務めた息子の言うことなら、「わかったよ」「そうしておくれ」と答えてきた彼女だったが、柘榴の木を塀のほうに寄せて植え直そうという意見にだけは、頑なに「だめなんだよ、そのままにしておくれ」と言うだけだった。

徐校長としても、ぼんやりとでもその理由を推し量れないわけではなかった。必ずしも縁側の修理だけが目的ではなかった。この機会に、柘榴の花をそこまで想ういきさつなりとも聞き出そうという下心が半分はあったが、彼女はただ、深いため息をついて心の内を示すのみだった。

「今日は……」

口の形だけで徐校長は彼女の言葉を十分に理解した。日付を尋ねているのだ。

「二十三日です。陰暦では二十六日になります。来月三日の誕生日がちょうど日曜なので、妻と二番目の子にも、こっちに来るように言ってあります」

えっ、えへん。彼はふと不安になる気分を、咳払いで落ち着かせた。自分の頼みが聞き届けられるかどうかは、そのときにならねば分からないことだ。

恩心は、苦しそうに首を振った。今度は、もう何度も延期になっている「あっち側」の消息を尋ねているのだ。過去の六十年間よりも、この六ヶ月がよけいに長く感じられたようだ。当然のことだ。徐校長自身も、焦りや苛立ちが募ることはあっても軽くなることはなかった。今すぐにでも北京に飛んで行きたい気持ちが込み上げていた。行けるものなら、ありえないことだと、こんな無責任なやり方があるかと、この国というやつはずっと見て見ぬふりを通しておいて、自力で死地を脱出してきた自国民をこんなにも冷遇するのかと、担当部署の誰彼かまわず捕まえて胸ぐらつかんでやりたい気分だった。といって、梅雨にいつ落ちるか分からないあの柘榴の花のように、今日明日にでも旅立ちそうな老母の枕もとを離れることもできないという無力感に、身が縮むのだった。

「向こうに行っている教え子に、帰国が遅延している理由が何か調べてくれと、何とかして日程を早めるよう手を尽くしてくれと何度も頼みましたから、まもなく良い便りがあるはずです。その前にお母さん、寝床から起き上がらねば」

いかなる妙薬といえども取り返しのつかない状態だということは分かっているが、奇蹟というものも時にはあったのだ。或いは、あの貧しかった頃、彼女が赤ん坊だった彼を引き取ったことも、激動の時代を生き抜く間に、何度も死ぬか身上をつぶすか分からぬぎりぎりの峠を越えたことも、近頃になって「あっち側」の便りが届いたことも、奇蹟と言えば奇蹟なのだった。

その念願が重荷であるかのように、恩心がすうっとまぶたを閉じた。そのまま再び長い眠りにつくようで、徐校長は気が気でなかった。今となっては、叶いそうで叶わない対面への期待が、薬になるか毒になるか知る由もなかった。近頃の若者言葉で言うところの、ひどい「希望拷問」なのかもしれない。その自分ですら千々に乱れる心に耐えきれず、新任教員の頃にやめたタバコを再び口にしているのだから……。

徐校長は、乾いた口腔で舌打ちをして外を眺めた。太陽の光がさし始める。彼女の病がそれほど重くなかった頃には、夕飯を済ませたあと、川辺の散策路を運動のために歩いている時刻だ。ソウルの二番目の子に電話をかけ、妻の機嫌をそれとなく伺ってみるのも、だいたいこのぐらいの時間の日課だ。二番目の子の答えは、だいたい同じようなものだった。「図書館から今出て来たところなので分からない」「お母さんのこと？ 友達に会いに行ってるんでしょ。でなければおばさんちに行ったとか」。二番目の子は大学院に籍を置いている。専攻に対する学問的熱意というよりは、就活に失敗してやむを得ず進学したのだった。徐校長が「おばあさんの病状もあんなだから、今回のおじいさんの誕生日にはきっとこっちに来てほしい」と言ったときの返答には、苛立ちも少なからず込められていた。「あ……それは困るかな。すごく大事な勉強会があって。なかなか入れなかった就職勉強会だから。自分の都合で時間の調節はできないから」

妻はまだ、こっちに来る決心はついていないようだった。代わりに「やるだけはやった」という言葉で、このところの心持ちと覚悟を言い表した。老母の看病だけでも精一杯なところに、嫁に来てから数十年間、祭祀膳［訳注：故人の忌日に供える食膳］の代わりに誕生膳［訳注：誕生日を祝う食膳］で苦労させられてきた生死不明の舅が、六十数年ぶりにいきなり帰郷するというのだから、その後の対処に気が進まないだけのことはある。そうだとしても、これまできっちりと上手く積み上げてきた塔を、自らの足で蹴り崩すのはどうなのか。三十数年を生きてきて、妻に大きく非難されるほどの過ちがあったようでもないが、それはどこまでも自分の立場からの思いだったのか。徐校長はそれほど気乗りのしない自責をしながらも、じわりと喉元に込み上げるものがあった。

病院から家に病床を移したのは、恩心の意思だった。柘榴の木の移植を頑固に拒否したことと相通ずる頑なさだった。何日もの間、深い眠りなのかこん睡状態なのか不分明な奥底に浮き沈みしながらも、彼女は頑なだった。最後の願いだと、絶対に病院で目を閉じることはないように約束してくれと、意識がはっきりしたり混濁したりしながらも、彼女は彼との約束を何度も確認した。

　理解できることだった。恐らく家で「あの人」を迎えたいという強力な意思なのだろう。彼女がどのような生涯を生きてきたのかよく知っている徐校長としては、とてもではないがその切実さを知らぬふりはできなかった。そして嫁姑の間で声を荒げたりかっとなることなく無難に過ごしてきたと信じていたために、形式的にでも妻の苦しみに配慮することがなかった。いやできなかった。妻の気持ちがこじれるとは想像もできず、そういうことはありえないと考えていたし、だからこそ一方的な話だった。妻は「一生」「いつも」「こういうやり方」だったと彼を非難した。彼は誓ってそんな記憶はなかった。表現は拙かったかもしれないが、ありがたいと、すまないと思っていた。分かってくれない妻が憎らしかった。頑固者、時代遅れ、妻を苦しめる孝行者……そんな言葉を言われるのは腹立たしかった。妻の非難は口実だ、何でも誇張して言う習性にすぎないと、一笑に付していた。

「ひ弱に見えるのは知らない人だけで、お義母様の頑固さには誰もかなわないでしょ？　率直に言ってみて、あなた。本心なの？　他人の評価が怖いからなんじゃない？　結局のところ、実のお母さんでもないでしょ。今度お帰りになるっていうあの方も、実のお父さんじゃないし」

　妻が口をとがらせながら文句を言ったとき、徐校長は自分の耳と目を疑った。これまでの事情を知らぬわけではない妻が、突然投げつけたその言葉に対する反動で、彼の手が持ち上がった。たった一度の衝撃で、どうするすべもなく割れたガラス板のように、それまでの生涯でただ一度の平手打ちで、妻との関係にぴしりとひびが入った。彼はすぐさま後悔したが、謝る勇気もなかった。仕方ない。

　徐校長は、脱いであったジャンパーの上着からタバコとライターを取り出して立ち上がった。ちょうど草永《チョヨン》がお盆を持って縁側から上がって来るのを見たのだ。妻の空白を埋めるその子を誇らしく思うべきなのか、かわいそうに思うべきなのか。彼は混乱した気持ちで、粥の器を捧げ持って来る娘に何のねぎらいの言葉もかけないまま、ふらっと部屋を出てしまった。

「出かけるんですか」

縁側に腰掛けて履物に足を入れる徐校長の後ろ姿に向かって、草永が尋ねた。台所にうずくまってひっそりと泣いてでもいたのか、声はすっかり沈んでいた。

「そうだな」

「夕飯を食べてからにしたら。食卓に用意しておきました」

落ち着いた口調に浮ついたところのない動作は、血のつながりの全くない祖母にどうしてそんなに似たのか、そのたびに徐校長の胸のどこかにぴりりとした痛みが走るのだった。婚約の解消と失職を続けざまに経験し、前触れもなく実家に戻り、納得できるような今後についての話がないことも気にかかった。境遇まで祖母に似たらどうする、わけもなく不安になったのだった。

徐校長はすねた幼児のように押し黙って、湿った地面に転がっている鮮紅色の柘榴の花をいくつか拾い、縁側に置いた。それから柱にかかった麦わら帽子を取って頭に乗せ、門に向かった。

「傘を差してください。雨に当たらないように……」

草永が格子窓の内側からじっと自分を見ている気配を感じたが、徐校長は知らぬふりをした。自分の娘ではあるが、どこに出しても恥ずかしくないよくできた子なのに、なぜあんな非常識な家と関わりあったのか知れないと思いながら、タバコ一本を口にくわえた。

＊

帰ったところで……。

徐《ソ》老人は窓の外を眺めながらつぶやいた。ところどころしみが出て痩せ細った顔には、表情と言えるものは浮かんでこなかった。しわが深く刻まれた額の上に艶のない白髪がいくすじか垂れかかり、中折れ帽は膝の上にきちんと置かれている。デパートでサイズの小さなものを選んで着ても、背広と体が分離しているようだった。つばのある帽子も背広も、彼にとっては全く煩わしいばかりだった。

この老いた体で帰ったところで……火箸にも使えない体を持って帰ったところで……。

首を長くして待ち焦がれた飛行機に乗ったが、爆風のような感動が押し寄せるのが当然だろうに、いざとなると徐老人は、窓に寄りかかって何度もその独り言ばかり繰り返していた。遅すぎた。赤くなった目じりに涙が湧いた。痩せ衰えた体のどこに水分が残っていたのだろう。彼は一人で気が滅入って、何度も目をしばたたかせた。

思うままに両足を伸ばすこともできない、故郷に焦がれ続ける人生だった。六十年に二年を加えた囚われの歳月。彼にはその六十数年よりも、この数ヶ月のほうが息苦しかった。良い食べ物、良い友人などは一、二度歌っておしまいの華やかな歌に過ぎず、すぐに慣れて無関心になった。遅すぎた好事よりも明日をも知れぬ数え八十四歳、すっかり焦燥した。去る十二月に国境を越えて以来、砂風が吹きすさぶ寒い三月を心労の中で過ごし、芒種の頃を過ぎ夏至になってようやく、腹立たしい調査とわけの分からない手続きが終わったのだ。なぜあんなやり方をするのか……もちろん彼は口に出さなかった。口の管理を鉄則にして生きてきた。

「ちょっと、あのさ……」

通路側に座った柳《ユ》老人は、女性乗務員が通り過ぎるたびに、飲み物だとか菓子だとかをねだっていた。彼も「帰還勇士」だった。「勇士」と言えば聞こえはよいが、北側の捕虜になった韓国軍出身の脱北者という意味だ。天性が闊達なせいか、彼はもう移り変わる状況に慣れた様子だった。あれほどの変わり身の早さと厚かましさなら、出身成分最底辺の四十三号［訳注：朝鮮戦争時の韓国軍捕虜が北朝鮮で苦難の生活を強いられていることは捕虜出身の脱北者が帰還した一九九四年以降韓国側にも知られるようになった。本人はもちろんその妻子も配給、職業、進学などにおいて深刻な差別を受けているという。北朝鮮で一九五六年に「内閣決定四十三号」によって韓国軍捕虜の処遇が定められたため、韓国軍捕虜およびその家族は「四十三号」という通称で呼ばれていると脱北者たちが証言した］としての侮辱も軽減されただろう。党からそそのかされるままに、誰かを告げ口してでも身の安全を守ってきたのだろう。柳老人をちらっと振り返った徐老人の眼差しは、必ずしも穏やかなものではない。だが徐老人はすぐに目の力を緩めた。誰が誰をそしるというのか。自分もかの地でこれまで生き残ったのではなかったか。その事実だけで彼もまた、柳老人と変わりなく身を処してきたのだと認めねばならなかった。そういう世の中、そういう時代ではなかったか。

徐老人は長い間忘れていた丁《チョン》下士官を思い出した。すると心臓がびくびくした。丁下士官は酒の勢いで真っ暗な底辺に転落した身の上を嘆き、同僚たちの見ている前で引っ張られて行った。彼は帰って来なかった。成分不良者四十三号韓国軍捕虜のうち、かなりの者が咸鏡北道セッピョル郡［訳注：金日成時代に新たに付けられた地名。「新星」の意］の炭坑に追放され、〈労働忠誠〉に従事していた時期だった。四十三号たちが居住地として割り当てられた宿舎は、日帝強占期［訳注：日本による植民地時代］に拘置所として使われた石壁造りの建物だった。四角い穴がぼこぼこ開いた部屋がずらっと並んで四角形を成していることから四角村と呼ばれたその村で、いや他のどこでも同じように、ある日誰かがいなくなるのは一度や二度のことではなかった。徐老人は、丁下士官を死地に追いやった謀略劇に自分が動員されたことを、誰にも打ち明けられなかった。だからといって本当に誰も知らなかったのだろうか。或いは互いに知っていても知らぬふりをする数知れない密告事件のうちの一つだったのではないか。北京大使館で韓国軍捕虜が置かれた環境と強制労働の実態について口頭調査を受けたときにも、徐老人はその事件について口を閉ざした。

（俺のせいじゃない。どうしようもなかった。あれは運が悪かった。俺たちはみんな、運が悪かったんだ）

だが胸にしまいこんだからといって、なかったことになるのか。天が知り地が知り神が知ることだった。告白は、勇気というより自らを許すための、免罪へと向かう第一声ではないのか。その最初のボタンをかけることが、徐老人には、自己嫌悪を抱いて生きる苦痛よりも困難だった。彼は抑留された土地を脱出することが即自由ではないという事実もまたよく分かっていた。真の自由は、自らの過ちから抜けだすことのできる者に与えられる褒美だということも。思い返せば、あの数えきれぬ自己批判が、数百グラムのトウモロコシ粉と豚の脂身を得るための取引だったということも。

（みんなそうやって生きてきた。そうやって生き残った。あそこではそれが道理であり正義だった。なぜ生き残ったことを恥じねばならんのか。はっきり言うが、俺は、俺たちは、魂の許しより、あの神聖だという自由より、恐怖と侮辱と諦念の一生を俺たちに強要した者たちの顔面にまず唾を吐きかけたい。そして尋ねたい。なぜ北側の者たちは俺たちを送り帰してくれなかったのか。なぜ俺たちに過酷な待遇をしたのか。なぜ南側の者たちは俺たちを取り戻さなかったのか。なぜ俺

たちを見捨て、そして無視したのか）

徐老人は脱北以後、ずっと自分を苦しめてきた感情の乱気流が再び襲ってくるのを感じた。大使館の職員が分けてくれた清心丸を先に飲んでおいて良かったと思った。だが肘掛に乗せた腕が、勝手にぶるぶる震えた。感情を、気分を隠す習性が染みついた生涯のはずだが、思い通りにならなかった。まったくここに至って何をこれ以上怖れるというのか、と思ってみても、引率者である黄《ファン》調査官と目が合うたびに、自分も気づかぬうちにびくっと目と耳が強ばった。六十年の間に身に染みついた、くだらない習性だった。言い訳をするなら、まだ凍っている河を越えたときの硬直が今でも消えないせいもあるだろう。そのうえ、一般の脱北者たちとは違って、韓国軍「帰還勇士」たちには比較的礼儀正しく接してくれたが、いずれにせよ黄は国情院だか国防部だかの南韓政府が派遣した役人なのだ。

党でも役所でも……上から来た人間をどうやって信じるのか。あっちも俺を無条件に信じる様子はないのだから。

徐老人は内心の悲鳴とは別個に、疾病と化した不信と卑怯を身に着けて家に帰るという事実が気に入らず、悲しかった。

いやいや、ここまでにしよう。元気の出ることだけ考えよう。

彼はポケットにしまっておいた清心丸の最後の一粒を取り出して口に入れた。そして可能な限り、誰とも目を合わせないように再び窓の外に顔を向けた。小学校の頃に腰につけていた本のふろしき包みぐらいの大きさのガラス窓の向こうで、綿布団のような雲の下に青い海が広がっていた。いくつかの島がぽっかりと海の上に浮かんでいる。陸地に向かって走る波が島の周囲を白い輪になって囲んでいる。

なんと……。

海を見るのはいったい何年ぶりだろう。鉄原で中共軍の捕虜になって朝鮮人民軍に編成された徐老人は、北に留め置かれてから一度も海を見たことがなかった。停戦後に韓国軍捕虜は四十三号と呼ばれるようになり、内陸の炭坑村限定に居住制限されたせいだった。映画や朝鮮中央放送の画面で、時折海を見ることはあったが、絵の中の餅だった。

徐老人はおのずから、幼い頃、山あいの何軒かが誘い合って行った初めての海水浴を思い出した。砂浜もあって松の陰に休み場もある海辺は、村からは峠一つを越えねばならなかった。子供たちは子供たちなりに、大人たちは大人たちなりに楽しく過ごした。黄牛が引く荷車に煤けた釜を乗せ、家々から出し合った米やトウモロコシの入れ物と、沸き水を入れたやかんを乗せた。畑から採ったまくわうりとすいか、青唐辛子の袋も乗せた。二歳上の兄は、老いて卵を産まない雌鶏二羽をふところに抱いていた。黄牛の手綱は、牛の持ち主の息子で兄の幼馴染、允寶《ユンボ》が引いていた。

彼は、生まれて初めて熱い体を浸した海水の感触を思い起した。塩風としょっぱい海水の味も鮮やかに思い出された。その日の海水浴と砂風呂、いざとなると水に入らないで波に足だけひたしながら貝殻を拾うのに没頭していた恩心、誰よりも長く水中に潜っていられた兄、真っ青な唇で歯をかちかちいわせながら大急ぎでかきこんだ白い鶏粥……そういうものが目の前にちらちらした。

彼の記憶の中では、恩心も、兄も、二十歳前後のままの姿だった。恩心にとっても彼は、少年らしさの消えない二十歳の青年のままに留まっているだろう。

人が去り、世の中が移り変わっても、山向こうのあの海はあのままなのだろう。

自分よりも六ヶ月先に召集された兄が戦死したという便りを、彼は今回の調査を受けて知った。二人兄弟のうち一人は死に、一人は生死不明というのでは……若くして夫と死別した母は、無念で目を閉じきれなかっただろう。再婚しないまま故郷の家を守っているという恩心に、息子が一人いるという話を聞いたときには、なんと言えば良いのか、ありがたさを越えて複雑な感慨に襲われた。彼は北で縁のあった相手との間に子供を三人も授かっていた。考えてみれば、長い歳月を一人身で暮らした恩心に、多少なりともすまなさを感じなければ道理に合わないだろうが、それよりもすぐに、どういうことだろう……どうしてそういうことになったのか……感慨無量とは無関係に猜疑心が押し寄せた。不自然で複雑な表情で家の事情を伝え聞く彼の様子を、老練な調査官の黄が見逃すはずがなかった。そのせいでソウル行きが遅れたのか……と思ったのは、どこまでも朝鮮人民軍という前歴が後ろめたい本人の歪曲に過ぎず、必ずしもそう言えるだけの状況や根拠があるわけではなかった。

「まもなく着陸します。皆さん、お気持はいかがですか？」

「私はね、私は今死んでも心残りはないんです」

柳老人は、調査官の問いに興奮した様子で答えた。

「いやいや、何をおっしゃるんです。近しい方たちと積もる話をなさって、大韓民国の懐で末永く暮らしてください」

「そのとおりです。私は糸飴のごとく末長く生きて、あの金正恩の奴が倒れるざまをきっと見届けるつもりです。必ずや統一を見届けるつもりです」

柳老人は握りしめたこぶしを自分の胸に当て、ことさらに悲壮にしていた。ひと晩で百八十度変わった誓いが、ため池の水が溢れるように一気に溢れ出るのも才覚といえば才覚だろう。分任組［訳注：党から与えられた役割ごとの班］でも生活総和でも、柳老人がどれほど熱くなって忠誠の誓いを立てていたか、徐老人の目にはっきりと浮かんだ。

「そうでしょう、そうでしょう」

黄が気のない相槌を打って、読んでいた新聞に視線を戻した。その程度の誓いでは足りないと感じたのか、柳老人は徐老人のほうに抜け目なさそうな顔をぐっと突き出した。小さな目が並外れて利口そうに見えた。

「私は昨夜も、さっき飛行機に乗る前も、自分のももをつねってみたんだよ。徐同志、じゃなくて、これが私の口癖になって……徐先生はやりませんでしたか？」

徐老人は、柳老人の話に妙に気詰まりを感じた。依然として熱烈に応答し、猛烈に拍手する傾向のある柳老人には、自分の愛想ない反応が心情的反動行為に誤認されることもあるだろう、と考えたからだった。

「しなかったと言えば嘘になるでしょう」

徐老人は即座に応答することで、柳老人を黙らせた。同じ境遇だからと心の内を見せてひどい目にあったのが一度や二度のことだろうか。人が住む世の中である以上はどこも大差ないだろう、南側だからといってどれほど違うだろうかと思った。

実際、飛行機に乗るときもまだ徐老人はとまどっていた。こうして帰ることになって、今になって帰ることになって。古い家を去り、村を去り、自分の国を去ることになって、自分の国に帰ることになって、故郷に帰ることになって、生まれ育った家に帰ることになって、そして妻が待っていて、妻の子供も……。

恩心が生きているという話を伝えてくれたのは、最初にこの話を持って来た保衛部所属の薛東赫《ソルドンヒョク》を頭にした仲介者たちだった。南側の言葉で言えば「ブローカー」である者たちに、不可能なことはなさそうだった。ただ金正日が権力を握ってからは、国境の監視が厳重になり、危険度がかなり増したこと、そのため費用が大きく跳ね上がったということが変わった状況だと言った。それも手数料をよけいに出させようという方便なのかもしれなかったが。

徐老人は東赫とブローカーたちの脱北の勧めを、一旦は石のように拒絶した。河を越えて行った者たちの中には、相当数が南方のどこかの国を通じて韓国に渡ったとか、韓国軍捕虜の待遇は一般の脱北者とは違うとかいう噂は盛んに聞こえてきた。だが宝くじのようなものだ、相手は上辺だけでも厳然たる朝鮮民主主義人民共和国の保衛部員ではないか。いくら飯の種、金のなる木に惑わされて忠誠心も党性もふっ飛んでいるとしても、或いは彼らの甘言が反逆者をあぶり出そうとする罠かもしれないのだった。

「この徐弘源《ソホンウォン》は、ここが故郷だ。これまでこうして生きながらえたことを考えても、党と首領様の恩恵でなくて何なのか？　そんな俺が、それもこの歳になってどこに行くというのか？　必要ない」

焦った東赫がぐっと彼の手をひっつかんだ。ともすればひざまずく勢いだった。いつもの意気揚々とした保衛部員の勢いはなかった。

「明植《ミョンシク》のお父さん、私の話をよく聞いてみてください。明植のお父さんは南側に行けば英雄になるのです。報償金をもらい、定着金をもらい、空腹を感じずに暮らせるのです」

「必要ないと言うのに。大金をくれると言ってもここから絶対に動かないからな」

「明植のお父さん、私たちを助けてください。うちの家族が何人だか知ってるじゃないですか。こうやって配給も止まって、裏山の畑や市場にしがみついて暮らすと分かっていたら、私も子供を何人も持たなかったでしょうよ。どうしても行かないというのであれば、明植同志が協同農場の李《リ》党秘書の自転車を盗んで市場に売り飛ばして延辺に逃げたこと、告発するしかありませんよ」

明植は徐老人にとってたった一人残された息子だった。妻は「苦難の行軍」の頃、栄養失調からくる病に耐えきれず死に、末の娘は人身売買に騙されて中国の漢族の農家に売られたあと、数度の便りを最後に死んだも同然だった。上の娘は酒飲みの婿の暴力から逃れるためもあって山に薬草取りに入っていて、木こりが倒した木の下敷きになって死んだ。命の値段は犬の値段のようなものだった。徐老人は抜け殻のような年寄りの代わりに早稲のような若い子らばかり一人一人奪ってゆくのかと、天を罵る気力すらなかった。激しい性格のせいか涙は一滴も流れなかった。生きながらえているのは、奇蹟ではなく呪いだった。河を越える間に溺れ死のうが銃に撃たれ死のうが、思い残したことも未練もあるはずはなかった。

徐老人は東赫と、明植に連絡がつき次第南側に送るという取り決めを交わしてようやく、ブローカーに従った。背筋がぞっとする場面が三、四度あったが、国境警備隊の詰所に手を打っておいたと東赫が約束したとおりに、無事に凍った河を越えた。

生きて明植に会えるだろうか……。

ドンッ、ドンッ、キュルルル……。下降していた機体が、ついに滑走路に車輪を下ろした。重い胴体が激しく揺れながら、轟音と共に高速で走って行った。

「徐先生は、嫁さんが再婚もせずに家を守っているんだって？　ほんとに羨ましい」

柳老人が椅子の肘掛をぎゅっと握ったまま言った。怯えきってはいても、どうしても言いたいことは言わねば気がすまないようだった。徐老人はむしろそんな彼が羨ましかった。込み上げる感激でむせび泣く彼が。いきなり「大韓民国万歳！」と叫ぶ彼が。

天気が良くない。雨粒が斜めに窓を打った。徐老人は間もなく自分に訪れるであろう懐かしさと違和感を前に呆然として、何も言うことができなかった。代わりに心の中で数字を数えた。
六十四、六十三、六十二……
窓の外を地上の風景がびゅんびゅん飛んで行った。無力なばかりだった一生が一気に蘇り、はっきりしない風景と重なった。憤りが積もり重なった日々、家族に知られぬよう南側の家の住所と軍番を繰り返した夜々、稀ではあっても楽しく満ち足りた時間が、雨に押し流されていった。
二十五、二十四、二十三……
彼はふと、一本の柘榴の木を見たような気がした。

＊

弱まったかと思われた雨脚がまた強くなった。トントン、トントンと屋根に降り注ぐ雨音が、熟しきらない栗の当たる音のように騒々しい。

庭の柘榴の木は、柘榴の花は、無事だろうか。

誰かに尋ねたいが、恩心は鉄の扉のように閉じられた唇を、ぴくりともできない。指一本動かすことも、首を少し回すことも思いのままにならなかった。まぶたの重さは鉛のようだ。とても自分のものとは思えない肉体が窮屈でならない。

彼女のぼんやりした視野に、徐校長と孫たちとの間に複雑な表情で座っている嫁の姿が入ってきた。鉄砲玉のように出て行ったきりになっていた嫁が近くにいることを思えば、旅立つときが目前に迫ったのだろう。目が合うと、嫁はすっとうつむいた。生来きつい性格ではないので、家を空けたことでその気苦労は少なくなかったのだろう。無難な性格の嫁がなぜ反発したのかは、聞かなくとも分かることだ。恩心には温かく優しい徐校長だが、妻や仕事のことにはやや厳しいところもあると知らぬわけではなかった。息子ではあっても、恩心にとっても気楽なばかりの相手ではなかった。むしろ年の離れた姉妹のように、女同士の友のようにそばにいて心強かった嫁のほうが、人当たりが柔らかく素直だった。恩心は嫁に向かって眼差しで感謝を示した。

草永のお母さん、ありがとう。

本心だった。必死で故郷の家を守ろうとする姑のために、誰よりも窮屈な歳月を過ごした当事者ではないか。ソウルで生まれ育った若い女先生が、最初の赴任地で、同僚で年上の独身者につかまるとはもったいない。恩心は花嫁に、独り者の姑と同居生活をさせるつもりはなかった。やがて老いて病み、身動きできなくなればさておき、そうでなければ一人で十分だと釘を刺しておいたのだった。ただ家を絶やしたくないばかりだったのだが、自分に似たのか、息子も頑固で融通の利かない人間だから……。

これまでの生涯で、息子が家を空けたのは、軍隊に行った三年間だけだった。ああそうだ、高校の最初の冬休みだったかに一度、ひと月ぐらい家に寄りつかないときがあった。口の軽い親戚から初めて聞いた事実に打ちひしがれた息子は、先のことも考えずに荷物をまとめた。口では若者たちの間で流行しているという無賃旅行だとか言った。恩心は、同じ年頃の子に比べて落ち着きがあり、慎重な息子がその辺りのチンピラのように自分の胸をドンドンと叩いて大声を張り上げるのを初めて見た。「腹立たしいんです。腹が立って耐えられません。あきれるし、悔しいし、恥ずかしいし、申し訳ないし……どうして僕を引き取ったんですか？　僕に、他人の子供に何を望んでいらっしゃるんですか？　え？　お母さん！　叔母さん！」ダッフルバッグに手当たり次第に所持品を投げ入れる息子の手に、恩心が自分の手をのせて静かに告白した。

「お前が私の命を救ってくれたんだよ。お前は私の恩人なんだ。私はその恩を返さないといけないんだよ」

その日息子は、片方の肩に軍用ダッフルバッグをひっかけ、急ぎ足でうっすらと雪の積もった庭を横切って行った。止めても無駄だろう、恩心は転がるように走って行って、息子のポケットに貯めておいた紙幣をありったけ突っこんだ。野宿するんじゃないよ、食事は欠かさないでと頼みながら。彼女は息子が本当に腹を立てたのではないことを知っていた。衝撃と当惑が薄れるには、息子にも時間が必要だと理解した。

恩心は毎晩、息子の部屋を暖め、夜間も門にかんぬきをかけなかった。その日の夜にでもふらっと帰って来るかもしれない息子を、冷たい床の上で縮こまったまま眠らせたくはなかった。そのときよりもずっと若い頃、誰かを待って自分がそうしたように。言葉そのままに、息子は彼女の命の綱だった。それすらなくなったら、彼女も義兄嫁のように、家にも、この世にも背を向けたかもしれない。

今でも恩心は、義兄嫁の心の内に思いをめぐらすと、みぞおちがずきずきと痛む。義兄嫁の決断は無謀と言えるほど、無責任と言えるほど早かった。怖しいほどの決断力だった。義兄嫁が自分の夫の戦死通知書を受け取って十五日が過ぎた日で、自分の腹を痛めて産んだ子の百日目に、一日足りない日だった。どうしたらもぞもぞしている赤ん坊を置いて、そんな気持ちになれるのだろう。若くして夫に死に別れ、必死で二人の息子を育て上げた姑は、正気を失った義兄嫁が裏山に登るより早く、長男の戦死通知書が届いたその日からもう床についてしまった身だった。病人の世話をし、自分の出ない乳をさぐって泣く赤ん坊をあやすために、恩心はてんてこまいになる一方で心が満たされた。

次の年の夏、停戦協定が結ばれた。鮮紅色の柘榴の花の葉が厚くなり、ノウゼンカズラ、百日草が咲いては落ち、また咲いては落ち、裏庭の無花果の丸みが、赤ん坊のこぶし大に膨らんでくる頃だった。恩心は時折、一歳を過ぎた子供をねんねこに包んでおんぶし、門の辺りをさまよった。婚礼を終えて四日で訓練所に出発した新郎が、あの門から入って来るのではないか、貧しさと仕事に追われていたときでも、そう思うだけで頬が熱くなった。だが今か今かと首を長くして待ちわびるその人はおろか、葉書一枚来ることはなかった。かつて十六、七の頃、大人の目を盗んで見つめ合った頃は、よく紙切れに書いたものを石塀の隙間に挟んでおいてくれた新郎だったのに、軍に行ってからは、短い便り一通も、ひとことの伝言もなかった。

彼女は次第に不安になった。戦争は終わったそうじゃないか。彼に何があったんだろう。彼の部隊はどのあたりに駐屯しているんだろう。義兄のように戦死したのであれば、戦死通知書ぐらい届くだろうに……とすれば北の捕虜になったんだろうか。巨済捕虜収容所から釈放された捕虜たちが、ある者は北に向い、ある者は南に向い、ある者は見知らぬ国に向かう船に乗った。そのときになっても、寡婦の家の次男で恩心の夫弘源については、何の連絡もなかった。無情な人、無情な日々だった。

停戦後初めての秋夕［訳注：陰暦八月十五日。一族の供養を行なう］が過ぎ、冬が過ぎ、春が訪れた。恩心はずっと喉が焼けつくようだった。ふくべ［訳注：かんぴょうの実。朝鮮半島では真ん中でくびれていない球状の実を半分に割って容器として使う］の器で井戸の水を汲んでは飲み、また飲んでも、胸の奥は乾いた風の吹き通る砂漠のようにがさがさしていた。端午が過ぎ、降りしきる雨粒に花が……落ちた。戦地に赴く前に、彼が最後に彼女の手の平に置いてくれたその花が……種をつけることもできないまま、ぽとぽとと落ちた。そうしてまた一度、夏が過ぎた。長患いの姑は、その年の冬を越すことはできなかった。

時折恩心は、裏山に上ってもう歩いては戻れなかった義兄嫁のことを考えた。同い年の義兄嫁の考えたであろうことを考えた。そしてそのたびに頭を振って考え直した。目を開けて生き続けること、目を閉じて生き終えること、どっちが地獄なのか知るすべもなかった。何より彼女は、自分にすがる子供の手を振り払うことができなかった。何の疑いもなく自分を見つめる子供の目を、無視することはできなかった。

そうだ、お前だ。お前だけだ。お前と私と……こうやって生きてみよう、この暗い時代を。情あるもので唯一、私のそばに残っているお前が私の恩人だ。そう思うと、やっとよちよち歩きの子供が、若者にでもなったように頼もしかった。一年、また一年と歳月が過ぎた。子供の小学校入学を前にして、彼女はようやく子供を戸籍に載せた。

父、徐・弘源
母、趙・恩心

それから子供は、婚礼をあげても初夜を済ませることすらできないまま生き別れた夫婦の一人息子になった。

この世に生まれて、それでもこれだけは立派なことをした。そうだよ、趙恩心……全く無駄に生きたわけじゃない。

彼女は老境にさしかかるほどに、自分の保護が必要な子供のおかげでこの世に生きた甲斐はあったと、あの世に行っても先祖に顔を合わせられると、義兄嫁に会っても面目が立って幸いだと、自らを慰めた。

その一人息子も、もうちらちらと白髪の混じる老人になった。鶴のような学者の風貌、という言葉が気に入ったのか、髪を染めるように言う妻の催促を気にも留めていない。その妻は、いまさらのように反抗したことに気がとがめて染めるべき時期を逃したのか、根元に白いものがちらちらする。恩心は、瓜のようにひょろりとした顔の息子が、まん丸くて可愛らしい印象を与える都会の娘を連れて来た日を記憶している。そっと差し出す高級洋菓子、しゃれた水玉模様のワンピース、柔らかなソウル言葉……。その日恩心は息子が誇らしいと同時に、どれほど憎らしかったか。
「お母さん、目を開けてください。私の声が聞こえておられますか？」

徐校長の声が大きくなった。他でもない恩心も自分の身体から次第に力が抜けてゆくのを感じる。自分の一生が、浮遊物のように浮いては速い速度で遠ざかってゆくことも。

「お母さん！　在永《チェヨン》が来ましたよ。在永……呼んでみてください」

徐校長が自ら二番目の子の手を引き寄せ、恩心の手を包んでやりながら言った。この手は……？　恩心は力を込めて孫の名を呼んだ。在永、在永。だが唇が開かない。もう目も開かない。

「おばあさん！　私、在永です。おばあさん！」

彼女の網膜に幼い頃の在永の姿が浮かぶ。その父である自分の息子よりも、その母である嫁によく似ていることで、ややがっかりさせる二番目の孫。気づかれないようにしたつもりだが、もしかしたら知っていたろうか。

「三番目の子もこちらに向かっています。軍隊にいる世永《セヨン》です」

嫁の言葉に恩心はうっすら微笑を浮かべた。あの子が、遅くなって生まれた子が、その父親に最も似ていた。食べ物の好みも、身ぶりも。いくら似ているとしても、私にとっては、その父である息子よりかわいいとはいえないが。

今度は在永が彼女の耳に囁いた。

「恩心さん、元気出して。恩心さんの初恋の弘源さん……私たちのおじいさんが……今こっちに向かっておられるんですって……きれいな服を着て、きれいにお化粧して、家族写真を撮る約束だったでしょ。だから恩心さん……こうしていちゃだめでしょう」

うんうん。恩心は心で頷いた。そう、分かってる。感じられる。あの人が来ている。遠くから来ている。少しずつ、少しずつ、近くなっている。だけど弘源さん、徐弘源さん、もう少し早く来れば良かったのに。

急に、恩心は深い底に沈み始めた。ひとしきり大きく息を吸ってみたが、気持ちだけだった。それから押さえつけるようだった重たさが消え、全身が軽くなった。下へ下へと落ちていた彼女の足先が、やがてどこかに触れた。

「お母さん！」

「おばあさん！」

「恩心さん！　おばあさん！」

ここはどこだろう。恩心は自分を呼ぶ声を背にして、誰がいつ置いたのか知れない花を刺繍した履物を履いた。そしてふと、婚礼場に立っている自分の姿を見た。


……長い間心に想ってきた人の妻になる日。だが彼女は患っている。よりによって、婚礼を前にして高熱を出したのだ。高熱が全身を駆け巡り、新郎の顔すらまともに見られないほどに、頭がぼんやりとしていた。婚礼は予定どおり行なうしかなかった。遠くで暮らす一家親戚に知らせてあり、そのために当然のことながら、とり決めた日を変更することも、延期することもできなかった。そのうえ戦争中なのだ。四日後には、彼は出征する。

……最初の夜、別棟の新郎新婦の部屋の格子戸の外には、雨が降っている。新婦は雨音を聞きながら、新郎の膝まくらで横たわっている。熱は下がらなかった。この日の婚礼をどうやって済ませたのか、順序もあやふやだ。礼を何度したのか、新郎一族に捧げる棗をどうしたのか、頁がぱらぱらと落ちてしまった物語本のように、場面が切れたり続いたりする。新郎は新婦の熱い額に水手拭いを当てながら言う。「大丈夫だ。心配するな」。

……二日目も三日目も、新婦は依然として熱にうなされている。梅雨が続き、降りしきる雨粒に、庭の土が跳ね、別棟の前の柘榴の木がぐっしょりと濡れる。「すぐ熱は下がる。柘榴の花みたいにきれいな僕のお嫁さん」新婦の手と足をずっとさすっていた新郎が、ふとその動作を止めて、濡れた庭に下り立つ。そして柘榴の花で花輪を作って花嫁の額に置きながら、耳元で囁く。「忘れないんだよ。すぐ帰ってくる。きっと」。

恥ずかしそうにそっと囁く彼の声……。恩心はようやく明るく笑って新しくできた道に足を踏み入れた。

● **鄭吉娟**《チョンキルヨン》 정길연 —— 一九六一年大韓民国釜山市出生

フィンランド駅の少女

핀란드역의 소녀

尹厚明《ユンフミョン》

国立博物館で開かれた「ポーランド、千年の芸術」という展覧会は、「ショパンとコペルニクスの故郷」というタイトルと、「ウォヴィチの少女」［訳注：*Head of a Young Girl from Łowicz*］という絵を前面に出していた。ショパンがポーランドの人物だということは知っていたが、コペルニクスがそうとは知らなかった。だがショパンやコペルニクスなどより、はるか以前にロシアでポーランド大使館を訪ね、その色あせた建物の暗く、重い廊下を歩いたときのことが、まず思い出された。展覧会場の絵は実に荘重だが、それらを前にしても俺は、あのときの、あの赤黒いカーペットが敷かれた廊下に立っているかのようだった。そして展覧会は、ヤン・マテイコ［訳注：Jan Matejko］という「歴史を描いた画家」を俺に紹介してくれ、ロシアのイリヤ・レーピン［訳注：Ilya Yefimovich Repin］と比較して見せてくれた。パンフレットとポスターに印刷された「ウォヴィチの少女」は、意外に小さな絵だった。俺は解説を覗きこんだ。二十世紀初頭、画家ケンジエルスキー［訳注：Kędzierski, Apoloniusz］作、ワルシャワ国立博物館蔵で、キャンバスに油彩で描かれた絵は、三〇五×二〇〇ミリの大きさだった。赤色の生地に緑色の縞模様の衣装に白いスカーフをまとった青い目の少女は、恥じらいながらも果敢に世の中を見つめているようだった。

「この少女は……」

少女の目を覗きこんで、俺はどこかで会ったことがある、と言ってみたかった。しかしそんなはずはないのだった。そこで以前ポーランドのビザを取得するために、その大使館の廊下を歩いていた俺が見た、何枚かの絵のうちのどれかだったのだ、そんなふうに考えてみた。あのとき、ロシアを離れる日を目前にして、航空券を買う現金が不足しているということに気づき、悩んだ末に列車に乗るしかないという結論に至った。そうするには、ポーランドの査証が必要だと聞かされた。どうしてそんなことになったのか、ゆっくり考えてみる余裕もなかった。旅行案内書を信用したのが間違いだった。『世界を行く』というその本には、はっきりと「トラベラーズチェック使用可能」と書かれていたのだ。そのうえ、トラベラーズチェックのほうが現金より安全だとまで書かれていた。ところがそうではなかった。ロシアは、日を追うごとに混乱が深まっていた。トラベラーズチェックはどこでも使えなかった。それほどの混乱状態になったのだという弁明を聞いたとしても、何の対案にもならなかった。そのうえポーランドのビザもまた、簡単に得られるものではなかった。

俺はフィンランド駅［訳注：サンクトペテルブルクにある］を通ってポーランド大使館に赴き、暗い廊下で待ち続けた。これまで、二日に一度はフィンランド駅を通っていたので、通うのは難しくなかった。

「ここでは待つことが仕事ですよ」

一人の韓国人が耳障りな声で教えてくれた。俺は何度も通わねばならなかった。フィンランド駅を通ってポーランド大使館に赴く道が、俺の人生に存在するとは予想もしなかったことだった。これが本当に俺の人生なのか。道端のショーウィンドウに映った自分を覗きこんで見た。ショーウィンドウの中の俺は、自分から見ても自分のようではなかった。

ソウルに小包を送るにはその隣のDHL社に行かねばならないので通らざるをえなかったフィンランド駅。駅の広場を左手に見ながら歩いて行くと、小さなビルの一隅にDHL社があった。黄色の背景に赤い文字のDHL。そのときはもちろん今でもDHLがどういう意味なのか俺は知らない。ただ早く届けてくれる宅配会社だということだけ知っていれば十分だった。冬の駅の広場は、いつも雪に覆われていた。ここだけではなく、都市全体がそうだった。ロシアの冬は、雪への言及なしには説明し難い。一日も、ただの一日も休みなしに雪が降った。俺は何本かの白樺の木が、葉を落として白い幹だけで立っている公園を通り、道端で婦人たちからパンを買うこともあった。この場所にもうひと月以上滞在し、パンが主食になったのもそれだけの時間が過ぎていたのだ。道端の婦人たちが家で作って売りに来るパンには様々な種類があり、あれこれ選んで買う楽しみもまた、その都市の冬を過ごすには一つの役割を果たしていた。白い樺の木がとりわけ目立つロシアの林も、今となっては見慣れた風景だった。だから俺は、白い樺の木／生い茂る林／サンクトペテルブルク郊外／ぼんやりとした光／夜行が走れば／白い懐かしさは／生い茂り森となる、とメモしておいた。樺の木の白い枝は「白い懐かしさ」だった。

　俺は、道端の婦人たちの一人に話しかける。

「スコーリカストーイト？」

　俺に分かる数少ないロシア語の一つだった。いくらですか？　俺にはもう、そのパンが何ルーブルぐらいするのか見当がついていた。婦人がいくらなのかを言う。しかし俺はそれを正確には聞き取れない。ロシア語の格変化を理解しない限り、1、2、3……このそれぞれがルーブル、ルブリャー、ルブレイに変化することを暗記することはできないのだ。だから俺は聞き取れたふりをして、「ストー」、即ち百ルーブル紙幣一枚を出して、小銭がないからお釣りをもらいたい、と言うようにつっ立っている。そしてパンとお釣りを受け取る。

　向こう側にロストラの灯台柱を見ながら歩く道は、ゆるやかにカーブした曲がり道だった。四角い碁盤目状にいくつもの道がつなげられているこの古い計画都市には、珍しい場所だった。そのうえ灯台柱の背後には、港に停泊した船のマストがそびえて見え、こちら側の風景とは全く異なる雰囲気だった。俺は博物館に行こうとしてその曲がり道を通り、或いは北韓［訳注：韓国でいう北朝鮮のこと］の人たちがサーカスをすると聞けば、曲がり道の向かい側にある公演場に向かった。実際のところかなり長い間その都市に滞在したとはいえ、そこの地理にはついに慣れないままだった。到底、勘がつかめなかった。そしてその都市の港と言えば、まず初めにオーロラ号が思い出され、革命の始まりを告げる艦砲の音が鳴り響き、オーロラ号の水兵たちが押し寄せて皇帝の宮廷に攻め入る声が聞こえてくるようだった。

「我らの敵、皇帝を打倒しよう！」

　ニコライ二世皇帝の息の根を止める無産者革命。全世界の労働者たちよ、団結せよ！　そしてレーニンが乗った秘密列車が、偽装幕に覆われたまま到着するフィンランド駅。
　つまりロストラの灯台柱を眺める曲がり道は、俺を革命の場面まで瞬間的に導いてゆく道でもあった。昔から曲がり道というものは俺にとって実に素朴な風景だった。幼くして嫁いで行った同級生の少女が遠ざかっていった道もそうだった。少女は曲がり道に沿って消えていった。すると消えた同級生の少女が、ケンジエルスキーの少女に重なって見えた。ロシア革命とポーランド大使館、「ウォヴィチの少女」が交錯しながら、常に何かを待ちながら生きてきた俺を、どこかへと導いていった。

　海岸沿いの道を一人で歩くだけでも、はるか遠く旅の道を行くという思いがする。旅の道は、待つ道だ。錯覚や幻想に陥る感覚だ。俺もまた、もう一人の俺を伴ってはるかな道を進む。俺が伴う俺は、無理を言ったり不平を並べたりする。どこに行くのかい？　周りを窺いながら聞くこともある。ときには立ち止まって他事をすることもある。何かで読んだように、俺も立ち止まって俺が追いつくのを待ってやらないといけない。あまりに速く進むと、俺が俺について来られなくなる。すると海岸の道に行こうと家を出た俺までも、どこにも行けなくなってしまう。俺は見慣れぬ俺を待たねばならない。そうやって待つ時間が、自らを確認し認めるための時間だ。自らを確認し認めるために、我々の誰もが、一人で道を進まねばならない。
　俺が一人で進む道は、たいていは海辺の山際の曲がり道だった。恐らくは江原道の海辺のどこかの道だろう。人気のないその道は淋しく、胸に迫る。幼い頃の俺に会いに行く道といっても良いだろう。横には遠く、或いは近く海が広がっている。海に近い岩にはフジツボやカメノテも張りついて生えている。その風景の中に歩いて行けば、そこにもう一人の俺がいる。俺は幼い頃から一人だったらしい。俺はもう、この現実には戻って来ない覚悟で、どこかに行くらしい。

　曲がり道の多い国で
　引き返せない道を進む足取りを

だから俺は、詩集の序文に、誰にも分からない暗号のような文章を書いておいたのだ。他人に見つからない文章を何か書きたいと、曲がり角で俺は俺に囁いてみたかった。時折、遠い水平線に沿って小さな船が一隻でも通っていれば、その囁きをその船に乗せて見知らぬ土地に行こうという気持ちなのだ。

「君は戦争のときからここにいたのではないのか?」

誰かが尋ねる。俺は驚いて声のする方に顔を向ける。誰もいない。

「船を待っているのです」

「船が来ることになっているのか?」

誰もいなくとも声は聞こえてくる。故郷が俺に吹きこんだ幻想だ。いわゆるトラウマというものか。

「分かりません。でも待たないといけないのです」

戦争は終わったのだろうか。俺は再び船に乗って、戦争に生き残ることができるだろうか。喉が渇き、気持ちが焦る。誰もいない海辺の山際の曲がり道で、船を待つ幼い俺。ごく幼かった頃、李承晩《イスンマン》大統領を迎えて太極旗を振るために、小さな飛行場の横の海辺の道まで行った。そしてなぜか一人で山際の曲がり道を歩いて家に戻る途中、遠い水平線を眺めた。何を考えたのだろう。自分は一人だと考えたことを思い出す。この回想を、もうずっと前に俺は思い出していた。六十年が過ぎても、幼い俺は鼻をぐずつかせながら、ズボンをたくし上げてそこに立っている。「引き返せない道を進む足取りを」その場所に導いたのは、以前のように母ではなく、俺自身でしかありえない。生きてみれば人生は、いつも幼な子の道だ。それに故郷の海辺の山際の曲がり道は、変わることなく淋しく待つことの象徴だった。

白いフジツボの下に隠れている顔がある。カメノテが指し示す方向を顔は眺めている。全ての生命が眺めている場所がある。そんな海辺に立って俺も海を眺めている。戦争が過ぎ去り、残された我々が生きねばならない道がある。

「君は、まだ待っているのか」

誰かがまた尋ねる。

「船に乗ってここに来たのです」

こう答えてはいるが、俺が依然として何かを待っていることは明らかだ。振り返ってみれば、一瞬で若さは過ぎ去っていった。ふと、自分が通って来た全ての海辺の道が一つに集まる所で、俺は船を降りたのかもしれないという気がする。船に乗って降りれば、また出発しなければならない。待つことが人生の姿だという教えが蘇る。

「いっそのこと、あのまま家に置いて避難してくればよかった」

母は、俺が手におえなくなるとそんなふうに言ったそうだ。「あのまま家に置いて」とは何のことだろう。あのときハシカを患って高熱を発していた俺は、誰も面倒を見てくれなければ、じきにこの世から消えていただろう。ハシカはそれほど恐い病だった。しかし母は俺の手をひいて船に乗り、南側を目指した。故郷の山際の曲がり道に立つたびに、俺が船を待つ所以だ。しかし俺たち母子が船に乗ったその場所を、確かにここだと言い当てることはできず、故郷に行くたびにただ眺めて見当をつけるだけだ。どのあたりだろうか。それが俺の心の中に蓄積された、待つという思いだ。海のフジツボの下にも、俺の待つという思いがある。カメノテの動きにも、クロマツを揺らす風にも、俺の待つという思いが込められている。目を向け、耳をそばだてる。時間はこんなにも過ぎ去ったが、だからこそ、俺は幼い子供のままに留まっている。

昨年、新しく作られた「献花路」という海辺の道を行く機会があった。「献花路」は、古く新羅時代の郷歌［訳注：朝鮮半島の歌謡の形式で新羅時代に盛んだったと伝えられる］や説話にちなんで付けられた道の名前だというので興味をひかれた。いつか歩いて帰って来た故郷の道のような気がした。遠く離れて放浪していた俺が、ついに帰りついたのだろうか。最終の船に乗って帰りついたのだろうか。「帰還」は、待つ思いの中へと俺を包みこむ。待つ思いの集まるところに、求める心が「掘っ立て小屋の家一軒」［訳注：韓国の愛唱歌「いとしきクレメンタイン」の一節。海辺の貧しい家で暮らす父娘の物語で、漁に出た父を案じて海辺で待っていた娘が行方不明になり、今度は父が海辺で娘を待ちわびる歌］のように建っている。家は朽ちて土壁は崩れ、庭には力強い雑草が生い茂ったまま、黒い鳥の影も行き交うが、そこで俺は余生を過ごしながらまた待つだろう。

「君、どこかに行ってきたのか？」

過去の人が俺に尋ねる。

「いいえ、ずっと海辺の山際の曲がり道にいましたよ」


ロシアの海辺にも、フジツボとカメノテが生えているだろうか。港を遠くから眺めながら、俺は何日もポーランド大使館に通った。その間ロシアの最後の日々に焦りを募らせていた。戦争はまだ終わっておらず、船も来なかった。恐らく永遠に来ない船なのかもしれない。そして俺は見知らぬ曲がり道、ロシアの曲がり道にただ立ち続けていた。

「待つことが仕事ですから。待ち続けて死んでゆく者もいるのですよ」

待っている間に一度は行ってみなければ、と思いながら行く機会のなかったレーニンの隠遁地を訪れることにした。ポーランド大使館に出入りしながら、ソ連という巨大な集団は崩壊したとはいえ、まだその影の深いことを痛ましく思ってのことだった。だからこそレーニンの痕跡を見ておかねばならないと心に決めざるをえなかった。林道をくねくねと進んでようやく到着するところが、確かに革命家が身をひそめた庵らしいという思いがした。ただ長い月日が経っているので、詳細に描写する力は俺にはなく、そのときメモした詩一篇を紹介することにする。

国境を目指して出発した
ピョートル皇帝が奪ったフィンランドの地
荒れた森の中に隠れているロシア
出発と人生とウォトカと共に
ソウルでの最後の数日が思い返され
暗闇が忍び寄る夕刻の湖のほとりで
写真を撮った
レーニンが隠れていた家の近く
重い空が歴史的に
覆いかぶさってくるところを
かろうじて抜け出すことができた
振返ってみると森のどこかで
チョウザメが漂いながら
我々の写真を眺めている

題には「フィンランドの森」と書かれている。しかしなぜ脈絡もなくチョウザメなのか。少し話はそれるが、チョウザメはロシアの黒海に主に生息してその卵が美食家たちに高く評価される魚だと言う。俺もまたロシアである集まりに参加して、ジプシーが経営する食堂に連れられて行き、チョウザメの卵をふるまわれたことがある。黒色の卵はけっこう大きく、味は俺の期待に応えなかった。ジプシーの女たちは、道端で物乞いをするばかりではなかった。その食堂では、舞台衣装を着て歌い踊った。しかしながら俺が語るべきことは、チョウザメそのものについてだ。

「こんなものがここにもあるんだなぁ、ふうん……」

ジプシーの食堂の食卓に供された料理の中に豚の三枚肉もあって、面白いと思いながらも食べなかったのだが、その肉が実はチョウザメの肉だということを後になって知ったのだ。そのうえ、なかなか食べられない肉だというのだった。そうだったのか、と残念に思いながら、名前からして鉄兜をかぶったように重くて暗い感じのするチョウザメ［訳注：韓国語では鉄兜ザメという］を思い浮かべた。

レーニンがロシアに帰ってからの革命の行程は、『フィンランド駅へ』［訳注：エドマンド・ウィルソン著、一九四〇年］という本に詳しく書かれている。皇帝を圧迫しようとするドイツの画策だとかいう陰謀論には、敢えてここで言及する必要はなかろう。俺は俺の用事でフィンランド駅を何度も通り、その本の題名を忘れなくなったにすぎない。最初は、ロシアになぜフィンランド駅があるのだろう、と不思議だった。しかしロシアでは列車が赴く目的地を駅の名前に付けるのだった。例えば韓国で言えば、どこからでも釜山に行こうとすれば、現在の居場所にある釜山駅に向かわねばならないということだ。

その前を何度も通ったが、フィンランド駅の構内に入る機会はほとんどなかった。それでも何度か、駅の出入口で大雪を避けるかひと休みするために立ち止まることはあった。ところで、そうしたある日駅の構内で遭遇した少女について、そろそろ話しておかねばなるまい。国立博物館のポーランド展覧会でケンジエルスキーの「ウォヴィチの少女」を見た瞬間に、同級生の少女が思い出されると同時に、思い浮かんだ少女でもあった。

「この少女は……」と立ち止まった瞬間が、ここにもつながっていたのだった。あちこち見回している俺に、一人の少女が近づいて来た。ちらっと見ただけでも、我が国の人の姿だった。その頃はもう、韓国人にロシアで出会うことはそれほど珍しいことではなかった。俺はやや注意ぶかく少女を眺めた。

「あのう……なのです……」

何を言おうとしているのだろう。少女は韓国語で俺に近づいて来ていた。少女と表現してみたが、二十代の女性のようだった。若い女性とか、娘とかが適当かもしれないが、少女と書いておきたい心情だ。俺は少女を眺めて、答える代わりに何を言いたいのか、という表情をして見せた。

「あのう……列車の切符を……」

意味が分からなかった。韓国語であることは確かだったが、わけが分からなかった。

「どういうことで……」

俺は言葉を濁した。対話はこういうふうに始まった。

韓国語といっても「なのです（말입니다）……」をリフレインのようにくっつける話し方は、韓国以外の場所の同胞がよく使っていた。中国や中央アジアの、我々と同じ民族の話し方だった。朝鮮族であろうと高麗人であろうと韓国人であろうと、語尾はどうであれ我々と同じ民族の話し方だった。放送で聞いた北韓の言葉も同じだった。「なのです」という語尾が常について回った。俺は顔を少女のほうに傾けた。少女の話を要約すると、フィンランド国境に一番近い駅まで行く列車の切符を買いたいので、その切符を二枚、お願いできないか、ということだった。

「お金はここにあるのです」

少女はお金、つまりルーブル貨を見せた。フィンランド国境の近く……俺はようやく、ああ、と思って少女の様子をよく見た。それから少し離れたところに立っている男を発見した。俺はすぐに理解した。彼らがフィンランド国境を越える心づもりであることは間違いなかった。しかし何かの事情で列車に乗って堂々と国境の検問所を通過することのできない身分なのだった。或いは、列車の切符を買うこともできない身分に違いなかった。言ってみれば男と女は、身分証明のできない身の上にある逃亡者だった。その当時はもう、北韓の人々が一人、二人と新しい人生を求めて北韓を抜け出しているという話を聞くことがあった。彼らは主に、東南アジアのいわゆる「第三国」を経由するそうだった。しかし稀には、モンゴルや北欧のほうにも向かうということだった。こういう場合、俺はほぼ無条件に二人の男と女を手助けしてやるのが、俺なりの道徳律であった。俺という人間が、二人の男女の逃亡の手助けをしてやるのが正義だと信じる人生観を守ってきたことをはっきりさせねばならない。正しいか正しくないかは、その次の問題だった。男女は二人だけの世界に、命をかけてでも逃亡せねばならない。それで俺は一九六七年というかなり以前にすでに「白髪になるとも帰るすべを知らぬ／雲の下に逃げ行く昔の男女」と、歌のような詩に書いたことがある。男と女の逃亡が、帰ることのできない「片道行」だったとしても、それで男と女の愛は完成する。逃亡自体が完成だった。人生には実のところ、特別な目的というのはないのだった。だから逃亡自体が目的になることを理解したのは、歳をとってこその産物だった。

「切符を買ってくれる人を待っていたのです」

男女は、何日も駅周辺を徘徊し、少し前に俺が韓国語を使っているのを見たという。男女が俺に目をつけたことがありがたかった。愛とは、二人だけが知っている世界に逃亡することだった。他人が覗きこむことのできない秘密が、愛を保証するからだった。その逃亡の果てに、もっとも深いところで結ばれることを願う心がぶつかり合うところに愛があった。

「ちょっと待っていなさい」

俺は券売所に行って二枚の切符を買った。俺は彼らと共に出発するかのように決然とした気持ちだった。

「ありがとうございます。ありがとうございます」

男女は一緒になってお辞儀をした。

「なんでもないことです。気をつけて」

男女が無事にフィンランド国境を越え、何の制約も抑圧もない場所で生活できることを、俺は心から祈った。彼らがここまで来たことだけでも俺には驚異的で、涙ぐましかった。あとで聞けば、フィンランドのほうに向かう脱北者がかなりいるということだった。俺にそんな勇気があるだろうかと思うと、自分がみすぼらしく感じられた。抑圧を逃れて自由を求めてゆく人々がいる限り、人生は誇らしいのだと俺は頷いた。俺に異なる人生を見せてくれたのだから、本当にありがとうと言うべきなのは俺のほうだった。

　あちこち他国を回ってみると、そこかしこで韓国人に出会う。こんなところになぜ、どうして来ているのか想像もつかない場所だった。様々な国の人たちが集落を成して暮らしているように、そういう韓国人もいるが、その一方で一人二人とあちこちに隠れるように暮らしていた。彼らこそ、人生の「片道行」を生きていると言っても良かった。あるときはスマトラの森の中に家を建て、パソコンのハングルキーボードを叩いている青年にも会ったし、北欧の間歇泉《かんけつせん》のガイドをして暮らす夫婦にも会った。淋しさが俺にも伝染して、わけもなく俺が苦しまねばならないのだった。こんなところになぜ？　どうして？　などという質問は、する必要も価値もなかった。

　俺にもこの国を離れたかったときがあった。それこそ逃れたかった。たくさんの人が死んでいった一九八〇年代のある日、私は生計を立てるために南の都市に行くしかなかった。後に「民主化運動」と呼ばれることになる事態は、表面上は完全に収まっていたが、傷が癒えるにはもっと長い時間を必要としていた頃だった。デモ隊も軍隊もいない往来は、さっぱりと片付いていた。ところが往来がさっぱりと片付いたという話すら、してはいけないようだった。出会うどの人々にも、どんな慰めの言葉もかけることができなかった。ともすれば上っ面の挨拶に聞こえ、ともすれば知りもしないで過度に深入りすることになりかねなかった。誰もがそのことを思い出すことすら避けていることを、俺は知っていた。しかし明らかに知っている事実をわざと避けて通ることがどれほど難しいか、俺は今更のように悟った。我々全てが、ある種類の言葉だけが禁止された人間たちだった。何人かに会って酒を飲む間に、俺の緊張は蓄積されていった。何か言えばいいのだろうが、適当な言葉が思い浮かばなかった。ある一種類の制約のために、他の問題にも想像力に制約がつきまとうということを、俺は知っていた。俺には一九七〇年の軍隊の話がそれだった。書いてはいけないというのではなく、俺には軍隊について何かを書こうという計画がまるでなかった。にもかかわらず俺の想像力が抑圧されていることを、俺ははっきりと経験した。全く別の文章だとしても、俺の中から文章を引き出すのは困難だった。心のどこかにある禁忌を抱いたままでは、禁忌ではない他の方面でも自由ではいられなかった。そのことを知った俺は、息をするのも難しかった。無駄に難しい話になってしまったので、一九八〇年のあの都市での一夜について少し話をしてすませよう。あの日の夜、俺は正体なく酔っぱらって旅館の部屋に戻り、ふらふらと倒れこんでしまった。

「俺は違います。本当です。俺は何にもしてないです」

明け方だろうか、俺は俺の叫び声で飛び起きた。俺は俺が叫んだ声が、夢の中の叫びなのか、現実の叫びなのか、区別がつかなかった。

「本当です。何にも、何にも」

俺は半分ほど体を起こし、跪こうとすらしていた。どうしたことなのか、俺は誰に向かって哀願しているのか。デモ隊になのか、軍隊になのか。それも曖昧だった。殺し、殺される事態が続いている間、ソウルにいた俺が何もしていないのは当然のことだった。それでも俺は、哀願していた。何がどうなって「何もしてない」と告白しなければならないというのか。俺は初めて、俺の正体について疑いを感じた。なぜか限りなく恥ずかしかった。それからしばらくの間、俺はこの国を抜け出そうともがきながら暮らした。この国で暮らそうとすれば、この国に生きるのであれば、その叫びそのままにずっと何もせず、擦り切れた影のように生きるしかないようだった。

しかし俺は、この国に生き残った。現実を抜け出して他の人生を選択する前に、韓国での人生がわっと押し寄せてきた。正しいことなのか間違っていることなのか見極める前に、俺は現実に飲みこまれた。そして何ヶ月かロシアに行ったとしても、韓国人としての行動に過ぎなかった。最初の頃に韓国に送った詩一篇にしても、韓国人として韓国を思慕する歌だと言うしかない。だから俺はいつでも変わりなく韓国を愛する人間だと告白するしかないだろう。

夜中に目覚め
今や色褪せた革命記念塔
広場を見下ろす
荒涼としたロシアの土地を数日かけて通過する
ときも
フィンランドの街を眺めていたときも
プーシキン、トルストイ、ドストエフスキー、
ピョートル、エカチェリーナ
それらの名が通り過ぎるときも
君は紫霞門峠《チャハムンコゲ》に立っていた
ネヴァ河のほとりの白い白樺のように
ロストラの灯台柱の火花のように
聖イサアク聖堂の丸天井のように
道端の秋のタンポポのように
夏の宮殿の林の中の風のように
あの紫霞門峠の君
その時々に私に向かって立っていた
永遠は短く瞬間は長い
レーニンが建てた革命記念塔は今や「色褪せた」姿で俺の前に立っていた。ロシアもフィンランドも、歴史に名高い人々も、俺が借家住まいをしていた紫霞門峠の界隈に留まっていた。俺が庭を持てたら白樺を植えようと思ったのもそのためだったし、そうして「白い懐かしさは生い茂り森となる」ような風景を見たいからだった。

展覧会を見て出てきた俺は「ウォヴィチの少女」を眺めてしばらく佇んでいた。どういうわけか、ポーランドのビザは発給されなかった。ロシア語やポーランド語を解さないので、どこでどうなっているのか問い詰めることもできなかった。社会主義が没落したといっても、強圧的な雰囲気は以前と同じだと感じられた。少女と男が列車に乗った次の日、俺はポーランド行きを諦め、フィンランド駅に向かった。もちろん、少女はいなかった。いつしか国境を越えたのだと信じたかった。長い時が過ぎて韓国の国立博物館の前に立った俺は、ここがフィンランド駅だと思いたかった。少女の顔が壁に描かれていた。少女はウォヴィチの少女であると同時に、フィンランド駅の少女でもあった。

国境は無事に越えましたか？

俺は内心で安否を問うた。どこからか答える声が聞こえてくるようだった。

そのとおりです。ご心配要らないのです。もう捕えられて収容所に行くこともないのです。

少女は笑って見せた。

沼ではチョウザメに気をつけないといけないですよ。

俺もつじつまの合わない話まで付け加えた。そこに、チョウザメがいるわけはないのだった。だからおどろおどろしい何かが、今後押し迫ってくるかもしれないから気をつけるように、と言いたいところをそんなふうに例えたのかもしれない。思ってすぐに、値段が高くて高級魚であるチョウザメであれば、気をつけろよ、ではなく、つかまえろよ、と言った方がいいような気もして、俺は一人でふふっと笑った。

とにかく、元気で暮らしてくださいよ。

俺はポーランドのビザを受け取れなかったが、代わりにフィンランド駅に行った目的は達成されたと思った。俺はロシアを立ち去る他の方法を探さねばならない。しかし彼らは自由を得た。俺は彼らの金でただ切符を買ってやっただけ、彼らに何かしてやったと恩に着せるつもりはない。ただ俺は、彼らの自由を祝えばそれまでだ。「自由を祝う」という言葉が成立するとは、不思議この上ないことだった。自由とは我々が本来持っているもの、言葉そのままに自由であるにすぎない、何を祝うというのか。それこそ理屈に合わない。にもかかわらず俺は自由を祝っていた。その言葉に辿り着いたことがこれまで俺が生きてきた道のりを照らしてくれると、俺は初めて知ったようだった。自由を自由に語ることのできる者だけが、本当の自由人なのだった。

ウォヴィチの少女は青い眼で懐かしさを表していた。懐かしさには、待つ思いと共に怖れが込められている。ウォヴィチはポーランドの民族衣装で知られた都市だった。彼らの歴史もまた、勝利と敗北を合わせ持ちつつ、少女が頭と肩にかけた民族衣装のように今に至るまで生き生きと息づいている。

フィンランド駅の北韓の少女が私に向かって歩いてくる。

あのう……なのです……

俺は少女を見つめる。朝鮮族であれ高麗人であれ韓国人であれ、自由人のためなら、俺にポーランドのビザが発給されなかろうとどうでもいい。ウォヴィチの少女も俺の言葉を待っている。だから俺がロシアを離れフランスを経由して韓国に帰って来た道を、ここでは省略すべきだ。他のところでも少しずつ話してきたので、俺がここに立っていることだけを見せてやればいいのだから。北韓の少女には祝いを述べ、ポーランドの少女にはどんな言葉をかければよいのだろう。

その日、俺はフィンランド駅から延々と雪道を歩いてロストラの灯台柱の前の曲がり道を通って宿に戻った。それから、懐かしさとは……などと何かを考えてみたかった。そのときを回想しながら、俺は韓国の国立博物館の前に立っている。

ウォヴィチの少女が着ていた民族衣装は、ポーランドの歴史を背景にしている。少女に何を言うべきだろう。俺はポーランド語を解さないから韓国語で言わねばならない。俺は少女を見つめる。そして言う。

求める心というものは、求める心というものは……

え？　何ですか？

少女は目を丸く見開く。だめか、と俺は体をすくめる。

フィンランドの国境を越える少女がいるのだよ。韓国の少女［訳注：敢えて北朝鮮の住民を韓国の少女と表現している］は、はるか東方の鴨緑江、豆満江の国境を越えて来たのだ。韓国の李弥勒《イミロク》［訳注：一九二〇年から留学を経てドイツに定住しドイツ語で著述活動を行なった。一八九九〜一九五〇］という作家がドイツで書いた『鴨緑江は流れる』、ドイツ語では *Der Yalu Fliesst* というタイトルなので、読んでみてはどうだろうか。主人公の少年が鴨緑江の国境を越えてヨーロッパに行って成長する話。国境を越えるということは、自由を得るということだ。それはどれも求める心を満たすためだそうだ。

求める心を満たすために……

そうです。韓国ではそれを生命と言うのだよ。

俺は何を言っているのだろう。少女が聞き取れもしない話を何のために？　求める心と生命が溶け合ってはるか国境を越える人々の影が浮かび上がる。ラオス、ミャンマーまたはタイに、今日も影のような北韓の人々の足跡が染みつく。中国の大陸を越えて来たマメだらけの足だ。金東煥《キムドンファン》［訳注：一九二〇～三〇年代に植民地期朝鮮で活躍した詩人。朝鮮戦争時に北に移送されその後の消息は不明。『国境の夜』は一九二五年刊行の詩集。一九〇一～没年不詳］という詩人の「ああ夜が次第に深まりゆく／国境の夜がひとり、力なく深まりゆく／綿雪までも吐き出し尽くした澄みわたる空に／星が二つ三つ青く光り／母なき少女の瞳のごとく瞬きて」という詩がふと思い出された。生死を委ねた少女には、ただマメだらけになった足だけが真実だ。

聞こえません。何でしょうか？

少女は国境越しに私に問う。

求める心とは……

俺は俺だけに聞こえる声だということを知っている。これは俺の人生に向けた戒めだった。

何ですって？

それを生命というのだよ……求める心というのは……

少女は瞳を生命のようにきらめかせる。

そうですね、そうですね。

しばらく前、ポーランドの大統領がソ連のスターリン時代に犠牲になったポーランドの愛国者たちのために、彼らが死んだ森の中に向かったという記事を注意深く読んだ。［訳注：二〇一〇年当時のポーランド大統領レフ・カチンスキがカティンの森事件追悼七十周年記念式典参席のため出発したこと］俺も彼らの霊魂を追慕し、その森の中に共に向かったかのようだった。ソウルのポーランド大使館の前を通って三清洞《サムチョンドン》通《キル》りを抜けるときにはいつも、固く閉じられて沈黙する鉄の門を見る。俺はその鉄の門の前で少女に、以前俺がビザを得られなかった事実を、今ならば笑いながら楽しく語り、人生について話したい。

今ならば、今ならばみんな自由について語っても良いときだった。俺は違います、俺はどんな過ちを犯したのだろう。世界の半分ほどを回って、今俺はもう一度韓国の曲がり道に立っている。フィンランド国境を越えて自由を得たのだと、少女は手を振っていた。ウォヴィチの少女も青い眼をきらめかせ、俺に手を振っている。今ならば、今ならば自由について語っても良いときだと、俺に告げる手だった。

●**尹厚明**《ユンフミョン》 윤후명——一九四六年大韓民国江原道江陵市出生

お断り　本章では、ロマの人々に対する蔑視や認識の限界があった社会と時代を作家が描いているものとして、現著のまま訳出しています。〈ジプシー〉が差別表現であることに留意してください。（編集部）

天国の難民

천국의 난민

李星雅《イソンア》
이성아

亡骸を目にしないまま死を受け入れることが、これほど困難だとは予想できなかった。亡骸などどうでもよかった。それだけ死に馴染んでいたことを、死に近くなる年齢になって気づきつつあった。母親一人を残して家を出たとき、彼は母親の年齢を全く意識していなかった。それはただの無感覚だった。振り返ってみれば、年齢に対する感覚が混乱した状態だった。彼は母親よりも多く死の峠を越え、より死に近づいていた。

眠りからあまりに早く覚めたせいだった。最近よくそういうことがあった。夜が明けるより早く眠りから覚め、目を閉じたまま太陽が顔を出すのを待っている日が多かった。そうしていると、ぽつりぽつりと頭に浮かぶ想念はいつでも後悔だったが、人生そのものが後悔ばかりだったから、その程度のことでそれほど気分が憂鬱になるわけではなかった。だが、母親に対してだけは胸が詰まった。

今日が母親の命日だから、いっそうそう感じられた。彼に残された人生の目標があるとすれば、平穏だった。人が言うような平穏とは質感からして違った。彼が言う平穏とは戦闘的な平穏で、それは彼の戦利品でもあった。残された人生でそれを最大限享受するために最も必要なことは、外部の刺激を遮断することだった。ごく些細な刺激だけでも、自ら命をかけて奪取した平穏がどれほど壊れやすいものか、彼は知り尽くしていた。だが本当に恐ろしいのは、彼の内部で活火山のようにたぎる怒りだった。脱北の過程で捕まって拷問された恐怖と悪夢を抑制することができるのは、精神科の薬だけだった。

祭祀膳［訳注：故人の忌日に供える食膳］は、下の娘が整えて持って来てくれたものを台に並べればよかった。上の娘は、出張に行く夫についてフィリピンに行っていたし、下の娘は、薬剤師のセミナーに出席しなければならないと言った。夫と息子を立ち寄らせると言うのを、彼は断った。久しぶりに母と二人だけで、主君の話し相手を一人で務めるような気分は、寂しいどころかむしろ満ち足りた良い気分だった。彼が望む平穏とはちょうどそういうものだった。

十五回目の忌日だった。いや、忌日だと推定される日だった。正確な日にちを知ることはできなかった。母親は一人で死を迎えた。人民班長から消息を聞いた妹が、元山《ウォンサン》［訳注：江原道の都市］から金策《キムチェク》［訳注：咸鏡北道の旧城津市。南北分断後改名された地名］まで一日半かけて母親のところに到着したときには、すでに死臭を漂わせていて、近隣の人々も母親が死んだ日は正確には分からないという。その消息が日本にいる叔母フジモリに伝えられ、その叔母が彼に消息を伝えるまでにひと月近い時間が流れた。そして歳月が流れ、彼もいつしか母親が亡くなったその年齢にさしかかりつつあるのだった。

二度と私の前に現れるんじゃないよ。

母親の声は低く、断固としていた。

あのとき彼と母親は、生きて再会することはもうないことを、宿命として受け入れていた。本当にそうだったのか？　やはり振り返ってみれば、感覚がなかったというほうが正確だ。地面を掘って隠しておいた、命のように大切な金を彼に渡したとき、母親はもう死んでいたのかもしれない。その金は「命のように大切な」金、というより、命そのものだったからだ。母親を残して一人脱出して来るとき、彼は母親を殺して来たも同然だった。一人しかいない息子を送り出した母親がどうやって生きてゆくのか、誰よりも彼がよく知っていた。阿吾地《アオジ》［訳注：咸鏡北道のセッピョル郡の旧名。植民地期から最果ての炭鉱町として知られた］に引っ張られて行くときも、彼について来た母親だった。

彼は母親に心配ばかりさせてきた。もちろん北朝鮮に渡ってからの話だ。日本で暮らしていた頃は、彼は誰かに迷惑をかける類の人間ではなかった。それは母親に対してもそうだった。帰国船に乗って北朝鮮に定着してから一年も経たないうちに、彼は友人たちと集団乱闘に関わり、秘密警察に捕らえられていった。鉄の塊で押さえつけたとしても、胸の奥底から噴出する怒りをどうすることもできない頃だった。集団乱闘に加わったのは、日本から帰国した少年たちだった。イワシのように群をなしてケンカをして回った。そういう少年たちがぶちこまれたところは、日帝強占期［訳注：日本による植民地時代］の頃から使われていた地下拷問室だった。息をするだけで鼻の穴がカチカチに凍りつく寒さの中、凍みタラのように凍りついた体を、干しタラを叩きほぐすように殴るのだった。こんなに恐ろしい世の中もあるのだな、痛烈に身に染みて知ったのに何年も経たないうちにまた、阿吾地に引っ張られて行った。クリスマスの日（もちろん、北朝鮮にクリスマスの日などない）、友人たちと集まって、隠し持っていたポップソングのレコードを聴いたのがバレたのだった。銃殺されなくて幸いだったとでも言おうか？

銃殺と阿吾地送りの分かれ道にどんな原則があるのか分からなかった。銃殺される場面を初めて見たのは、北朝鮮に来てから二年も経たない頃だった。理由は、不真面目な生活のうえに南朝鮮［訳注：北朝鮮でいう韓国のこと］の放送を聴いたというものだった。妹はたいしたことのない発熱で薬もまともに使えず死んでしまい、父親は酒をやめられなかったあげく動脈硬化で死んだあとだった。姉は結婚して元山に行っていたので、彼が阿吾地に行ってしまったら母親はどうせ一人残されるはずだったし、あれほどひどい目にあってもなお、クリスマスの日だからとポップソングを聴こうとするチンピラ息子のために、母親までが阿吾地に五年も暮らすことになったのだ。どうせ死にとりつかれた人生だという思いは、あらゆる感覚をばらばらにした。霊魂というものがあって、それがこなごなに砕け散ることがあるなら、そのときそうなっていたはずだ。

お前だけは逃げるんだよ。母親がいつもそう言っていたから洗脳でもされたか？　阿吾地から解放されてから、彼は何に対しても、塵ほどの愛情も感じずに暮らした。

母親は気丈な人間だった。本当にそうだったのか？　動脈硬化で苦しむ父親が酒を飲む姿は、まるで家族の前で自傷行為をするように見えてうんざりだったし、そういう父親が心の底から嫌だった。少しの同情も感じられなかった。酔って死にたいとぐだぐだ言えば、首をしめてやりたかった。だが母親が具合を悪くしていたという記憶はない。母親は東京大空襲にも生き残り、自分の前で父母が死ぬのを目撃し、幼い弟妹たちをおんぶして育てた人間だった。或いは母親は、死ぬ瞬間まで緊張していたのかもしれない。そして彼がいなくなると、やるべきことはやり尽くしたとでも言うように、命を手放してしまったのかもしれない。母親は彼が立ち去った翌年に亡くなった。或いは自殺かもしれない。

なぜ母親に一緒に行こうと言わなかったのか。あのときは実際のところ、立ち去る者であれ残される者であれ、死を肩に載せているも同然だと考えた。だが果たしてそれは本当だったのか。

母親の写真の一枚もない祭祀膳を整えて拝礼したあと、呆然としてただ庭を眺めて座っていた。五月のことで、午前中にわか雨が降った庭は、咲き誇る花々で美しかった。太陽が雲の合間を抜けていくのか、居間の窓が明るくなっては暗くなり、暗くなっては明るくなった。このぐらいが彼に許された世界なのだ、と考えながら腕枕をして横向きに寝た。それからしばらくうとうとする間に、母親を見た。母親が庭に咲いた花を見ながら、明るく笑った。忌日だから来てくれたんだな。霊魂は、南だろうが北だろうが思いのままに行けるんだな。俺も死んで霊魂になれば、北にいる姉さんのところにも行くし、母親の墓と父親の墓に行って草むしりをやり、拝礼もやれるんだな……。夢の中でそんなことを思っていたが、ふと起きて座った。

それにしても背の高いあの女は誰だ？　窓に二人の女が見えた。夢じゃなかったのか？　でなければ、今夢を見ているのか？　彼女らは居間の窓のほうを向いて何か話しているようだったが、振り返って庭のあちこちを指差しながら話し続けた。

日の光のために中は見えないようだった。それにしても背の低い女は、母親にあまりによく似ていた。横に背が高くて髪の長い女がいなかったら、母親だと錯覚していただろう。夢で見たのはあの女だったのか？　母親なのか？　夢の中の場面のようでもあり、演劇の一場面のようでもあり、彼はしばらく彼女らを眺めていた。それから我に返った。いったい人の家の庭で何を……。

何ヶ月か前に父親の故郷に引越してきたのは、二人の娘が結婚してしまうと、いとこたちと行き来したくもあり、息苦しいマンションが嫌でもあったからだ。だが田舎の人間たちがあまりに遠慮なく出入りして、好奇心に満ちた視線で家庭調査でもするようにあれこれ聞いてくるのもうんざりだった。そういう類の家庭調査ならこりごりだった。きちんとした服装の中年女性二人が訪問したこともある。教養ある微笑を浮かべながら、ひどく親しげな表情を見せる女たちにちょっと隙を見せてためらっているうちに、居間にまで入りこんできて、何かの印刷物一枚を取り出すのだが、そこには羊の群に取り囲まれたイエスの絵があった。それからきり出された天国だとか地獄だとかいう話……、彼がいきなり立ち上がって怒鳴った勢いで、居間のちゃぶ台がひっくり返ってコーヒーがこぼれると、女たちはびっくり仰天して逃げて行った。それにしても母の忌日だからと思って開けておいた門から、またああいう女たちが入って来たのだろうか。

玄関の扉をぱっと開け放つと、女たちはまるで彼のほうが人の家に侵入した人間であるかのように、びっくりして見つめた。

「ああ、ご主人がいらしたのですね。すみません。いくら呼んでもお返事がありませんでしたから、失礼をすることになりました」

髪の長い女性が言い、背の低い女性が後ろで深くうなだれた。

そのままにしておいたら、部屋の中にまで入って来るつもりだったというのか？

「何の用ですか？　人の家に」

「あの、ここが二七七の十三番地ですよね？」

「どうしてそれを聞くんですか？」

「あの、実は……」

ぶっきらぼうな彼の対応に女はためらっていたが、心を決めたように用件を明らかにした。

「話は複雑なのですが、ですからこの住所が、ある方の本籍地の住所なのですが、それがあまりに昔のことなので、その方がまだここに暮らしていらっしゃるとは思いませんでしたが、分かっているのはそれだけなので、それでこうやって失礼を顧みず、まず住所のあるところにお伺いしたのです」

何を言っているのかも理解できなかったし、理解したくもなかった。女は彼の表情をしばらく観察していたが、黄《ファン》なにがしという人を知っているか、と聞いた。

そんな人間は知っているわけもないし、わけの分からない話に答えたくもなかったので、口をぎゅっとつぐんだまま顔をしかめて見せた。

「ご存じなさそうですね。それはひどく昔のことですから……あの、ここに引っ越されたのがいつぐらいのことなのか、お尋ねしても失礼にはならないでしょうか?」

「ひどい失礼になりますね。あなたが誰か知りませんが、私がそんな質問に答えないといけないんですか?」

「ああ、そうですね。すみません」

髪の長い女が頭を下げると、じっと後ろに立っていた背の低い女がうなだれながら言った。

「申し訳ありません。大変失礼しました」

背の低い女は、髪の長い女の腕をひっぱって門の外に出て行った。女たちが消えた庭で、彼は雷に打たれた木のように呆然と立っていた。頭をかすめるように、数日前の場面が思い浮かんだ。

彼らは男女だった。男は白人で、女は韓国の女だったが、韓国語をほとんど解さなかった。失礼します。これを見てください、と言ってメモを差し出す彼女の話し方は、まるで本を朗読するようだった。

すみません。あなた様に家を売った者です。ご存じのように私は身体が不自由で、直接お伺いすることができずお手紙を差し上げます。今お伺いしている二人に、しばらく家を見せてやっていただければ、大変ありがたく思います。女のほうは私の娘で、幼い頃その家で育った思い出があって、どうしても一度行ってみたいと言います。お願い申し上げます。

二人は夫婦のように見えた。女ははるか昔の思い出に浸る表情で、庭のあちこちを眺めて回り、男はそんな女を離れて見守りながら、時折カメラのシャッターを押した。二人の写真を撮ってやったのは、彼もいつかは、幼い頃暮らしていた日本の家をあんなふうに訪れることができるだろうか、という感傷からだった。今はまだ、あの家を訪れる気持ちになれなかった。もちろんあの家があのまま残っているかどうかも分からないが、あの家を見た瞬間、津波のようにおしよせる悔恨に耐えられる自信がなかった。女はどういうわけでこの家を去ることになったのか。韓国語を解さないところからして、何も分からないうちに自分の意思とは無関係に、見知らぬところに送られたようでもあった。北朝鮮よりはましなところだったろうか？

だが家族がどれほど分散すれば、数日の間にアメリカから誰か来たかと思えば、今度は日本ということになるのか。だが彼がその場に立ち尽くしてしまったのは、そのせいではなかった。背の低い女が残した言葉に死臭のように染みついた日本語の抑揚、それが彼をくらくらさせた。最初は母と見間違えたあの女、春子、チュンジャ［訳注：春子という漢字を朝鮮語読みした発音］。

＊

一九六三年、俺は十六歳だった。十六歳で水泳選手だった。四国地方では自由形の新記録保持者で、翌年開催される東京オリンピックに出場するのが夢だったから､学校と水泳場が俺の全てだった。それが全てだった。それ以外の悩みはなかった。夢があったから。小学校の頃から学校の代表で出場してメダルをもらい始め、中学生からは市の代表になり、その年末の日本代表選抜戦が、当面の目標だった。胸に抱いた夢だけでも精一杯だった。「チョーセンジン」だとか日本人だとかいうアイデンティティについて悩んでみたことは一度もなかった。父親は韓国人で、母親は日本人だった。だから俺の半分は韓国人でもう半分は日本人だった。それが俺のアイデンティティだった。

俺の住む場所には韓国人はほとんどいなかった。学校にも韓国人がほとんどいなかったので、俺は韓国人だと差別されることもなく、水泳選手の代表選抜でも差別されたことはなかった。

父親は解放後［訳注：日本の植民地からの解放］、日本に来た。日本に徴用されていた父親の従弟が呼び寄せたのだ。従弟、つまり俺には伯父にあたる人は、二メートル近い身長に皮膚の白い美男だった。その見栄えの良さに、日本人の将校が自分の一人娘の婿にしたほどだった。のちに妻の家が代々経営していた土木会社の社長になり、そのとき故郷で教師をしていた俺の父親を呼び寄せて、会計の仕事をさせた。故郷で俺の父親は、勉強のできる頭の良い人間として通っていたと、伯父は俺に会うたびに言った。伯父の御殿のような家は、電話機もありオートバイも二台あり、自家用車まであった。うちはそこから五キロほど離れていたが、韓国人はほとんどいない住宅街だった。暮らし向きが良いとか悪いとかは、実際のところ重要なことではなかった。あの頃、俺の夢より大事なものはなかった。俺はアメリカだって行ってみたいとは思わなかった。まして北朝鮮なんて、北朝鮮なんて夢にも考えたことはなかった。

そんな俺が、北朝鮮に渡った。それも東京オリンピックを翌年に控えて。

水泳の訓練を終えて出て来ると、見知らぬ女が俺の名前を呼びながら近づいて来た。一緒に歩いて来た友人たちが口をそろえて、おお、美人じゃないか、と言ったぐらいきれいな女の口から、よりによって俺の名前が語られたということだけでもぼおっとし、羞恥で体中がかっと熱くなった。彼女は顔いっぱいに優しげな微笑を浮かべ、俺に向かってまっすぐ歩いて来ると、両手をぎゅっと握った。息が詰まりそうだった。

「どうしてそんなに水泳が上手なの？　泳ぐ姿があんまり美しくて、見とれてしまった」

彼女が望むなら心臓でも差し出しそうなぐらいに舞い上がってしまっていても、一緒に夕食を食べに行こうという提案には、俺はどこか妙な恐怖を感じた。あなたのお父さん、お父さんをよく知っている、早稲田大の学生だ、という自己紹介を聞いてようやく、彼女について行った。恐怖の正体がそんなことではなかったということは、しばらくあとになって知った。新しくできたショッピングセンターの一階にある丼飯屋で食事を終える頃になってもまだ、彼女は自分の正体を明らかにせず、水の中ではどんな気分なのか、どうやったら水に浮くのか、海でも泳いだことがあるのか、水は怖くないか、それから日本代表選抜戦には自信があるのか、そんな話ばかりした。そのときまで俺は、見知らぬ女と二人で向かい合って話をしたこともないオクテだった。学校で好きな女の子がいても、話しかけることすらできない、運動だけを好む小心で純真な子供だった。だが水泳の話になれば、我知らず別人のようになった。それはまるで自分の中のもう一つの自我のようだった。そ彼女はうなずき、眉を寄せたり深刻な表情を作ったり、ときには微笑を浮かべながら俺の話に完全に熱中していた。そういう姿が俺を得意にさせて舞い上がらせ、そして彼女をとても愛らしいと思った。ちょっとの間に、俺たちがひどく親しくなった気分だった。

彼女の口から帰国船の話が出て、北朝鮮の話が出たとき、俺はとてもではないが怒ることも席を立って飛び出すこともできず、深くうつむいたままじっと聞くだけだった。

父親が帰国船の話を切り出したのは、一年ほど前のことだった。実現するとかしないとか騒々しかった帰国事業が、ついに始まったのだ。新聞も放送も全て、その話一色だった。ひどく露骨に朝鮮人たちを追い出そうとしている、というのが俺の感覚だった。北朝鮮に行けば、家も医療も学校も全て無料で、望むままに職場を得ることができ、勉強ももっとしたければソ連に留学だってさせてくれるという話が、実に具体的に語られ、どこで撮ったのか知らないが活発に運営される工場の様子だとか、おいしそうな果物農場で明るく笑いながら働く人々、そして川辺に立ち並んだアパート群のようなものが映し出された。搾取や抑圧のない平等社会で、発展する社会主義だと言った。全ての利益は必要と要求に沿って分配されるので、現金は必要ないと言った。本当にそうなら、「地上の楽園」に違いなかった。

父親が北朝鮮行きを決心した最も大きな理由は、伯父の会社の不渡りのせいだった。韓国人であってみれば就職もできず、だからといって力仕事はしたことのない父親に、北朝鮮についての朝鮮総連の宣伝は、あたかも父親のためのように聞こえた。だからと言って父親ですら、「地上の楽園」を望んだのではなかっただろう。ただ祖国として帰国し、全ての人民が平等で、抑圧と搾取と差別のない場所で教師の仕事でもできたらと、今はまだそんな社会でないとしても、そんな社会を作るうえで自らも多少なりとも助けになることを望んだのだろう。

俺は信じていなかった。「地上の楽園」があるはずもないが、関心もなかった。俺は行かないと、強情に言い張った。韓国に暮らす父親のきょうだいたちからも、絶対に行ってはいけない、という手紙が何度も来た。叔母は、どうしても行くというなら息子である俺を置いて行け、オリンピックに行こうとしてあんなに一生懸命努力してるんだから、オリンピックに行ってから北朝鮮に送り出すと言った。そういうことなら妥協の余地があると一人で考えていた頃、彼女が俺の前に現れたのだった。

俺は、父親が彼女を寄越したのだろうと見当をつけて問い詰めてみたが、父母共に何も知らないでいた。彼女は彼女なりに純粋な愛国心で俺を訪ねて来たのだ。朝鮮総連の活動家として働きながらうちの家族の話を知って、その息子が水泳のすばらしい実力の持ち主で、東京オリンピックに参加するために北朝鮮行きを拒否しているということ、それが彼女を刺激したのだ。

「孫基禎《ソンギジョン》って知ってる？　その人は一九三六年のベルリンオリンピックに参加した人。マラソンはオリンピックの花形でしょう。あの頃ナチスドイツはアーリア人の優越性を天下に知らしめることを望んで、メイン競技場にドイツ選手が第一位で入って来ることを期待して、息を殺して見守っていた。ところがやせた東洋人が現れた。それこそが孫基禎選手だった。ベルリンオリンピックマラソン金メダリスト。ところが大喜びするはずの彼は、表彰台に上ってうなだれていた。金メダルの栄光が、祖国ではなく日本のものになるから。彼の胸には太極旗ではなく日の丸の旗がつけられていたから。あなたもまさか、日の丸の旗をつけてオリンピックに出たいわけではないでしょう？」

十六歳で帰国船に乗って北朝鮮に渡ったあと、俺は水泳場の近くにすら行くことができなかった。俺が住んでいる場所の近くではどこにも、水泳場があるという話を聞いたことがなかった。水泳選手をオリンピックに送り出すために訓練させているという話を聞いたことすらなく、俺は自由形の新記録保持者なんだから水泳選手をさせてくれという話を切り出す機会すらなかった。泳げる場所といったら、せいぜい海か川ぐらいしかなかった。翌年、東京オリンピックに出場すべきそのときに、俺は地下の監獄にいた。

清津港《チョンジンハン》［訳注：咸鏡北道清津市にある港］に降り立った瞬間から、何か間違っているという考えに俺は囚われた。不安は、すぐに確信に変わった。騙された、全部イカサマだったのだ。それは俺だけの考えではなかった。清津港で半月ほどを招待所で過ごした。アパート一棟ぐらいの居住空間だった。広場に塀がめぐらされているのは外部からの出入りを防ぐものだと言うが、考えて見れば俺たちを監禁するものだった。そうやって監禁し、蓋をしても、俺たちのうち誰かが、先に帰国していて出迎えに来た親戚や友人たちと、あらゆる手段と方法を総動員して接触し、そこから漏れ聞こえてくる北朝鮮の実情は、あたかも水に落とした一滴のインクのようにぱっと広がっていった。

招待所には売店があって、質はそれほど良くなくとも菓子もあり角砂糖もあったが、ほとんどはソ連からの輸入品だった。ドロップは五百グラム一ウォン十チョン〔訳注：北朝鮮の通貨。漢字で圓と錢〕、リンゴ一キロが二十チョン、スケトウダラ一キロ八チョン、これは国定価格で、その売店で買えるだけ買って行かないといけない、ということも噂の一つだった。そのとき俺たちには、一人あたり二十ウォンずつが与えられた。後に父親が勤めに出てもらった月給が三十八ウォンだったことを思えば少ない額ではなかったが、半月が過ぎる頃には金が足りなかった。だがそこにもブローカーがいた。帰国船から降りたばかりの人間たちは売れる物を持って来ているということと、船を降りたばかりで物価をよく知らないということをよく知っている彼らは、時計だとか指輪だとかに安い値を付けて、北朝鮮の金と換えてくれた。

母親は、苦しい時代を生き抜いてきた人間らしく、万一に備える人間だった。家はもちろん食器や包丁、まな板までみんな支給されるという話を信用した者たちの中には、実にちょっとした旅行に出るように小さなカバン一つをぶらさげて船に乗った者もいた。だが母親は箱二つという制限量を一杯にしただけではなく、家財道具を処分した金で、小さくてもすぐに金に換えられる時計のようなものをいくつも用意し、懐深くに持っていた。振り返ってみれば、母親のおかげで生きられたのだ。危機状況に対する母親の感覚は、沈没を予知するネズミのように鋭敏だった。

招待所からもう、母親が一番心配していたのは食糧問題だった。麦と米は少し配給されるだけで、ほとんどはトウモロコシだという話に、それではニワトリのエサじゃないか、と顔をしかめた。だがニワトリのエサにすら事欠き、飢え死にする日が来るとは母親ですら想像もできなかっただろう。母親のおかげで生きられたのだと思うほどに、父親に対する憤りは大きくなるばかりだった。父親の純真さとおろかさが、俺の人生をむちゃくちゃにしたという思い、そのために湧き上がる憤りをどうすることもできないとき、父親は俺の憤りのはけ口になった。そのたびに母親は、俺を抱きかかえて言った。お父さんもかわいそうな人なんだよ。お父さんだってどれほど腹が立つだろう。ただでさえああやって酒ばかり飲んでいるんだから、お前だけでも我慢しておくれ。

全てが禁じられた場所であっても、人は酒を飲む。どんな手段を使ってでも飲む。飯一杯が食べられず飢え死にする中でも、どこかで酒は造られている。はなはだしくは清津招待所にまでヤミで酒を売る人間たちがやって来た。誰よりも酒が必要な人間たちがそこに集まっているということを知っている、頭の良い商売人たちだったのだろう。みんなが酒を飲んでも騒動を起こさないという保証があれば、招待所の売店でも酒を売ったはずだ。自分たちが与えた金をきっちりと売店で回収し尽くしていたし、売れるものはみんな売っていたのだから。だが売店では売っていない酒を飲んで酔った人が、金日成の肖像画を招待所の四階から投げ落として破壊した事件があった。みんなざわついたが、やがて静かになった。夜の間にその人が、ネズミも鳥も知らぬ間に消えたという話だけが、耳から耳へ伝えられていった。

その事件があったときはまだ、雰囲気がひどく荒れて反抗的だった。居住区域を決定する面談をすると き、平壌《ピョンヤン》以外でどこでも選べと言われると、もう一度日本に送り戻してくれという人が少なくなかった。後に分かったことだが、そういう人たちはごく深い山奥に配置されたという。金策に割り当てられた俺たちの場合は、ごくましなほうだった。

俺たちが到着したのは、五階建てのソ連式アパートだった。水は下の階にある共同水道まで行って汲んで来なければならず、共同トイレを使わねばならなかった。もっと大きな問題は、石炭で暖房をするせいで、狭いアパートに目に染みる匂いと煙が一杯になって、いざ冬になると窒息死か凍死かどちらか一つを選ばねばならないありさまだった。

それはまだよかった。どこを見回しても水泳場がないのはもちろん、水泳という言葉すら口にできない雰囲気だった。広場で人を銃で撃ち殺すのを、全人民が集まって見守らねばならず、本やレコードのような個人的な趣味の物は清津港に降りた瞬間、一切が検閲にかかって焼却され、ようやく残されたカタログも隅々まで班長に報告せねばならないような、ガラス窓の中の動物のような生活もまだよかった。水泳がどこでどうやるもので、オリンピック代表選手がいったい何だと言うのか。一度根なし草になった人生は、再び元に戻すことはできなかった。

俺の脳裏にはただハルコしかなかった。ハルコにさえ会えるなら、ハルコが俺の目の前に現れさえすれば、俺はその場で彼女の首を絞めて殺すつもりだった。

＊

門の外の小道では、午後の日の光が白く散っていた。彼女たちがどこに去ったのか、果たして彼女たちが彼の家に本当に来たのか、めまいがした。小道を左右に見てから川辺のほうに見当をつけ、道の端まで来ると人の話し声が聞こえてきた。女たちはケヤキの木の下の休み場にいた。そこに腰を据えて囲碁をしたりマッコリを飲んだり、昼寝をして日を過ごす老人たちが、彼女たちに何かを熱心に話している最中だった。彼らの話を聞いている女たちの表情が、特に今すぐにでも泣き出しそうなハルコの表情が、彼女たちが求めていた人物を探し当てたということを物語っていた。

＊

ハルコを探しに行ったことがあった。実家に行ってくると言ったハルコから、ひと月過ぎても連絡がなかった。福岡まで人に尋ねながらハルコを探しに行った。まだ学生だった俺が一人でそんなに遠くに行ったのは初めてだった。ハルコには会えなかった。彼女の親戚一家が「北送船」に乗ることになって新潟に行ったという話を、彼女の父親から聞いた。ハルコも行ったのかと尋ねると、彼女の父親は目を変に見開きながら、俺を睨みつけた。そしてあの共産主義者の女とはどういう関係なのか、お前もアカなのかと追及するかのように尋ねるので、そういう彼が本当に彼女の実の父親なのか疑わしかった。推測はついた。韓国人たちが集まって暮らす集落に初めて行った俺は、その環境にあまりに大きなショックを受けた。町中から食べ物の腐った臭いが漂い、人々はそれすら気づかないかのように、縁側に座って飯を食っていた。通りすがりの小道から見える家の中のあちこちで、男も女も怒鳴り合っていたが、彼らが着ている服が、俺が知っている韓国の民族衣装だということにいっそう大きなショックを受けた。変な話だが、そして今も説明できないことだが、そこから帰って来た俺は、ついに北朝鮮行きを決心して父親に話した。数日後、学校に訪ねて来たハルコはもうそのことを知っていた。水泳の訓練を終えて出て来ると、顔一杯に笑みを浮かべて立っているハルコが俺をぎゅっと抱きしめた。

「よく決心した。あなたはきっと祖国の名を世界中に知らしめる人材になる」

彼女よりも頭一つ分大きく、胸の広さは二倍になる俺は、塩柱にでもなったかのように固まっていた。幾度も彼女を俺の胸にぎゅっと抱きしめたいと思ったが、気持ちだけだった。

俺は今更のようにハルコが着ていた民族衣装をじっと眺めて尋ねた。

「ハルコさんはいつ行くんですか?」

「私もすぐ行く。行ったらきっとあなたのところに行く」

北朝鮮に行ってハルコに再会するということを、俺は微塵も疑わなかった。

＊

電気ポットに水を満たしてスイッチを入れ、茶箪笥から茶を探していると、しきりに手が震えた。人参茶とユルム茶のティーバッグを出して皿に入れ、カップとソーサーを用意した。スプーン立ての奥に入りこんでいるティースプーンを取ろうとするうちに、スプーン立ての容器がシンク台にひっくり返って騒々しい音がした。すぐに両手を上げて音が静まるのを待った。まるでスプーンに降伏宣言でもするような恰好だった。

「大丈夫ですか?」

長い髪の女性が素早く台所に来て彼に声をかけた。

「お茶の用意までなさらなくても良いのですが……。私たちは、電話番号さえ分かればよいのですが……」

「だが、そういうわけにもいきません」

黙っていた彼がぶっきらぼうに答えるうちに、電気ポットのお湯がぼこぼこと沸騰し、ポンッという音と共にスイッチが切れた。きまり悪そうに立っていた長い髪の女性が、ティーセットの置かれた盆とポットを居間に持って出た。彼はゆっくりとスプーン立てを片づけたあと、シンク台の隅に置かれたステンレス容器を引き寄せた。そこには朝、祭祀膳に供えたあとのリンゴと梨、そしてへたの周りから取り去った皮とナイフが、そのまま入っていた。彼はそれを持ってしばらく迷い、台所のテーブルの上に戻して台所を出た。

台所を行ったり来たりする彼を眺めていた女たちは、姿勢を正して座り直し、軽く頭を下げた。

「お茶を飲んでいてください。探してみましょう」

部屋に入って扉を閉めた彼は、部屋の真ん中に座りこんでしまった。両手が冷や汗でべっとりとしていた。この家の以前の持ち主とは、家を見せてもらって契約書を書く際に、それから引越しの際に会ったきりだった。男も一人暮らしの身上のようだったが、五十代中盤になろうかという年齢で、事故にあったのか挙動がかなり不自由に見えた。引越し当日には、車椅子に座って引越し業者の従業員たちにあれこれ指示をし、タクシーを呼んで先に立ち去った。休み場にいた老人たちの誰もが胸を詰まらせて舌打ちをしたのは、ハルコが遠くから歩いて来たときから、その父が歩いて来たかのようだったからだと言う。死んだハルコの父は、日本で既に結婚をしていて妻と娘がいるのだと、だから連れに行かねばならないと言っていたが、その父の両親は一人息子が両親の許しもなく勝手にした結婚を認められないと言い、解放後は日本に行くことも来ることも簡単ではなく、結局何年かあとに新たに結婚したと言うのだった。するとあの話は本当だったのだな、と言いながら老人たちは何度も膝を打った。酒を飲みさえすれば、取り憑かれでもしたように日本に妻子がいると言うが、それが本当なら、なぜ日本の妻子が彼を探しに来ようともしないのかと、周囲の人たちや両親は次第に信用しなくなったと言うのだった。老人たちはもう膝を打つのをやめ、いやいやと首を横に振った。ずっと父の顔も見られずに育ったはずなのに、あれほど似ているのを見ると血筋というものは恐ろしいものだ、と言いながらマッコリの瓶の蓋を開けた。それが全て事実ならば、以前の家の持ち主とハルコは、母親の異なるきょうだいになるわけだった。それならその息子の連絡先は知っているか、と彼女たちが訪ねると、老人たちは何十年と近所に住んではいたが、電話番号のようなものは知らずに暮らしていたのだと言い、落ちくぼんだ目をしばたたかせるばかりだった。

彼が待ち望んだ瞬間だった。家の契約書にその電話番号が記されているだろう、という言葉に、彼女たちは素直に彼の家に再び入って来た。

契約書は引出の一番上の段にあった。男の姓は彼女たちが言ったとおりファンだった。それを確認してからも彼はすぐに部屋を出られず、ためらいながら引出を探った。風邪薬やアスピリン、消毒薬とワセリンに何種類かの軟膏、そして通院して処方されるまであと数日になった精神安定剤数錠が残っているだけだった。

彼はしばらく扉の前に立って外側の気配を窺ってから居間に出た。彼女たちはすぐにティーカップを下して姿勢を整えた。まるで何かのセンサーでも付いているかのように彼の行動に敏感に反応した。彼が契約書を差し出し、長い髪の女性がそれを見た。

「おねえさん、ファン氏で合っていますよ」

長い髪の女はハルコにおねえさん、と呼びかけながら嬉しそうな表情を見せた。彼女はすぐにカバンから手帳を出して電話番号を控えようとした。彼が彼女の腕を押さえて言った。

「今、電話なさい」

長い髪の女性が彼を見つめた。

「かまわないから、ここでどうぞ」

彼が再度言った。ハルコが二回頷くと、長い髪の女が携帯電話を取り出して電話をかけた。信号音が何度か発信され、低音の太い男の声が聞こえた。長い髪の女は、さっき彼に話したことを再度繰り返した。ハルコは眉間にしわを寄せて耳を傾けていた。記憶の中のハルコは少しも年をとらなかったが、歳月が彼女を避けて通らないとすれば、と想像していた姿と大きく異なりはしなかった。衝撃を感じなかった。衝撃に鈍くなった自分を確認することのほうが侘しかった。こんなふうに再会するだろうとは、想像もできなかったことで、ハルコが彼を見て分からなかったのも当然だった。彼が朝鮮半島の南側で、それもハルコの父の本籍地に住んでいるだろうとは想像すらしなかっただろう。だが世の中には起こりえないことは何もない。

それにしても、あの姿は俺の母親にあまりにも似ている。一瞬、夢と現実の境界が霧のように曖昧になった。

「あなた、私のこと知ってるの？」

いつの間にか携帯電話がハルコの手に渡り、何かの話の末に突然声が大きくなった。前に置いた茶を飲もうとする彼の手が震えた。電話の中の男、つまりこの家の以前の持ち主は、ハルコに関する話を、亡父から聞いて知っているのだと話していた。だがそのとき彼は幼くて詳しいことは知らないが、その代わり彼の姉がもっとよく知っているだろうと言うのだった。何度か大声が交わされた。激した感情にとらわれて声を高める際には慶尚道の抑揚が顕わになったが、言いたいことがうまく言葉にならないと、もどかしそうに胸を叩きながら日本語混じりの言葉を低い声でつぶやいた。ついに電話が終わった。もどかしいのは先方も同じなのか、姉に直接電話をさせるから待つようにと言った。

携帯電話を握っていた手をぽとりと落とすハルコの顔が、真っ青だった。長い髪の女性が、そっとハルコの手を握って言った。

「おねえさん……見つかりましたね」

「そう、奇跡……奇跡だ」

「こんなに簡単に見つかるなんて、私も思いませんでした」

「私のこと知ってるって。私を……」

「おねえさんのお父さんが、おねえさんの話をよくしていたっていうことですね」

しばらくして、彼女たちは握り合っていた手を離し、そして軽く頭を下げて出発する準備を始めた。呆然と二人を見つめていた彼は、急に焦りを感じて二人の腕をぐっと掴んだ。

「電話をすると言ったんでしょう」

彼は意識的に短く話した。日本を離れて五十年が過ぎても、かすかに残る日本語の抑揚と、自分も気づかないうちに使う日本的な言葉づかいは消えなかった。そのために、北朝鮮で数知れぬ嫌がらせをされ、殴られ、あらゆる体罰を受けたが、尾てい骨が示す進化の痕跡のように、死ぬまで消えることはないだろう。彼女たちに自分の出身を気づかれそうで、できるだけ短く話していると、すっかり腹を立てた人間のようにつっけんどんになった。彼女たちを引き留めねばならない。引き留めてどうしようというのか？　あまりに突然に迫った瞬間に当惑していたが、この瞬間を思い描かないときはなかった。ハルコの白い首をしめるか、血が飛び散るまでナイフを振り回す姿は、今に至るまで彼を抑圧する悪夢だった。

「俺はかまわないから、電話をお待ちなさい」

彼の声は呻き声のように聞こえ、額からは冷や汗が流れた。彼女たちも、今のところ行く当てがあるわけではなかった。道端で電話がかかってくるかもしれず、ここに留まるほうがましだった。彼女たちは姿勢を楽にして、もう一度ありがとうと挨拶をした。長い髪の女が尋ねた。

「どなたかの忌日のようですね」

「母の忌日です」

「すみません」

ハルコが膝をついて、深く頭を下げた。何がすまないというのか？　彼はハルコをちらりと見ると、食卓の上にある果物の容器を持って来てリンゴの皮をむいた。長い髪の女が自分がむきましょう、というような身振りをするのに気づかないふりをして聞いた。

「どういういきさつなんでしょう？　この家とは」

しばしの間ながら互いの根本にかかわる事情を共有しているようで、極めて個人的な質問ではあっても場違いではなかった。そうだとしても、ハルコはまるでその機会を待っていたかのように、すぐさま自分についての話を始めた。

ハルコの韓国語は、ひどく下手だった。以前のハルコは流暢な韓国語を使って彼を委縮させたが、今では彼の韓国語のほうがはるかに流暢だった。或いは彼の韓国語が流暢なせいで、ハルコの韓国語がつたなく聞こえるのかもしれなかった。ハルコは、幼い頃から父母から聞き覚えた言葉は韓国語を使ったが、自らの感情を表現する言葉は日本語を使っていて、そんなふうに韓国語と日本語が入り交ざった話を、長い髪の女性がところどころ通訳してくれた。長い髪の女は、自分は小説家で、在日同胞の話を書いている縁でハルコに出会い、おねえさん、妹と呼び合う本当の姉妹のような付き合いなのだと言った。彼は通訳なんて必要ないと言いたいところを、ぐっと抑えこんだ。

＊

幼い頃私は、父親に殴られて大きくなりました。母親も絶え間なく殴られました。それが女の人生だと、女たちはみんなそうやって生きるものだと思っていました。男たちはいつでも女たちを殴りつけました。幼い頃は日本の子たちと殴り合い、大人になると自分の女を殴りつけました。父親は母親を殴りつけたあと、母親が商売で稼いだ金をすっかり奪って行きました。私は叔母のおかげで学校に通えました。叔母は母親とは違いました。イヌヤロウ、キチガイ、シンデシマエ、ケダモノ、叔母はこんなふうに罵りながら、父親に飛びかかり争いました。ある日、酒に酔って寝ている父親にナイフを持って這い寄って行くのを見ました。私は扉の隙間から、見守っていました。はやくはやく、と思って緊張しました。父親が目を覚ますかと思って焦りました。叔母は父親の胸を狙っていたナイフを、振り下ろすことはできませんでした。父親がもう少し酔っていなかったら、それで眠りから覚めてしまったら、叔母がそのナイフで刺されていたでしょう。私はナイフを刺せなかった叔母を憎みました。でも本当に憎かったのは母親です。このアホ、このアホ、叔母は母をこう呼びました。私もそう呼びたかったのです。母親がアホだから殴られながら生きているのか、殴られて生きているうちにアホになってしまったのか分からないほどに、殴られながら生きていました。

私に実父が別にいるということを、二十歳のとき、知りました。叔母は私が十五歳のときに結婚して他のところに行って暮らしていましたが、子供を一人産んで離婚し、戻って来ました。思想が違うから一緒に暮らせないと言うのです。男性の家が金持ちだったので、地元の人たちは、良い縁談だと、成功したと羨ましがりましたが、叔母は考え方の違う人とは一緒に暮らせないと、子供だけを連れて家を出てきたのです。叔母は朝鮮総連の活動を熱心にしていましたが、叔母の夫は民団側だったそうです。一つの家の中に、民団と朝鮮総連が一緒にいるということは、家の中に三十八度線が引かれているも同然なのです。考え方が違えば、いくら豊かに暮らしても幸せではないと、みな同様に豊かに暮らさねば、一人だけ豊かに暮らす人生など少しも高貴なものではない、と叔母は言いました。叔母はもともとそういう気質の人でしたが、離婚してからもっと気丈になって戻って来ました。そのとき初めて私に、実父が別にいるという話をしてくれたのです。

その話を聞いて、どれほど虚しくなったか分かりません。実父がいて嬉しいという気持ちにはなりませんでした。かえって実父や母親に、私を殴りつけていた義父よりもっと憎しみを感じました。なぜあれほど殴られて暮らさねばならなかったのかを知ってみると、人生が丸ごとつまらないものになってしまいました。

実父と母親との縁を結んでやったのは、祖父だったそうです。ある日祖父は、私の実父が工事現場で土木作業をし、設計をする姿を見て惚れこんだのだそうです。何より、技術があるから娘を飢えさせることはないだろうと考えたのです。確かに、実父の印鑑さえあれば、米でもなんでも思い通りに持って来ることができました。実父は、軍隊で建設関係の仕事をしていて少々高い身分の人だったそうです。そんなことはさておきとても良い人だった、だから家族みんなが好ましく思ったのです。ただ一人、私の母親を除いては。

私の母親は、後に私を授かることになる相手を見ようともしなかったそうです。理由については、人によって話が違います。だいたい一致するのは、彼が韓国語を解さなかったからだそうです。私の実父は、私の母親をヤー、と呼んだのですが、それは彼の母や父が、ヤー、と呼ぶのを聞いてその真似をしたのだそうです。それは慶尚道の人たちが、子供たちを適当に呼ぶときに使う言い方です。母親はそれが心から嫌だったのです。嫌な人が言葉も通じないのだから、いっそう嫌だったのです。初夜には手を触れることもできないように、腕で自分の胸をぎゅっと抱きしめたまま、夜を明かしたそうです。

大人たちは、二人が夫婦生活をするように、様々なことをしました、殴りつければ怖くなって夫婦生活をするかもしれない、みんながいなくなったらその間にしっかり殴れ、と言ったこともあるそうです。実父はそんなことできないと言い、それで叔母が代わりに母を叩いたそうです。叔父は、お前は結婚した身なのに夫と寝床を共にしないのなら、お前を売り払って損害賠償をしなければならない、と脅かしたそうです。母は、あの男に会わずにすむのなら、いっそその道を選ぶと言ったのです。そこまで言うなんて、どれほど嫌だったのでしょう。夫が食事をする器までも触るのが嫌で、火箸でつまんで洗ったというのだから、どれほど嫌だったのでしょう。毎日逃げることばかり考える母親は、夫を安心させて金をもらい、列車の切符を買うつもりで初めて体を許したのですが、そのとき子供ができてしまいました、それが私です。

　母親は夫を安心させて、もらった金で知人の家に逃げて隠れましたが、私の実父は、自分の妻を探し出しても文句を言うどころか、妻が好きな桃を一箱買って持って行くばかりで、何度も買っては置いて来たというのです。道が悪くて、車も通らない道を何時間も桃の箱を頭に載せて行ったのです。そこまでして行って、顔も見られずに帰ってくる姿がどんなにかわいそうだったか、叔母が涙をぼろぼろ流したのです。母親は、私がお腹にいることを知って初めて、仕方なく実家に戻りました。私が生まれたことで実家にやっかいになった二年間が、私の実父と母親が共に暮らした日々の全部でした。

　私のためにだとしても、ともかくも一緒に暮らすことになりそうだったのですが、韓国から実父の母が危篤だという知らせが来ました。その間に植民地解放を迎え、実父は再び日本に戻ることはできなかったのです。実父は一人息子なので、家でもう離してくれなかったのです。ここに家もあり食べてゆくことに何の問題もないから、子供を連れて韓国に来いと、釜山で待っていると連絡したそうです。しかし母親は、返事もせずにそのまま連絡を絶ってしまったのです。

　そして何年かあとに、私の義父になる男に出会い、一生殴られて暮らすことになりました。殴られて初めて、自分が何を間違えたのか悟ったそうです。だからそのまま殴られていたのです。贖罪したかったのでしょうか？よく分かりません。ただ殴られても仕方ない、という気持ちしかありませんでした。私も一生かけて母親を憎もうとして、気力を使い果たしてしまいました。

*

　自分の話に酔っている最中にも、何か視線を引かれるものがあって何気なくそこに顔を向けたハルコが、鋭い悲鳴を上げた。同時に、小説家の女も悲鳴を上げた。彼女たちの視線が向かったのは彼の手であり、手からぽとぽとと血が落ちていた、彼が、こぶしが傷つくほど握っていたのは果物ナイフだった。彼はすぐ手のひらを広げて後ろに退いて座った。悲鳴こそ上げなかったが、驚いたのは彼自身も同様だった。騒々しい音を立てて、ナイフが皿の上に落ちた。赤い皮を剥かれた白いリンゴが、再び赤く染まっていった。

小説家の女が彼の部屋から持って来た薬で消毒し、包帯を巻いてくれた。蒼白な顔で包帯が巻かれる手を見下ろしながら、彼が言った。

「なぜ今頃来たんだ？」

「すみません」

「言うことはそれしかないのか？」

「本当に、すみません」

彼はゆっくり顔を上げ、ハルコをじっと見つめた。ハルコは正座に座り直して、頭を深く垂れた。

本当のところは、彼は彼女がハルコではないことに気づいていた。彼女はハルコではなくハナコで、福岡ではなく大阪に住んでいたが、ハナコとハルコの人生は、それほど大きく異ならず、やはり一九七〇年代に二十代を過ごし、日本で虐げられ差別されて生きるのではなく、全ての人民が平等に豊かに暮らす社会主義の祖国建設のために、在日僑胞を一人でも多く帰国船に乗せるために、青春の全てを捧げた。そして彼女にも、帰国船に乗って北朝鮮に行った親戚たちがいて、二、三年に一度ずつ生活物資と金を持って北朝鮮を訪問することを、今も続けていた。

ハナコもすでに、彼が在日僑胞出身の脱北者だということを、休み場にいた老人たちから聞いて知っていた。

＊

日が沈もうとしていた。隣家の塀の影が、庭を斜線で区切っていた。彼は肘をついて頭を支えて横になったまま、次第に影の広がってゆく庭を眺めていた。

奇跡、奇跡だ。

叫んでいた彼女の声が耳に鮮明だった。

以前の家の持ち主の姉は、彼女をはっきり記憶していた。一度も会ったことのない母親の違う姉妹たちは、一度も会ったことがないというのが本当なのか戸惑うほど、喜び感激した。或いは仇だと考えてもおかしくない関係ではないのか？　以前の家の持ち主の姉は言った。お姉さん、うちの母の名前は戸籍に載せることもできませんでした。戸籍にはお姉さんのお母さんの名前が載っています。そして戸籍に載っているという彼女の母の名前を言って、自分たちきょうだいは長い間、その名が自分の母の名前だと思いこんで暮らしたのだと言った。二人の通話が終わったあと、彼女がやや気が抜けたように笑って言ったのは、自分の母の名前はカン・スンヨンだが、ヨンのつづりが違っていると、父は母をよく知りもしないまま、忘れられずにいたのだと、母は父のこういう心情を少しも知らないまま亡くなったのだと言った。

何がどうであれ彼女は、実父が自分を忘れずにいたというその話だけで、生涯丸ごと癒されたような気分だと言った。母親の違う妹弟が自分を記憶しているなんて奇跡のようだと話すときには、目がウサギのように赤くなって、結局泣き始めた。

彼にも奇跡はあった。彼が北朝鮮を脱出した一九九〇年代の末にはまだ、難民保護所もなく、中国の韓国大使館は何の力もなかった。せいぜい現金千ウォンをつかませて、捕まらないようにと言うのが彼らがしてくれた全てだった。だが、すぐ中国公安に捕まって北朝鮮に送還され、三ヶ月以上あらゆる拷問を受け、監獄に閉じこめられていたが、幸い二人の娘は捕まらなかった。そう、彼には娘がいた。

妻は一時期、金日成の母の役まで演じた演劇人だった。彼女は、すらりと背が高くて顔が白い、貴公子のような容貌の彼をひと目見て惚れこみ、熱烈に求愛した。日本からの帰国者という成分のせいで彼女の家の反対は強かったが、恋愛中には成すすべはないものだ。だがいくら熱烈な恋愛も、思想を超えることはできなかった。テレビニュースで韓国でのデモの様子を見せられるとき、あれは全て民主化を目指すもので、それでも反対する自由はあるということの表れだ、と彼が言えば、彼女は、根本的に制度が間違っているからだと反発した。リンゴを動物のフンだと言い張る人間とは塵ほどの情も交えることはできなかった。たとえそのリンゴが本当のフンだとしても、同じことだった。正反対の方向に向かおうとすれば、引き裂かれるのは物理的真理だった。結局妻とは離婚した。それでも結婚というものをして、子供を産んで育てた時期は、運命を受け入れていたときだった。妻は、運命に屈服するなと言うために、俺のもとに来ていたのだろうか？最近になって妻を思い浮かべると、さんざん争った頃ですらありがたく思い出されるのだった。

死に取り憑かれた運命にも、反転はあった。一旦死と馴染みになれば、それ以上恐くなくなるということ。どうせ人生の果ては死であってみれば、深呼吸一回で、もう一度飛び上がろうとする気力をかき集められるものなのだ。死んでも北朝鮮では死にたくない、という思いは、最後のあがきのようなものだった。彼は再び脱出を試み、中国で娘たちと再会した。その間に、娘たちは幸運にも、韓国にいる彼の父親のきょうだいと連絡がとれていた。彼は、死んだ父親が酔うたびにうんざりするほど繰り返していた父親の故郷についての話、そしてそこに住んでいるであろう自分のきょうだいについての話を、いつからかまるで昔話のように彼の娘たちに聞かせてやった。そうするうちに、それが地獄を脱出可能な命綱のように感じられた。父親のきょうだいの名前は末尾が同じではっきりと記憶していたが、彼のいとこたちの名前は、指先からこぼれ出る砂のように、記憶が曖昧だった。それはつまり、酔っ払いの繰り言を仮装して、父親が残した遺産なのだった。

彼の二人の娘は、中国で過ごす間に韓国のラジオ放送を聞くようになり、ある番組で聴取者の便りを紹介するのを聞いて、北朝鮮から脱出することになった経緯を書いて送ったところ、それが放送に乗って彼のいとこの耳にまで電波が届き、ついにその人に連絡がついた。彼の父親の弟と、兄の息子の二人がハルピンにまで彼らに会いに来た。彼らは商売の元手にしろと言って、二千万ウォンを差し出した。彼は首を横に振った。彼は飢え死にを恐れて命をかけたのではない。彼が命をかけたのは、人間として死ぬためだった。彼の年下のいとこは、アメリカのロサンゼルスにまで手づるを求めたあげくに、彼と、彼の二人の娘のための中国国籍を買った。五千万ウォンという巨額の費用がかかったということも驚きだったが、それよりももっと驚きだったのは、一度も会ったことすらなかった人間のために行動することのできる、彼らの献身だった。何よりくだらなかったのは、金を出せば買うことのできる国籍というものだった。金があれば不可能なことはないというのは、すでに北朝鮮で脳髄深く刻みこまれたことだった。

　観光客を装ってタイに入国したあと、韓国大使館に駆けこみ、ホテルに隠れて韓国ビザの発給を待ち、香港を経由してついに韓国に入国するまで、何度も生死の間をさまよった。その中で最も大きな奇跡は、やはり人間だった。それは記憶の力だった。

＊

　彼女から手紙が来たのは、それから二、三ヶ月ほど過ぎた頃だった。彼女が北朝鮮にいる甥たちにうまく会えて帰って来たこと、彼が妹に渡してほしいと頼んだ手紙と物品を、甥たちにしっかり頼んできたから少しも心配しないで良いことが書かれていた。秋には父の墓参りのために韓国に行くつもりだが、そのとき彼のところに立ち寄り、母親の違う弟妹を見つけられるようにしてくれたことについてお礼の挨拶をさせてほしい、と書いていた。そしてアメリカ人と共に訪ねて来た韓国の女性は、彼の予想どおり、母親の違う弟の娘だということだった。娘の母親は、出産後すぐに突然何かの病を得て死亡し、父親である弟のほうもまた、仕事中に事故にあってどうしても育てることができなくなった娘を、アメリカに養子に出して、その娘が奇跡的に父親を探しに来たのだということだった。

　そして追伸、

　ハルコという方について、私の人脈を総動員して調べてみました。貴方のお知り合いと推定されるハルコという方は、貴方が北朝鮮に渡られて二年後に、つまり一九六五年に帰国船に乗ったようです。家族は一緒ではなく、その方一人だけが乗ったということですから、家族を見つけ次第、その方の近況について問い合わせることができるだろうと思います。

　貴方から依頼されたことでもないのに、私が勝手なことを致しました。どうぞお許しください。

● **李星雅**《イソンア》 이성아――一九六〇年大韓民国慶尚南道密陽市出生

三水甲山

삼수갑산

方珉昊《パンミンホ》

방민호

全ては予感と共に始まる。石《ソク》［訳注：実在した近代朝鮮の詩人白石《ペクソク》のこと。一九一二～一九九六？］は予感を信じる人間だ。朝から秋の気配が尋常ではなかった。空には雲がかかり、鳥は低く飛んだ。石は知っていた。この程度の曇り方では、雨は降らないであろうことを。明日になれば空はまた澄んで晴れわたるであろうことを。だがこんなふうに気圧の低い日には、何であろうと特別なことが起こるに違いなかった。しばしばそういうことがあった。

思ったとおり、昼まではまだ何事も起らなかったが、夕方近くになって彼らが訪ねて来た。暗い部屋の中に座って、木べらでトウモロコシの実をかき落としているときだった。外から石を訪ねる声が聞こえてきた。石は最近めっきり耳が遠くなった。最初は聞き間違いかと思ったが、違った。家の外に誰かが入って来ていた。彼らだった。山向こうの恵山《ヘサン》［訳注：両江道の地名］に住む人々、月給を受け取って文章を書く人々だった。［訳注：党の公認作家ということ］

——いやこれは、誰かと思いましたよ。

戸を開けて訪れた人々を見ると、石はひどく嬉しかった。その気持ちを隠すことができなかった。みなで三人、その中では鄭《チョン》が最も年輩だ。

——ちょうど外出しないでいらっしゃいましたね？

——年寄りがどこに行くというのです。どういうわけでこのむさくるしいところに来られたんですか？

——取材に出て戻る道です。この付近を通ってふと思いつきましてね。

——ありがたい。さあ、みなさんお入りください。

石は部屋の中に客を迎え入れた。鄭の一行が入ると、ただでさえ小さな部屋はいっそう狭くなった。

——さあ、ご挨拶を。さきほど話した白《ペク》先生でいらっしゃる。

訳注：「三水甲山」とは、中国国境に接する現在の両江道にある二箇所の地名で、朝鮮半島で最も険しい山奥とされ、かつては流刑地だった。

鄭の催促に、二人が深くお辞儀をする。

――足の踏み場もありませんね。

――トウモロコシの葉を寄せてお坐りください。私は何かちょっと手に入れて来よう。

石は客たちを座らせておいて、トウモロコシの実をふくべ［訳注：かんぴょうの実。朝鮮半島では真ん中でくびれていない球状の実を半分に割って容器として使う］の器に二杯、すくい入れて出て行った。向いの家に行って酒に替えようというのだ。

みな畑に仕事に出てまだ戻っておらず、村内はがらんとしていた。石は向いの家の納屋に入ってトウモロコシを入れ、酒の瓶から酒を一升汲んで持って帰った。

――おや、酒じゃないですか？

酒の香りに鄭が喜ぶ。

――嬉しい客がいらっしゃったんだから、酒がなくてはならないでしょう。さあ一杯ずつやりましょう。

民家で私的に酒を醸すことは禁止されている。だが山あいの村には、集落ごとに酒を醸す家があるものだ。当局でもよく知っていながら、知らないふりをする。トウモロコシで醸す焼酎は、だいたい三十度近くになる。

――ううむ、上手いですな。

――時折手に入れて飲むんだが、悪くないんですよ。

誰よりも石が、近頃になってよく酒を手に入れて来た。山あいの村の秋だ。昼は短く夜は長い。夜になると石は一人で土壁に向かって座り、昔を思って盃を傾けた。

これまでのことが次々と思い出されることの増えた近頃だった。目を閉じると、はるかに遠い出来事が順序もなく生き生きと蘇った。その中でも特に石を苦しめるのは、一人で訪れたモンゴルの草原の風景だった。

あの頃石は若く、沈黙の輝きを求めてその場所に行った。あの頃も世間は虚言が支配していた。石はその虚言が聞こえないところに行きたかった。

かつて都を離れ満州の長春に移動して来た石だった。そのとき長春は新しい都、新京と呼ばれた。だが新京は都よりもさらに恐ろしい魔窟だった。そこで石は人がどこまで卑屈になりうるのか、知ることになった。人は口中の三寸の舌で、いくらでも虚言を作り上げることができる生き物だった。

虚言が舞い踊る新京に耐えられず、石はより遠く離れることを夢見た。モンゴルの草原を過ぎ、遠い昔に突厥族、粛慎族が暮らした場所に、そして砂がきりなく敷き詰まったゴビ砂漠にも行きたかった。人が西方に移動してしまったがらんとした荒地の上に立って、人が建てるものは全て一時的で、ただ自然だけが、草と木と、土と風と、自然の本性を失わない生き物たちと、もっとも自然に近い人間の生活だけが、永遠に持続することをこの両目でしっかりと確認したかった。

石は新京から哈爾賓《ハルビン》に、そこからまた海拉爾《ハイラル》を過ぎ、満洲里の近くまで進んだ。

そこに石は初めて、しばしではあっても、自らのくたびれた霊魂を休ませることができた。一日中何もせずに、両目一杯に満ちてくる草原だけを眺めていた。はたして、そこに人が建てたものは何の威力も発揮できなかった。鉄道はどこかの名も知れぬ支線で途切れ、馬を使い、羊を追うモンゴル人は自然にもっとも近い存在として生きていくのだった。

あのときも秋だった。

初秋を過ぎたばかりのこの時期だった。

白や黄色、紫の小さな花が、天空のような草原を細かい星のように縫い綴っていた。

時折キジが鳴いた。

孤独なオオカミが草原の地平線に姿を見せては消えていった。

クルルル、クルルル、クルルル。

名の知れぬ鳥が、連れ合いを求める鳴き声を上げた。

そういうとき、草原の沈黙に若干の亀裂が入った。だが亀裂はすぐに埋まった。草原はすぐにいつまた終わるともしれぬ長い沈黙を回復するのだった。

その草原のどこか、名の知れぬモンゴル人の村で、石は四日間を過ごした。四日間が三年のように長かった。四日間が三十年が流れるように悠久だった。石はその歳月の深い谷間に入り、日陰に育つような、葉の広い一抱えもある木の下で旅装を解いた。この象徴の木の下で、石は夜が更けるまで寝つけなかった。ゲルの扉を押し上げて出ると、夜空一杯に点々と浮かんだ星たちを見上げた。冷たい星の光が、どこの星からか分かれ出た流れ星が、暗闇の浸みこんだ地上に落ちかかっていた。人が作る歴史とは何か、モンゴル帝国が消えたように、サラセン帝国が倒れたように、帝国は時間の流れに耐えきれないだろう。日帝［訳注：大日本帝国］を含めて、全ての帝国が明滅していった草原の舞台の上に永遠に立ち戻って来るもの、それは生命の青い光であろう。

石と三十歳は優に年齢差のある鄭は、若くして朝《チョ》奎《ギュ》［訳注：金朝奎は一九三〇年代から詩人として活動し、植民地終焉後早い時期から金日成主義を称揚する詩を発表した。一九一四～一九九〇］を師として詩を学んだ。もともと恵山の生まれだが、生涯北朝鮮から出たことはなかった。河の向こうに中国の地がはっきり見える恵山だが、河を越える往来は、特別な身分を持った人々にのみ与えられる褒章だった。

鄭は他国に足を踏み入れたことのない人らしく、考えもある枠を抜け出ないでいた。それでも石が鄭をこれほど喜んで迎えるのは、朝奎の弟子ということの他にも、人なつこいその性格を得難いものに思ったからだった。

朝奎がこの世を去ってもう二年になろうか。鄭と向き合ってみると、在りし日の朝奎の姿が思い浮かぶ。確かに体制に付き従ってはいたが、文学とは何かを知る人間だった。

――モンゴルでは、こういう酒の代わりに馬の乳を酒にして飲むんだ。

石はモンゴルを思いながら馬乳酒の話をする。

――どうしたら馬の乳が酒になるんですか？

馬乳酒の味を知らない鄭が顔をしかめた。

――そう思うでしょう？

石は笑いながら、鄭の横に座った若者にも酒を注いでやる。

――あんたももっとどうぞ。

石は、年齢が鄭と若者の中間ほどに見える人にも、酒を注いでやる。鄭が連れて来たこの人たちは、山あいの酒をひどく喜んでいる。嬉しそうに酒を受け、ひと息に飲みほす。

互いに何度も注ぎ注がれつつ、あれこれ話を交わした末に長い時間が過ぎた。石はたくさん飲もうとはしなかった。年齢のせいで、強い酒に耐えられなくなった。鄭もなぜか、酒を飲むことにそれほど気乗りしないようだった。

──あの、外でタバコ一服吸ってきます。

若いほうの男がふと立ち上がると、それより少し年配の男も、一緒に立ち上がった。二人はかなり仲が良いようだが、石と鄭の前ではふるまいに気をつけているのか、あまり話をしなかった。

──中で吸っていいのに。

二人が外に出るとすぐ、鄭が声を低めた。

──国の状況が尋常じゃないんです。

──何かあるのかい？

石は驚かずに尋ねた。

──鴨緑江の向こうに逃げた人たちを、針金で鼻と鼻をつないで捕まえてきたって言うんです。

──まさか、そんなはずがありますか。

──私の甥が保衛部で勤務してるじゃないですか。直接聞いたことですから、間違いありません。

──それは普通じゃないですね。

──ソ連が崩壊したから、血眼になって追っかけるんですよ。許可なく越える人たちを弾の的にするんだとか。それでも国境は目と鼻の先だから、簡単に止めることもできないでしょう。

──うむ。

中国の商人たちから伝えられた話を、石も耳にしていた。昨年末にソビエト連邦が崩壊し、そのあおりで原油供給が途絶えたというのだった。そうでなくとも人民の生活は、話にならないありさまだった。

鄭はまだ、話し残したことがあるように、言葉を継いだ。

──去年の今頃、若いのを一人、連れて来ましたよね？

──記憶にある。浅黒い、賢そうな顔の。

──しばらく前に、恵山でいなくなってしまいました。

──何かあったのか？

──酒に酔って何か失言をしたのが災いを呼んだようです。保衛部に引っ張られて行ったんだが、生きて戻るかどうか分かりません。

──大変なことだな。

──大変なことですよ。ともかく白先生にも、面倒なことが起きないか心配なんですよ。

──私は訪問した人に会っただけなのに？

―それはそうですが、世の中がなにぶん妙な感じですから。

―じゃああんたがまず、問題になるだろう。

―……。

鄭は何か付け加えようとして、口をつぐんだ。外に人の気配があったからだ。外に出て行った人たちが、部屋の戸を開けて入って来た。

―おお、寒い。もう数日で霜が降りますね。

―なんといっても、三水甲山です。酒をもう一杯ずつどうぞ。この集落の酒はけっこういけるんです。

石は冷気を身にまとって来た者たちに、酒を勧める。二人は酒を注がれ、ぐうっと飲み干す。石も杯を口に当てる。

―山また山、前も山、後ろも山、私も平壌《ピョンヤン》にでも出て住みたいですよ。

―平壌も良い。だがこんな世の中では山奥のほうが良い。

―朝鮮王朝時代でもあるまいし。こんな流刑地で腐っているのは嫌ですよ。

若者は三水が故郷のようだ。若者の不満話に、中間ぐらいの年齢の男が、

―三水よりも甲山のほうがまだましです。住民も多いし、同じ高原とはいえ畑も広いですしね。

と言い添える。

石は苦笑いをする。三水甲山で、三水ならどうで、甲山ならどうだと言うのか。どちらも遠い昔から罪人たちが配流生活を送ったところだ。冬が厳しく長い三水と甲山、どちらも憎しみが深く刻まれた人々が放逐された場所だった。

特に三水は、孤山尹善道《コサンユンソンド》［訳注：尹善道は朝鮮王朝時代の文臣で、流刑と復権を繰り返し、流刑地で多くの詩文を残した。晩年に三水に配流された。一五八七〜一六七一］が長期間の配流生活を送ったところだ。省みれば、石自身も国に罪を犯してここに追われて来たようなものだ。表向きは現地指導だったが、都から遠地に配流される昔と変わりない処分だった。

だが、当局が知らぬことが一つあったとすれば、それは石が三水送りを内心では喜んで受け入れたということだ。山あいに赴くことは世間に負けることではない、世間などというものは汚いもので、捨てるもの

だ。石はずっと以前にこう書いたことがある。一度分け入れば出てくることのできないような三水の中でも館坪里《クワンピョンリ》、平壌から遙か遠いこの場所に分け入った石は何度も考えた。山あいに赴くのは、世間に負けることではないと。世間などというものは汚いもので、捨てるものだ。

――そんなふうに考えないように。

――困難なときを過ぎれば良いときも来るものとは言え、私のように出身成分が悪い者は、お先真っ暗なだけです。

――私だって、こうやって暮らしているではないか。元気を出したまえ。

――白先生はかつて、詩をたくさん書かれたそうで。何の詩を書いておられたんですか？

若者がふと石に尋ねた。

――詩なんて。みんな昔のことです。

石の顔に侘しそうな表情が浮かんだ。

――さあ、おいとましましょう。こうしていては検問所で文句を言われます。

鄭は石の様子を見て、一行を促した。二人は酒の杯を飲み干して立ち上がった。

――どうして、もう少しいたらどうですか。

――夜を明かしますか。恵山に行くトラックにでも乗せてもらおうと思ったら、今立ち上がらないと。近いうちにまたお訪ねします。

鄭の一行が立ち上がると、石は突然、ひどく寂しくなった。自分がうろたえているのを意識しながらも、石はみなをもっと引き留めておきたい気持ちを抑え難かった。

――なら、ええと、ワラビを干したものでも持って行きなさいよ。

石は納屋に入り、干したワラビの束を手に触れるままに持った。高い山に囲まれた三水には、ワラビが多い。春も秋も、石は山に登ればワラビを取った。春の幼いワラビは干しておひたしにし、秋の育ち過ぎたワラビは薬にした。山あいに配流された彼に、ワラビほどに似合う山菜もなかった。

――持ち帰れば妻が喜びます。

鄭はついさっきまでの不安を忘れて、ワラビの束を受け取って笑った。鄭についてきた者たちも、ひと束ずつもらって喜んだ。

——お気をつけて。

一行は同時に頭を下げ、背中を向けた。

夜の空気はひんやりしていたが、石はその場にそのまま立ち尽くしていた。暗がりで男たちの体が集落の出入り口を抜けて新道に入るまで、石はそのまま見守っていた。

今夜はこうして会って盃を取り交わしたが、明日はどうなるか分からなかった。また何より石は、自分の寿命がもうそれほど長くないことを知っている。自分より二歳下の朝奎がすでにこの世を去ったのだから、今度は自分の番だ。

やがて鄭の一行の姿が、暗闇の中に消えてゆこうとしていた。彼らのうちの一人が、石に向かって手を振ったようだった。

一瞬、石は目の前が白くなるようだった。足に力が入らずそのまま座りこみそうになるのを、石は横に立っている木の幹を掴んでようやく持ちこたえた。

その間にみなはもう、峠のほうに消えてしまった。石はそれでもなおしばらく、そのままその場に立ち尽くしていた。

酔いのせいなのか。

部屋の中でもめまいは治まらなかった。あちこち繕ったふとんをようやく広げ、倒れるように横になった。

石は昼から夜までの出来事をゆっくり辿ってみた。乾いたトウモロコシの葉がうず高く積まれた小さな部屋、誰もいないがらんとした部屋に一人で横になった石は、わけの分からない自責の念に苦しめられた。

なぜあれほど心細くなったのか。なぜあれほど引き留めたくなったのか。道の異なる人々なのだが。とっくの昔に捨てた道の人々なのだが。もっと話してみたところで、一晩泊めたところで、分かれた道をつかんで引き合わせることはできないものを。

それでも物書きだからと、会えて嬉しかったのだろうか。何をどうしようと、引き留めようとしたのだろうか。

時間が少し過ぎてようやく、石は気持ちが鎮まってくるのを感じた。彼は横になったまま、両手で自分の顔を撫でさすった。肌はひどくしわがより、またひどく乾いていた。それは明らかに年をとった老人の顔だった。石は今自分が撫でさすっている顔を自分の顔だと思いたくなかった。だがそれが他人の顔であるはずはない。

こうやって終わってゆくのか。

いつこんなに老いてしまったのか。

三水甲山、ここに分け入って三十年と何年になるのか。

石は年を数えようとしたが、うまくできなかった。確かに自分は、長いときを生きているが、一日も生きていないようでもあった。だがもう八十、いつしか人生に締めくくりをつけるときになった。

自分の寿命に考えが及ぶと、風に追われたようにさざ波立っていた心が徐々に鎮まる。

石は明日ただちに何かことが起こっても、この家を離れるつもりはなかった。山中のあばら屋。台所と奥の部屋が一字につながったこの小さな世界が、明け渡すことのできない自分の場所だった。

彼らはいったいどうなったろうか？

石はとりとめもなく、こうつぶやいた。この瞬間、彼はある出来事を、ある記憶を、思い浮かべようと努力している。だがはっきり思い出されるものは何もないようだった。自分は何も忘れてはいないが、あまりに深いところに隠したために探し出せない物のように、彼はあまりに長い間、自分の過去を埋めて置いたのだった。

石はただ、湿気が出てきたな、寒いし、じっとりしているし、外は強い風が吹いているんだな、とゆっくりつぶやいた。すると、石は多くのことが呼び起されるようで、もどかしい気分にとらわれた。だがまだ何も思い浮かばない。いや本当のところは、何も振り返りたくない。その全ての過去を思い浮かべれば、自分の胸があまりに強く熱い何かで、ひっそりとした何かで、一杯に満たされそうだ。あまりに多くの愛しさと悲しみが、あまりに長い間押さえつけた憧憬が、一度に自分を飲みこんでしまいそうだ。

石の閉じた両目にとぎれとぎれに水滴が光る。その涙の量はごく少ない。だがそれはその全ての愛しさと悲しみをすっかり耐え抜いたとしても、なお染み出るしかない涙だ。

どれほど時間が過ぎたろうか。石はふと我に返った。目を開けた。耳を傾けると外では秋の畑を吹き抜ける風の音が聞こえた。まだ夜だった。明け方に近い。

石はどこにでも行ける風を好む。そしてまた風の音を好む。今の風は、さあっさあっというようでもあり、フィーンフィーンというようでもある。風の音を正確に捉えられる人間は、恐らく誰もいないだろう、石はそう考える。風は人に属するものではないからだ。

その風が今、トウモロコシを収穫した畑を通り、遠く山のほうに吹き付けている。

秋だな。

石は目を閉じたまま考える。山あいで暮らしてきた石は、風が畑を吹き抜ける音が、季節によって同じではないことを知っている。山に入ると木によって風が吹き抜ける音が同じではないことも知っている。

今は物寂しい秋だ。秋夕［訳注：陰暦八月十五日。先祖や故人の供養を行なう］が過ぎたばかりだから、まもなく寒風が吹き、葉が色づき、霜が降り、葉が落ち、そして雪が、長い長い冬の間絶え間なく降るだろう。

石は目を閉じたまま、明瞭な意識で風の音を追って山に入る。

山を思うと、石は胸が躍る。幼少期から今まで、石は山を忘れたことはない。幼かった頃、山で見た一匹のトカゲを忘れることができない。

かつて芝溶《ジヨン》［訳注：鄭芝溶は日本留学を経て多くの詩を発表、一九三〇年代の代表的な詩人と評価され、現代韓国でも人気が高い。朝鮮戦争時北朝鮮側に囚われ死亡したとされる。一九〇二〜一九五〇？］は、海を青いトカゲのようだと書いた。彼の故郷忠清道沃川郡のトカゲのように、あまりに素早く逃げてしまうと、彼の言葉から。すばらしい比喩だった。私も芝溶と同様、山あいの人間であり、海を好んだ。十八歳で生まれて初めて海に出会った。どれほどの衝撃だったか。私は最初から船酔いもしなかった。玄界灘の青黒い波を眺めながら、日本よりはるか遠い国を夢に描いた。

石の思いは今、山から海へ飛んでゆく。海、と口の中でつぶやくと、石は突然胸が張り裂けるようだ。

彼はあまりに長く海を胸の奥深くに押さえこみ、閉じこめて生きてきた。山また山の山奥から、海に焦がれて生きることは不可能であり、それでは一日も耐えることはできないのだから。

そうだった。はるか昔、石には海を思うと自然に思い浮かぶ女性がいた。遠く南方の女性、真っ黒な髪を椿油で美しくまとめ、遠くから自分をじっと見つめるばかりだった女性。石は思う。彼女は今どうなっただろう。どこで何をしているだろう。生きてはいるのだろうか。

彼女に焦がれながら逍遥した東方の海辺の白砂浜も思い浮かぶ。彼は咸鏡道咸興《ハムフン》にいたことがある。東方の青い海は、失恋に苦しむ石を癒してくれた。生きているもののすがすがしさが、彼に生きる理由を気づかせてくれた。

石は今、東海の夏の真っ青な波を思う。どこからか熱を持った頭を柔らかく冷やしてくれる海風が吹いてくるようだ。この風に乗って、塩気のある生ワカメの匂いがやって来るようだ。海のものでこしらえたあらゆる食べ物の匂いがするようだ。カレイの塩辛、鮎の塩辛、干しナマコの煮こみ、スケトウダラの骨汁など、その味わいのあるものが、目に鮮やかに浮かび上がる。そして彼がその頃書いた文章の一節が、字幕のように流れ行く。サヨリは下唇が長く、サンマは上唇が長いんだ。［訳注：白石の詩「東海」の一節］突然、耐えきれずに石は目をぱっと開けた。今すぐ海を見たい。だが自分は昨日と変わることなく三水、中でも館坪《クワンピョン》里《リ》の国営協同組合の、黄色い電球の灯がおぼろげな土壁の中に、横たわるのみだ。

これまでに歳月はどれほど流れていったのだろう。どれほど多くの夏と冬が来てまた去っていったのだろう。だが今自分は、かつて満州を放浪したときに戻ったようだ。古びて汚れた土壁の家の中、葦の敷物の代わりにトウモロコシの葉の散らかった部屋の床にふとんを敷いているのが、違うと言えば違うところか。

思えば石は三水甲山、山また山の山奥に暮らしながらも、どれほど海に焦がれてきたかしれない。水平線を背景に飛び上がるサヨリのように、自由に海を泳いで生きたかった。

まだ三十八度線が開かれていたとき、別な道を選ぶべきだった。ある瞬間、自分が網に捕らわれたことに気づいた。すでに水はこぼれたあとだった。三水に引きこもる頃になって、石ははっきりと知った。海に通じる道は、永遠に閉じられたことを。

　あのとき、なぜこちら側に残ったのか。

石は解放後［訳注：日本の植民地からの解放］、国が北と南に別れた頃を思う。

　解放後に満州から戻った彼が北側にそのまま残ったのは、北側に故郷があったためばかりではなかった。人々は、各々の理念を追って禁じられた線を往来した。だが石は動かなかった。そのまま北側に残る道を選んだ。それは理念のためではなかったし、理念と言っても、人が言う左や右というような理念ではなかった。石は土地の力を固く信じている。大地自体が、彼には心の故郷だった。大地の記憶を大切にして大地の一部として生きることが、彼には何より重要だった。

　あのとき、満州を経てモンゴルの草原に入ったとき、進むほどに広く深い草原の真ん中で、彼は初めて気づいた。草原がすなわち海であることを、人の力では完全に征服されるはずのないことを。人が作った権力や制度や慣習のようなものが、いくらそれらしく君臨しようとしても草原はそれを許さないことを。そこでは帝国主義のみならず、どんな理念も永遠ではありえなかった。

　それで石は北側に残った。北側がより大地に、大陸に、草原に近い場所だったからだ。いつでも心さえ決めれば、すぐにでもはるかなる根源を求めて立ち去ることができそうだったからだ。

　自ら選んだ地であるがゆえに、石はなんとしても適応しようと努力した。解放後、そして六・二五戦争［訳注：戦争の開始日にちなんで朝鮮戦争をこう呼ぶ］のあと、彼は子供の世界に飛びこんだ。そこだけは、乾いた言語を文章に適用しなくても良いように見えた。だが、北側では彼の立ち位置はなかった。児童文学も公式を必要とするというのだった。神聖な洗礼を受けねば、何も成り立ちえないというのだった。

　三水に入って二、三年間は、言葉に尽くせぬ苦難の連続だった。渓谷に入る道は遠く険しかった。山と海を愛すると言っても、石は手の白い知識人だった。慣れない、つらい定着生活だった。掘っ立て小屋のようなひと間の家をねぐらとし、モンゴルから連れて来た羊を飼う仕事をした。文章を書くペンの代わりに羊を追う棒を持ち、山の斜面を歩き回りながら、一日また一日とかろうじて持ちこたえた。

山村の昼は短く夜は長い。夏は短く冬は長い。電灯すらない冬の夜を一年また一年と過ごす間に、石は疲弊していった。その頃、朝奎が作品をまた発表するという話が聞こえてきた。自分同様、日帝時代日本に留学し、六・二五戦争後も自分とまったく同様に当局の処分で文章を書けなくなった人間だった。石は恐ろしかった。できることなら白分を締めつけてくる暗黒から抜け出したかった。そのときようやく気づいた。たしかに三水行は従順に受け入れたが、文章を断とうとまで考えたことはなかった。文章を発表できなくなるということ、忘れられたまま消えてしまうということを思いながら、石は深い絶望感に身を震わせた。

石は、今もそのときのことを忘れることはできない。

その頃、石は三水に入って二度目の冬をかろうじて過ごし、何篇かの詩と散文を発表していた。それらが文学ではないことを、石はもう知っていた。文章ではなく、生き残るための身震いに過ぎなかった。

そしてある年、すなわち一九六二年頃の夏の入り口だったようだ。ある日、石は恵山に出て、文章を書く人々に会った。平壌から来た巧芸団［訳注：北朝鮮のサーカス団］の公演を観覧する席だった。

――この前の『児童文学』に掲載された童詩、読ませていただきましたよ。

――やっぱり白先生は白先生でいらっしゃいましたよ。

――金朝奎先生より良いじゃないですか。

彼らは石のために、気分の良いことを言ってくれた。みな、石が再起に成功したものと思っているようだった。

――私は舌がこの世でそれほど最良のものでもあり最悪のものでもあるとは知りませんでした。

この人は、石が『児童文学』に発表したイソップ物語について言っているのだった。［訳注：イソップ寓話の「三寸の舌」の話を朝鮮語で再話したと見られる。白石は外国語に堪能で翻訳も手がけた］石は微笑を浮かべて頷いた。だが適当に相槌を打てる言葉は見つからなかった。代

わりに、

――委員長同志は今日、おいでにならないんですね？

と尋ねた。両江道作家同盟委員長の姿が見えなかったのだ。誰かが、

――急に体の調子が悪くなったそうですよ。こんなに良いものを見物もできないなんて。

と残念がった。それでも石は気分が落ち着かなかった。その頃、石はひどく神経質になっていた。イソップの最良のものでもあり最悪のものでもある舌とは、実際、自分自身の文章を指して書いた話ではなかったか。

――ああ、もう始まるようです。

誰かが叫んだ。石が舞台のほうを見ようとした瞬間、客席のほうの灯が一斉に消えた。今、公演が始まろうとしているのだった。平壌巧芸団が装いも新たに行なう舞台だというので、みな期待を膨らませていた。石も平壌に住んでいたとき、その公演を見たことがあった。そのときはまだ規模の小さいものだったが、最近になってソ連から新しい曲芸を教わり、団員数も相当に増やしたということだった。公演場に集まった作家や詩人たちはみな、偉大な人を称賛した。これも全てその方が格別に関心を示してくださるおかげだというのだ。

なるほど公演は実に華麗だった。芸人たちの演技が進むにつれ観衆の拍手喝采はどんどん高まっていった。石は無表情に舞台の上を注視していた。目は舞台に向いていても心は最近発表した文章にあった。人々が挨拶代わりに言ってくれた気分の良い言葉を、彼は何か侮辱されたように噛み締めた。朝奎より良いというなら、本当にそうなら自分の魂はもう腐ってしまったのだ。

書かないほうが良かった。

後悔のあまり舞台上の出来事は目に入りもしなかった。書かないほうが良かったし、書いても焼いてしまうべきだった。人々の前に出てみると、自分がどれほど恥ずかしいことをし出かしたのか分かった。

そのときだ。突然観衆の拍手の音がいっそう高くなった。

――登場のようです。

隣の人が石の膝を軽く打った。

——誰がですか？

石はようやく我に返った。

——え、いるじゃないですか。巧芸団で一番人気があるという。もうすぐ功勲俳優の称号をもらうそうです。

——ああ！

石はようやく分かったというように頷いた。

だが石はそれが誰で、何をする演技者なのか知りもしない。

長い拍手の末に、問題の演技者が舞台の上に姿を表した。客席で歓呼の声が弾けた。今日の公演は今クライマックスに差し掛かっていた。

舞台の中央に出て、その女性は観衆に向かって深くお辞儀をした。再び拍手の音が弾けた。丸い照明の下に姿を現した彼女は、ほっそりとしていた。背は高くないが技芸で鍛練されたように体がすらりとしていた。

さて演技が始まろうとしていた。客席側が静かになった。みな彼女の動きだけを注視していた。

続いてはるかに高い天井から吊り下げられたブランコの上に、彼女はふんわりと腰かけた。彼女の体の動きは体操というより舞踊のようなものであり、それよりはむしろ音楽の旋律に近かった。石はいつの間にか敏捷でかつ繊細な彼女の体の動作に、視線を吸いつけられていた。

徐々に彼女を乗せたブランコが前後に動いた。前に、後ろに、リズミカルに動くブランコの上が彼女の演技場だった。彼女はブランコのスウィングに身を任せたまま、まず薄い唇に尖ったナイフをくわえ、更にそのナイフの端に盆をのせ、その盆の上に酒が揺らぐワイングラスをいくつも乗せた。それから徐々により強く、だが柔らかく足を漕いで空中に上がって行った。ブランコが前方から後方に、後方から前方に動くとき、彼女の体はブランコのリズムと共に危ういバランスを取っていった。

ついにブランコが彼女を乗せて空中高く上がった。客席に座った石の目に、彼女ははるか高いところに達していた。空中で彼女はワイングラスがいくつも載った盆をナイフの端に乗せたまま、ブランコの座板の上に柔らかく立ち上がった。それからどう体を動かしたのか分からなかったが、つまさきで座板に逆さにぶらさがった。もちろん酒がゆらぐ盆は、まだ彼女が唇にくわえたナイフの端に載せられていた。

――あ！

――わあ！

観衆の口からため息に近い感嘆がもれた。騒々しい拍手の音が同時に続いた。石は我知らず息苦しくなった。彼女の演技が観衆によって乱れそうで、胸騒ぎがした。

当事者である空中の彼女は、何でもないようだった。彼女は再び上体を丸め上げてブランコの上に乗り、実に気持ち良さそうにはるか高い空中を遊泳していた。

一瞬、ある思いが、彼の頭の中を稲妻のように通り抜けた。

ナイフの端に全ての神経を集めているこの瞬間だけは、誰も彼女の世界を侵犯できないだろう。

そうだ。あの驚くべき演技の瞬間だけは、首領や体制のみならず、いかなる威圧的な力も女の頭の中を乱すことはできない。

誰も、いかなるものも、一人の人間を完全に最後まで拘束することはできない。そのように生きねばならない。

石は道を見失ってさまよっていた深い山中から、ついに下山道を発見したのだ。いや、きりもなく荒れ果てた荒野を迷っていたところに、空中から自分を呼ぶ神の声を聞いたようだった。

空中に浮いた女が、軽くスウィングしながら地上に向かって下降していた。全ての演技を終えた彼女は、ふわりふわりと舞台の前に出て丸い照明の下に姿を表した。観衆たちは彼女のために惜しみない拍手を送った。女は真心こめて感謝の挨拶をして舞台の後ろに消えた。

そのときまで石は、ただナイフの端だけを見つめていた女の眼光だけを心の中に描いていた。その眼光はまさに、自分が将来進まねばならぬ文学の道だった。

石はしばらくして目を開けた。彼の両目は昨夜のことを忘れたように澄んだ光を発していた。彼は部屋の中を見回した。昨夜のままだ。誰もおらず、一人で横たわる部屋、館坪里のあばら屋だ。恵山の市場に出た妻は、もう一日経たねば戻らないだろう。

いつのまにか、東に向いた窓がぼんやりと白くなった。石は夜明けから朝へと移るこの時間を好む。老年の眠りは短い。石はこの時間になると、起きて明け方の道を散策するのだった。

石は来し方を静かに振り返る。あの日、もう書くことも、発表することも絶つと心を定めてから、春と秋が、夏と冬が、どれほど巡り、また巡っていったのか。

自ら選択した道を後悔するのではなかった。といって、一度心を定めたからといって、迷いや誘惑がないのではなかった。いつの間にか気が変わって書いた原稿が棚の上に置かれている。だが石はそれをどこかに送ることはなかった。それで良かったのだ。

石は思う。自分の生命が終わる日、あの原稿も共に燃やしてしまおう。そのときまではあの原稿は、そのままにしておこう。

石は遠い昔、ある西洋の哲学者についての本を読んだことがある。人々が信ずる神を信じない彼は、狂信徒たちによる暗殺の危険にさらされていた。実際にナイフで刺されたことすらあった。彼はそのとき破られた服をいつも壁にかけ、自身が選択した道の危険を忘れないようにした。

人間の生は奇異だ。ときには、言葉もなく長い時間を耐えねばならないことがある。そしてその沈黙がより危険なこともある。

石が起き上がって部屋の戸を開けると、北から朝の秋風が部屋の中に入りこんできた。昨夜の煩悶を洗い流す風だった。

今日は山に登るんだ。

石は久しぶりに山に登ろうと考えた。視線の届くところはみな、山また山に囲まれた館坪里だ。ただ近くの山々はひどい禿山だったが、遠くまで歩けばそれでも木のある山々がある。山を好み、いつも訪れるのを楽しみとする石だ。三水に入ったあと、様々な耐え難い出来事を経験したが、山にさえ登れば憂いは洗い流され、心の奥底から喜びが湧いた。

山で生まれ育った石だ。木はいつでも心温まる友であり、心を洗い流してくれる浴場であり、青色に染め上げてくれる工房だった。

三水は甲山と共に蓋馬《ケマ》高原の一部であり、海抜二千メートルを越える山々が、いくつも重なり合うところだ。木々はそこにあった。名前を諳んじるだけで心温まる木々だ。トドマツ、シラカンバ、ヤマナシ、エゾマツ、チョウセンゴヨウ、グイマツ、ダケカンバ、チョウセンヤマナラシ、オニグルミ、モンゴリナラ、カシ、ドロノキ、シナノキ、モミ、そしてマツ、石はこれらの木々を、その幼木の頃から花が咲き実のなる頃まで詳細に知っている。

今日、石は山の高いところに上がるつもりだ。そこが高原ならより良いだろう。そこで孤独に、高く、寂しく、一本の木が立って自分を出迎えてくれるのであればより良いだろう。

ずっと以前に、石はそのような木を見たのだろうか。そういうことがあった、モンゴルの草原で。本来草原には木がない。だがはるか地平線を背景に、時折木が一本立っていることがある。草原の荒涼とした坂の上に立っている木、それは一人で長い乾きに耐えていた。

山村の秋は短い。すぐに冬が押し寄せてくるだろう。雪が降って積もれば、山には登れなくなるだろう。石は今日登ろうとする山のほうを眺める。空が真っ青に染めあげられている。清らかな日だ。

今日のような日であれば。

石は常に求めている本物の詩に出会えるかもしれないと思う。実のところ、いつからか石は人知れず自分だけの詩を書いていた。命より大事なそれらを、彼は誰も知らないところに隠しこんでいた。

誰もそれを見つけ出せなくとも良い。真に大事なことは、自分自身がこのようにして生きているということだ。石は本当にそう思う。一切の文章はいつか消えてしまうだろうし、そのとき文章は初めてその文章を書いた者の人生に捧げられる。石は今、その不滅の生の一日を、今日、生きている。誰もこの永遠を妨げることはできないだろう。

山に上がる用意を急ぎながら、石はふと、遠い昔に書いた詩の最後の一節を思い浮かべた。今それが思い浮かんでいる。

私はこんな夕べには、火鉢をいっそう近寄せてきちんと座り
ある遠くの山陰の、岩と並んでぽつんと離れ立ち
夜の帳が下りる中、白く雪を被っているはずのそ

の乾いた葉の合間には
さらさらと音もして、雪を被っているはずの
その珍しいと人の言う、固く清いクロツバラとい
う木を想うのであった

訳注：白石が一九四八年に書いたとされる詩「南新義州柳洞朴時逢方」の一節。原文朝鮮語。私訳。この詩は、青柳優子訳『白石詩集』（岩波書店、二〇一二年）に全文が訳出されているので参照されたい。

●**方珉昊**《パンミンホ》 방민호――一九六五年大韓民国忠清南道禮山郡出生

四つの名

네 개의 이름

慎珠熙《シンジュヒ》

신주희

あなたは一度はわたしの一部であったか、わたしの一部として記憶されたことがある。少なくともあなたはわたしに寄りかかって誰かを待っていたか、腰かけて運動靴の紐を結んだことがあるだろう。ひょっとするとあなたは、制服姿でタバコを吸ってみる生徒たちの一人だったかもしれない。昨夜のことは忘れて酔いつぶれた客だったかもしれない。薄暗い街灯の下でそっと手を握り合う若い恋人同士だったか、こっそりゴミを捨てて帰って行く老人、或いは新聞を被って浅い眠りについた路上生活者だったかもしれない。分かっている。わたしは寝台とは違う。わたしに寝台の安楽さを求めるのなら、あなたはすぐに失望するだろう。いわゆる椅子とも違う。夜になれば室内に移される他の椅子たちとは違って、わたしは簡単に動かせるものではない。室内の生活を知らないわたしは、決してあなたの避難所にはなれない。わたしは少し違ったやり方で使われる。あなたが誰なのか、どこから来たのか、どこに行くのか、どれぐらい留まるのか、尋ねないというやり方で。わたしはわたしの上に座ったり横たわる人々に、沈黙で義務を果たす。ただ静かに肩と膝を貸すだけだ。わたしはそうして毎日違うあなたに出会う。けれど誰も記憶しない。公平に記憶し、公平に忘れる。けれどわたしにもミゾオチのようなものがあって、ときにキュッとひっかかる人々がいる。季節ごとに全てが変わる世の中に生きていても、全く変わらない日々を反覆するという点で、わたしはその人たちと同じ部類に属する。わたしはその人たちに、ただの一度も扉を閉ざしたことのないカフェであり、酒場だ。あらゆる密談とそしり、口に出せない秘密と真実に耳をそばだたせる静かな長椅子、わたしはベンチだ。

四つの名を持つ女を知っている。

バス停の後ろにある公園は、低い集合住宅が塀のように取り囲むところだった。公園と言えば公園であり、空地と言えば空地に見えるところ。いずれにせよ、公園の端にわたしを含めたベンチがずらっと並んでいて、人々はそこを「ベンチ公園」と呼んだ。爽やかな風が吹く日には、けっこうたくさんの人々が公園に散歩に訪れた。女もほぼ毎日一匹の犬を連れて、人々の中に交じり、少し歩くとすぐわたしのところに来た。犬と並んで座り、行き交う人々を見ていた。子供たちが遊び回るのを見て、ときにはその子たちと軽く頷き合った。そのたびに女は、自分の生活がもう、他の人たちと同じようになりつつあるような、不思議な安堵感を感じた。


女は白い皮膚に驚くほど黒く長い髪をしていた。髪を一つに束ねると、腰の下に届くぐらい。若年でも老年でもない女の長い髪は、なぜか隠された事情があるように思わせた。丸型の顔に親切そうな目、すっと通った鼻筋に頑固そうな唇。女の第一印象は「性格は活発だが口数は少ない」とか、「おとなしそうだが意外に社交的」ぐらいの、分かるようで分からないような雰囲気を漂わせていた。

わたしは細くて軽い声で話す女の話を聞くのが好きだった。けれどあまりに小さく囁く癖があって、耳を澄まさなければ聞き逃すのが常だった。わたしはそれが首にある傷跡のせいではないかと推測した。ナイフで刺されたような傷が、首の中央から顎の下まで線のように薄く盛り上がっていた。傷跡は首に巻いたスカーフに充分隠されていたが、規則的にスカーフを巻きなおす習慣のために、傷はむしろ目についた。けれど実のところ、人々が女について覚えていることは、女の長い髪でも一風変わった印象でも、首にある傷跡でもなかった。あとになって、女とよく言葉を交わしたという一人の住民は、

「これといって特徴のない顔の女なのであまり思い出せないが、確かに北朝鮮の言葉を使った」

と語った。

女が初めて公園に現れたのは、八ヶ月前だった。公

園の近くの集合住宅の半地下［訳注：韓国では上半分が地上に出て下半分が地下になる部屋がよくあり、半地下と呼ばれる。簡単なキッチンやシャワールームを設けて貸し出される。賃料が地上の階より安い］に引越して来た女は、ほとんど毎日同じ時間にわたしのところに来た。公園の空が赤い色に染まる頃に。日差しの良い日はもう少し早く来て、風が強い日にはもう少し遅く出て来た。とにかくその時間は公園に人が最も多い時間だった。女は黄色くて大きな雑種の犬、雑種の犬としか言いようのない犬一匹と一緒だった。まともに散歩をすることはほとんどなかった。ただ人波に付いて、公園の端のほうをくるりとひと回りするだけだった。犬も散歩のようなことには関心がないように、女について何歩か歩くとすぐ女の足元に伏せた。女はそんなふうに座って人々を見ていた。バスが着くたびに、女の首は左から右に、ゆっくり動いて行った。そして機会あるごとに、例えば誰かが道を尋ねるとか、偶然目が合ったとか、或いは並んで座ることがあれば、女はその機会を逃さなかった。目をきらきらさせながら、相手に声をかけた。年齢や性別、印象や身なりのようなものは気にしなかった。相手がたとえ気難しそうな様子でも、女の親しげな態度は変わらなかった。女は丁寧に挨拶をし、天気の話を始める。ひとしきり話題の事件や事故について軽く聞いたり答えたりする。ときには急に高くなった白菜やにんにくの値段について語ったりもする。そのうち相手が共感の印として頷きでもすれば、女はあたふたと自分の名を名乗る。あなたの名は何と言いますか？　私の名は、というふうに。けれど女の問いに名を明かしてくれる人は稀だった。多くは、約束の時間になったとか、ガスレンジに何かかけたままなのを思い出したとか、急ぎの電話を口実に急いで立ち上がった。女は少し残念そうではあったが、自分が知っている常識的な挨拶の方式を変えなかった。

勤め先はバスの終点の近くにあると、女が語ったことがあった。相手はわたしの横にある木の幹に背中を当てていた女性だった。女性は終点の近くの野山に、時々栗を拾いに行くと言った。まだ熟していないが秋になれば栗で一杯だよ、だけどそんなところに会社のようなものがあったかな？　と言いながら女の様子を窺った。女が言った。

「飼育場が一つあります、犬を飼育している」

もちろん女は飼育場という言葉の代わりに「愛犬農場」とか「愛犬流通」というような商号を言うこともできた。けれどそれはなぜか正直ではないように思われた。女は誠実に働き、報酬にも満足していた。犬の面倒を見ることはいいが、その仕事をずっとするつもりはなく、まだ臨時職だと小さく付け加えた。女性が眉間にシワを寄せながら言った。

「ああ、あそこなら犬肉を処理するところでしょ？」

女性は大きく目を見開いて、女の足元に伏せている犬を見下ろした。とても女のやることが理解できないという表情だった。女は急いで、

「いいえ、そこは犬を育てるところで、殺すのではありません」

と言ったが、それは事実ではなかった。女性は話題を変えるように舌先で犬を呼んだ。

「ワンちゃん、チッチッチ」

犬は動かずに耳だけをぴくぴくさせた。

女は、犬の名前を教えてやりたかったが、犬は犬でまだ名前がなかった。それでも女は犬の状態が以前よりはずっと良くなったと思って気分が良くなった。考えてみれば、公園に来る途中で、女が犬のために歩みを止めたことはなかった。リードをぐっと掴んで引っ張り合いをしたことも、小便をしたたらせてどこにでも座りこむ犬のせいで腹を立てたことも、随分前のことになる。背中打ち運動［訳注：背中を木などに軽く打ちつける運動。マッサージ効果があると言われ一時期韓国で流行したが、医学的根拠がないという報道であまり行なわれなくなった］を終えた女性は、前後に手を打ち合わせながら公園の外に出た。それをじっと見ていた女が犬に向かってつぶやいた。

「お前にも名前がないとね」

女は身をかがめて寝入った犬の背を撫でてやった。犬にふさわしい名前、犬の名前としてありふれていない名前。

何十もの名前が思い浮かんだが、すぐ決めるのは難しかった。女は長い間そのことについて考えた。女の前を通り過ぎた女の子が、犬を見て立ち止まった。三、四歩後ずさって、ワンワン、と呼びかけた。女は子供

に向かって軽く頷いて見せた。恥ずかしそうに、子供が笑顔を見せた。女は子供に、こっちにおいでと手招きをした。そのとき、公園のベンチに座って犬の名前のようなことを考えていられるこの時間がどれほど満ち足りたものか、今更のように気づいた。そのときだった。

「ミジョン」

名を呼ぶ声に、女と子供の顔が同時にそのほうを向いた。二人は公園の隅のあずまやを見た。子供の母親が手招きをしていた。子供が残念そうに犬を一度振返って、あずまやに向かって走って行った。女は子供の後ろ姿を眺めた。そして自分の一番目の名をつぶやいた。ミジョン。美しくこの世に停まって行くようにと、「うつくしい」の「美」、「とまる」の「停」。美停。

女の一番目の名について聞いたのは、夜明けから降っていた雨が次第にやんでいった日の午後だった。傘を畳んでわたしの横に立てかけた女は、公園をきょろきょろと見ていた。女のほうに歩いて来た男子学生と目が合ったのは、ちょうどそのときだった。わたしは公園のベンチの中で唯一木のすぐそばにあって、一番濡れていないベンチだった。男子学生はすぐわたしのほうに歩いて来た。二十歳ぐらいに見えて、女が座っている反対側の端っこに席をとった。女は、手の平サイズの本を広げて読んでいる男子学生をちらっと見た。女が唐突に、名に関する質問を投げかけたのは、ただ単に本の題名を見たからだった。女が、

「今は誰も呼んでくれない名があるんだけど、それを本名だと言えるでしょうか?」

と尋ねたとき、当惑した男子学生は、とっさに『唇に染みついた名』という題名の本を伏せて置いた。そのときの表情は、実に難解な質問をされたような顔だった。男子学生は哲学的で文学的な回答をすべきなのか、でなければ現実的で論理的なことを言うべきなのか、ちょっと悩むような様子だったが、すぐに断念して単に、

「一番目の名が本名じゃないかな」

と言った。首をかしげていた女は、今は呼ばれていない幼い頃の名は「リム・ミジョン」だと打ち明けた。女の父母が付けてくれたということと、よくある名

だけど、意味は珍しいという話も付け加えた。本当は女が最も好む名で、その名を口にするたびに母の顔が思い浮かぶ不思議な名だと話したかったが、女はやめておくことにした。（それは僕の知ったことじゃない）という表情の男子学生が、

「ミジョン？　何も決まっていないという意味のミジョン、ぐらいなんでしょうか？　珍しい意味っていうと」［訳注：漢字の「未定」を韓国語で発音するとミジョンになる］

　と言ったからだった。女の目元にいたずらっ気がちらりと見えた。今は名が変わったが、誰かが名を尋ねるといつもリム・ミジョン、リム・ミジョンと言うのだと、

「名が四つもあるせいか、どうしても自分でもこんがらがっちゃうんで」

　と言った。ぎこちなく笑って見せた男子学生は、上の空で頷いた。目は依然としてスマホに固定されたままだった。そして男子学生の手は、その日に限って特に遅い友達に文句を言っていた。

「早く来いよ、すっごいヘンな朝鮮族のおばさんがさっきから話しかけ中。イラッ」［訳注：「朝鮮族」とは近代以前に中国に移住した朝鮮半島の出身者とその子孫を言う。特に延辺朝鮮族自治州では朝鮮語を家庭内言語とし、中国語を公用語とする二言語話者として成長することが多い。国籍は中国だが出稼ぎのため多くが就労ビザで韓国に入国している。男子学生は女の言葉づかいから、朝鮮族だと勘違いした］

　それでも女の顔には薄い微笑が広がっていた。自分の感情にとらわれた女は、

「本当に春らしい春の日だったんです」

　と話し始めた。幼い頃の女が暮らしていたところは、二、三階建ての家が集まる街だった。この公園のように、子供たちが走り回るのに良い空地もあった。ちょうど眠りから覚めた女の手を引いて、女の母親はよく散歩に行った。空地を通り過ぎて裏山に向いながら、女の母親は、何度も幼い女の手を引っ張った。大通りにそびえる金日成の銅像を通り過ぎ、セメントで作られた花壇を通り過ぎ、なだらかな野山の坂道を通った。その道に沿って歩きながら、「ミジョン、花がほんとにきれいね？」「ミジョン、あれ見てごらん」「こ

れちょっと見て、ミジョン、ミジョン」と言いながら、優しく話しかけてくれた。それからゴム輪できっちり結い上げた黒い髪の束と、二重がくっきりした丸い目、ふっくらして赤みを帯びた五歳の女のほっぺたを、そっとつまんで揺らした。女の母に言わせれば「しっかりして見える」女の顔。その話をするとき、女は多少の悲しさと共に、回想に浸る人間特有の目の色を見せた。女は続けて、あの頃どれほど絵が上手だったか、絵の素質がどれほど特別なものだったか、にもかかわらず芸術家になれなかったいきさつなどを、やや過剰なまでに詳しく説明した。あまりにありきたりな話に聞こえたが、男子学生は最善を尽くして女の話に頷いて見せた。理由は分からないが、もう男子学生は、回想に浸って故郷の話を打ち明ける女の状況に、多少の同情と憐れみ、さらには申し訳ない気持ちまで感じられる顔をしていた。

　わたしは何度か聞いた話だが、女はもうだいぶ以前に豆満江を越えたのだと男子学生に言った。過ちを告白するかのように、声は次第に小さくなっていった。あのとき女は幼い娘であり、飢えないでいられるということが夢の全てだった。カチンカチンに凍った豆満江を越えて中国に渡ったこと、走り、歩き、再び走る、それを繰り返して豆満江から可能な限り遠くに隠れたこと、隠れながらできる何種類もの仕事をしたが、結局また捕まえられる身になったことなどは、ややありふれていた。そしてその時々の心情をできるだけ率直に、淡々と語ろうと努力した。けれど男子学生を含めて、大部分の人々がついに彼女が朝鮮族なのか、脱北者なのかすら区分できなかった。いつだったか女は、自分は「新居住民」［訳注：韓国に定着する脱北者を保護するために「脱北者」という呼称の代わりとして政府が定めた言葉だがあまり普及していない。原語は새터민］であり、それを人生の良き出発点だと考えていると言ったことがあったが、人々はその言葉の意味自体を理解できなかった。そして決定的なことは、何の関心もないということだった。女は何より人々が先に声をかけてくれることを、すなわち好奇心でも、憐みでも、侮りでも、軽視でもない表情で、とるに足りない事柄について対話することを望んだ。けれどいくらも経たないうちに、女はそれが自分の人生にそんなに大きな楽しみを与え

てくれるものではないだろうと思うことに決めた。女が素直に全てを受け入れ、心の安定を取り戻したのは、しばらく時が過ぎてからのことだった。

そのときから散歩は、もう少し平穏なものになった。女はより自然な方法で、人々と対話し始めた。軽く会釈を交わす人々ができた。ヨーグルトや飴のようなものを分けてくれる人もいた。ときには女の話に純粋な興味を見せる人に出会うこともあった。女が親切さを維持できなくなる数名との対話を除外してのことだ。

女を困らせる事例には、金日成が死んだとき休暇を返上させられた往年の「軍人のおじさん」も含まれていた。その頃、最前方［訳注：南北の分断線に近い地域を軍事上こう呼ぶ］の部隊に入隊したばかりだった彼は、金日成の死が自分の人生にとんでもない影響をもたらしたと女に訴えた。すっかり酔った彼の話は、もうつじつまが合っていなかった。対話が不可能だと考えて顔を背けた女に、今度は彼のほうが引っ込まなかった。彼には部隊全体で最も悪質だと見られていた上官がいたが、それは突然の恋人の別れの通知に比べれば何でもなかった、と話を始めた。彼の回想によれば、彼が恋人に逃げられた理由は、全くもって「金日成がころりと逝ったあおり」なのだった。その日に限って一番仲の良い友達と、自分の恋人が一緒に面会に来て、運悪くそのとき「金日成がころりと逝った」のだった。非常招集が発令され、急いで部隊に戻って、結局は当分の間休暇を返上させられたのだった。彼が非常勤務で夜を明かし、汗と蚊、暴言と叱咤と闘っている間に、彼は起こりうる全ての悲劇が、自分の人生に磁石のようにくっついたことを知った。彼は悲劇の重要なシーンを、歌を歌うようにつぶやいた。

「あいつと俺の友達は連絡もしてこないし俺を避けているらしい」

と。「金日成がころりと逝った」日に面会に来た恋人と親友は、共に夜を過ごすことになり、それで心変わりし、彼は親友と恋人を同時に失う不幸を味わった。女を信じられなくなったのは、そのときからだそうだ。そのうえ今の妻に出会ったのは、その苦しみを忘れようと飲んだ酒のせいで、結果的に彼は酔わなければ妻と妻にそっくりな娘たちを見ることができないと胸を叩いた。つばを飛ばして熱弁をふるう彼の口調は、女にも責任があると責めているようだった。けれどそれよりも驚いたのは女の態度だった。女は生まれつき他人を非難できない者が醸しだす雰囲気を越えて、実際に自分が金日成の死の一因になったかのようにうろたえていた。すみません、と小さくつぶやきさえした。女を睨んでいた彼の顔は、爆発寸前だった。このあたりで危険を直観した女は、その場を避けようと立ち上がったが、それで雰囲気はもっと険悪になった。彼は女の手首を荒っぽく引っ掴みながら叫んだ。

「じっとしてろって。このクソアマ」

「クソアマ」が女の名であったことはない。けれど女の腕に鳥肌が立ったのを見て、わたしは女の名のうちの一つを思い出した。その名だけは、女の独り言の中でのみ聞ける名だった。にーいちきゅう。女の口からこの名が流れ出てくるまで、女は冷たいセメントの床と鉄の棒、真っ黒に垢染みた綿の布団とすえた臭い、そしてそこに屍のように横たわって噛み尽くした爪をまた食いちぎる自分を思い浮かべていたのかもしれない。けれどそんなことを考えるのは、ごく短い間に過ぎなかった。女は、にーいちきゅう、という名を口に出しては、ふっとため息にも似た短い息を吐き出した。それから、

「もう過ぎたことなのに」

と言った。無感覚になろうとするように、女は繰返してその名をつぶやいた。

わたしが聞いたことを総合してみると、にーいちきゅうは名ではなく数字、二一九だった。それは「リム・ミジョン」という女の名の代わりに、胸に刻まれた番号だった。女が計画していたこと全てが、悲しい、ばかげた方向に流れていた頃だった。それはまるで、緯度二一九度或いは経度二一九度というような、測定不能などこかに漂流して行くような感じだと女は語った。もうあんな苦労はこれから先はないだろうとつぶやきながらも、女は依然としてそこから抜け出せない自分を発見した。わずか二年で、女は自分の足で渡った豆満江を、再度渡らねばならなかった。強制北送だった。女の声が震え始めたのは、強制北送される車の中で、二、三歳に見える女の子とその母親に会った

と語り始めたときからだった。女が箱のように見えるトラックに乗せられたとき、子供とその母親は隅っこに座っていた。母親の懐に抱かれた子供は、長い間ぐずっていた。子供の母親の話によると、車の中だけで二日間過ごしたが、何も食べられなかったと言う。子供の母親が、白紙のような表情で女に言った。母乳でも出れば飲ませたいがそうもできなかったと、もしかして何か食べるものを持っていないかと。女は空っぽの手を出して見せた。子供の母親はそれをしばらく覗きこんでいた。それから無表情な顔で、

「頼みを一つ聞いてください。この子の首を、押さえつけてくれないでしょうか?」

と言った。女はその言葉の意味を理解しようと、しばらくぼんやりと子供の母親の顔を眺めた。口調があまりに何でもないことのようだったからだ。もちろん、女は聞き間違いではないことを知っていた。子供の母親の目、恐怖に蝕まれたその目を覗きこんでいるからだった。

ここで女はぷつっと話を止めた。女の肩が少しずつ揺れていた。首を後ろにそらした女が赤くなった目を何度もしばたたいた。息を整えていた女が、静かに言葉を継いだ。子供の母親の目から目を背けたまま、何も考えないように身震いをした。女から視線をそらした子供の母親が、寝入った子供をしっかり抱きかかえ、子供の頬に自分の頬を擦りつけるのを見ながらも、擦りつけた頬に口づけをし、子供の細い首に両手をかけるのを見ながらも、女はただ血が出るほどに自分の舌を噛みしめているばかりだった。女がしたことは、恐怖に打ち勝つために、せいぜい飲みこむための釘や針金の切れ端を探して床を手探りしたことが全てだった。車の床から小さくて鋭い鉄のかけらを発見したとき、女はようやく安堵した。恐怖が消えると、頭の中が空っぽになった気分だった。そのせいかもしれない。保衛部に入ったとき、女は自分の名が思い出せないという、珍しいことを経験した。名だと思われる三文字が頭の上はるかに遠ざかり、揮発する感覚だった。二年間の刑期を決定した調査官が、何度も女の名を問いただしたが、女は結局何も答えられなかった。調査官の目が意地悪く歪み、再び女の名を尋ねたとき、女は喉元に突き上げてくる酸っぱい何かを調査室の床に

うっと吐き出した。これで女の刑期は、更に一年間増えた。罪名は「国家冒涜」だった。

「犬の飼育場のにおい、知ってますか？　そのにおいを知っているということは、人がばらばらにされたときのにおいも分かるかもしれないということです」

女は、ベンチに寝転がって、もう言葉の代わりにいびきをかいている往年の軍人のおじさんに向かって言った。話を聞いているのかいないのかは分からないが、彼は時々、「はい」とか「うん」とか「そうか」のような答えを、合間合間に寝言のようにつぶやいた。女は初めて飼育場に入ったときから、実は自分でも気づかぬうちに、にーいちきゅうという名を思い浮かべたと、低く、落ち着いた声で言った。においのせいだと言った。大きくて重たい何かが深部まで腐っていくにおい。においに変わるしかない膿と分泌物、ウジやハエのようなもの。何によっても洗い流せないにおいは、ずっと以前から女の体の深いところに染みついているにおいだと言った。奇蹟のように女の父母が部屋の扉を開けて入って来る夢を見た日、或いはとるにたりない冗談を交わした友人たちが恋しくなる夜には、間違いなく彼女の体から立ちのぼるにおい。女はもうほとんど本能的にそれを知っているようだと言った。女が唇を静かに上下させた。

「あのときはそうでした。犬も私も同じようなものでした」

「犬たちはラーメンのダンボール箱ぐらいの大きさの空間で食べて用便をします。だからそこから出る必要もなく、出て来たこともありません。犬の檻ぐらいに成長すれば、それで処理場に行くことができます。処理場に行く間、犬はしっぽを振ります。何も知らずにそうするのではなく、すっかり知っていてそうするんです。見知らぬ人が来ても全く吠えません。食べさせに来る人も、食べに来る人も何が違うでしょうか。あそこにいると、犬たちは食べ物と、食べられない物を区別できません。変なにおいのする餌を、残飯を、死んだ犬の死体までばりばり噛み砕きます」

女は犬を見下ろした。酒に酔った男のせいで、犬は女から遠くに離れていた。犬は女が飼育場から連れて出て来た犬で、犬たちの中でも特によく食べるほうだった。腐ってカビが生えた物も食べた。いつか足が一本ないままで生まれた自分の子を、女が見ている前ですっかり食べ尽くしてしまったこともあった。もちろん、頻繁に起こることだから驚くわけもなかったが、女は突然、犬を家に連れて来ないといけない、と考えた。何か計画したわけではなかった。そしてある夜、女は外に出まいと足で踏ん張る犬を、檻から引っ張り出した。犬はぬかるんだ地面に座りこんですさまじく鳴いた。女は鉄の棒に結わえられていた洗濯紐を犬の首にかけた。ようやく女が犬を引っ張って飼育場の外に出たとき、外はいつにもまして静かだった。夜も更け、犬は吠えなかった。女は犬と一緒に夜中のあぜ道を歩いた。歩きながら考えた。毎朝散歩に行かないと。犬をこっそり連れ出したのは六ヶ月前のことだから、女と犬はもう六ヶ月を一緒に暮らした間柄だった。犬を見下ろす女の表情は、何か良いことをしたような顔だった。平穏で、何より犬の大きさが、犬の檻よりも大きくなったことに満足しているようだった。ふざけて女は犬の鼻筋を指でツンとはじいた。くしゃみをするように、犬が口を歪めた。

いつだったか女が言った。仕事を終えた午後、公園に出て誰かに話しかけられるという事実が、今更のように耐えられないほどの幸福だと。今も、飢えと虐待に苦しめられている同胞がいるのに、どうして不幸だと言えるだろうと。けれどすぐに、そんな考えそのものがとても不穏なことのようだと、女は自らの言葉を訂正した。

「そうではないとしても、ここに定着してからの一日一日に感謝して生きてるんです」

そう言いながら、女の話を聞いていた何人かの住民たちの表情を詳しく窺った。けれど人々は適度に温かい太陽の光と涼しい風、とりどりに色づいた木の葉がかさこそと音を立てるこんな日に、なぜよりによってあんな話を引っ張り出すのか、理解できないといった表情だった。

人々の反応が薄いことを感じたのか、女は「フーシェ」という名について話し始めた。まるで恥ずべき告白をする人のように、中国語の声調を付けて名を発音するときには、顔まで赤らめた。女が豆満江を渡って与えられた三番目の名、「フーシェ」(腹瀉)は中国語で「下痢」という意味だという。誰かが「えっ、人間の名前がまさかそんな?」というと、女が改まった口調で、

「それでもその名前のおかげで、ここまで私が生きてこられたんじゃないですか」

と言った。女の例えによると、鍛錬所での名「にーいちきゅう」と「フーシェ」の間には豆満江が流れている、という。そのときは女が鍛錬所での刑期を終えたばかりの時期で、死ねずに生きていただけの頃でもあった。けれど女はすぐ、外の世界でも生きることの苦痛は同じだという事実に気づいた。ばらばらになった家族の生死を知ろうとする余力すら残っていなかった。生死が分かったとしても、変わることは何もなかった。女は一日のほとんどを、死について考えて過ごした。痩せ衰えたふくらはぎに皮のように張りついた肉を見ながら、静かに終わりを待った。そのうち考えたことが、豆満江を越える間に銃に撃たれて死ぬことだった。女は可能な限り早く、そして確実に終わりを迎えたかった。早すぎもせず遅すぎもしない夜、女は足首から膝、膝から胸までさざ波を立ててくる河を越えながら、深さに見当を付けた。銃に撃たれなければ、河のどこかが自分を飲みこんでくれるように。けれど胸の高さの河は、それ以上深くならなかった。虫の音以外には何も聞こえない静かな夜だった。女が河を渡り終えて後ろを振り返ったとき、キャンキャン犬の鳴く声が聞こえて来た。女がそこにいることを知ってか知らずか、懐中電灯の明かりが彼女を避けて暗闇の中に消えるのが見えた。期せずして河を渡り切り、女は当てもなく歩いた。山と野と川を越える間、女は自分が生きているのか死んでいるのか、何度も分からなくなった。そして目につくもの全てを飲みこんだ。こおろぎを、名の知れない草を、小川の水を、カエルを、ネズミを。何日過ぎたのか、何ヶ月過ぎたのか分からなかった。ついに女は、ある山すそにたった一軒ぽつんと立っている家の前でどさっと倒れた。

どさっと、と言ったときの女の目じりは赤かった。女が手で目のふちをぬぐいながら言った。死ねずに食べたネズミが、ヘビが、カエルがみんな毒になって女

の体中を真っ青にしたと。

私は、誰、いや何なのだろう、そしてどうなるのだろう。

目を開けずに女は長いこと考えた。この考え以外には、何も思い浮かばなかった。実のところ目を開かないのか開けないのか、分からなかった。女は自分の名を含めた全てのことが、はるか前生《ぜんしょう》のことのように感じられた。どこから来て、どこに行くのか、自分が誰で、これからどうなるのか女は分からなかった。意識はあったが、それが意識なのかそうではないのかも、はっきりしなかった。あるときは、息を引き取った自分の顔が下のほうに見えるときもあり、またあるときはぶるぶる震える体の中に、身動きもできず囚われた気がするときもあった。まるで夢のように体の中と外を浮遊する間、女にはずっと「フーシェ、フーシェ」とつぶやく声が聞こえた。そしてそれが唯一聞こえている現実の声だと気づいた。女は体中の力をふり絞って記憶した。その言葉が頭の中から消えないように「フーシェ、フーシェ」と。思い出せない自分の名のように「フーシェ、フーシェ」と繰り返した。そのとき急に、思いもかけない欲求が湧いた。それは他でもない、死ぬ前に自分の名を、本当の名を記憶したいということだった。

倒れた女を発見したのは、集落の裏山に遊びに来た兄妹だった、としばらく沈黙していた女が語り始めた。兄妹は五、六歳ぐらいだった。親たちは工場に働きに行き、兄妹は学校から帰る途中に脇道で倒れていた女を発見した。兄妹は木の陰にふらふらとよろめいている女を見て、ノロジカか山犬だと思った。ところが近くで見ると人間だった。女で、身なりはぼろぼろだった。兄妹は怖くなった。そしてずっと自分たちについてくる女を避けて、近くの廃屋に隠れた。力をふりしぼって廃屋の前まで追って来た女は、もう歩けずに倒れた。女は倒れたその場に、体の中の全ての汚物をすっかり吐き出した。小便と水っぽい便が女の足の間から流れ出した。それを血と見間違えた子供たちは、悲鳴を上げた。怖くなった子供たちは、倒れた女にそうっと近づいた。そして持っていた長い棒で、女の体のあちこちをつんつん突っついた。においが鼻を突いた。女の子がまず鼻を塞いだ。男の子があとずさりしながら「フーシェ、フーシェ」と言った。それが下痢を意味する中国語だということを、女はかなり長い時間が過ぎたあとに知ることになった。女は子供たちの声が次第にはっきり聞こえてくるのを感じた。指の先から胸、胸からまた足の先まで、消えていた感覚が次第に戻ってくるようだった。女が目を開けたとき、兄妹は鼻を覆ってきょとんと女を見下ろしていた。女はすぐ、自分が倒れたところが誰かの家ではなく廃屋であることを知った。そして長時間意識を失っていたのではなく、ほんの数分の間倒れていただけだということも知った。女は兄妹から水をもらって飲んだ。子供たちは女をじろじろ見ていたが、来た道を引き返して行った。女は横になったままで、子供たちが消えてゆくのを見ていた。そして少し経ってから、体を起こして廃屋の中に入った。狭い部屋の片隅に土の塊のような物が積まれていた。家の持ち主が捨てていったぼろ着のようだった。女はぼろ着の山にもたれて座った。体中がぶるぶる震えるほど寒気を感じたが、同時に強い眠気も襲った。考えて見れば、幾夜も眠ることもできず歩いたことが思い出された。次第に目を閉じながらも、女はつぶやき続けた。

「フーシェ、フーシェ、フーシェ」

「まったく、名前のせいでダメになるし、名前のおかげで助かるってね。リム・ミジョンはイム・ミジョンだし、イム・ミジョンはリム・ミジョンでしょ。そのどこが違うからって同じものを改名申請するんだい？それもリム・ミジョンに。だからわしが四柱推命の占いで良い名前に変えるように言ったんだ。その名前をそのまま使ってたら、苦労しかしないよって。お金をちょっと使えば運命が変わるっていうのに。わしがそんなことを言うのはよっぽどのことだったんだよ」

かなり年配に見える老人は、この辺りで占い屋を運営していた。改良韓服［訳注：民族衣装を現代生活に合うように簡略化したもの］を着た老人の言葉に、並んで座っていた二人の女が頷いた。サンキャップをかぶった女と紫のチョッキを着た女だった。

「そのとおりですよ。犬肉を処理するようには見えなかったのに、そんな仕事をしているって言っていたよ」サンキャップをかぶった女が言うと、紫のチョッキの女が付け加えた。

「そうだね、そう考えるとそうだね。首についた傷痕が、手術の傷じゃないように見えたけど。人間を殺す練習をするっていう北朝鮮特殊部隊、何かそういうところの人だったんじゃないの？」

この夏の間、誰も女について話をしなかったのに、女がいなくなると、一人二人と女について語り始めた。みんな、女には大した関心もないようだったのに、そうではなかった。誰かが「そういえば、指も一節なかったようだ」と言うし、また誰かが「それ人指し指だったろう」と言った。「カエル、ヘビ、草、食べなかった物なんてないってね」と言ったし、「そりゃそうだろう。北じゃ食べる物がなくて人を食う者がいるそうだ」と言った。人々は女を「あの女」と呼んだり「犬肉処理の女」と呼んだりした。「特殊部隊出身」と言ってみたり、「〈アカ〉〔訳注：〈アカ〉は韓国語でも共産主義・社会主義者を蔑視する意味がある〕だってはっきり言おうよ」という人もいた。人々が決めた女の名は、豆満江から中国の奥地のどこやら、中国の奥地からバスの終点の裏山のどこやらに至るまで縦横無尽に駆け巡った。しまいには本当に女の仕事が犬肉処理の仕事なのか、「人肉処理」の仕事なのかも混乱するありさまだった。けれどわたしは、この全ての話の結末をよく知っていた。女の話はすぐに消えるだろう。思ったよりずっと早く。もともと少しいただけでいなくなる人間については語る値打ちもないかのように。最初からいなかった人間のように。

女が人生の新しい時期が開けると考えたのは、裁判所に改名申請書を出してからのことだった。「イム・ミジョン」を「リム・ミジョン」に女は改名申請した。〔訳注：「イム」と「リム」はどちらも漢字姓の「林」の読みだが、発音の方言的な特性上、分断以前から朝鮮半島の北のほうでは「リム」、南のほうでは「イム」を使用することが多かった。分断以後は北側で「リム」、南側で「イム」が標準となった〕そしてその事由を問う欄には、自分の幼い頃の話をぎっしり書き記した。女に該当する改名許可事由がなかったからだ。改名棄却通知書が届けられるまで、女の生活はそれまでと変わらなかった。朝起きると出勤し、飼育場で働いた。帰宅後は公園に来て往来する人々を眺め、走り回る子供たちを見守った。誰かと簡素化された改名手続きについて長い対話を交わすこともあったし、自分の改名理由を長々と話すこともあった。ときには女を困らせる人々とぶつかることもあったが、もうそんなことにはたいそう余裕を持って、自然にやり過ごした。そうするうちに、もう予想されたことだが、女は裁判所から改名申請棄却通知を受け取った。理由は簡単だった。「イム・ミジョン」と「リム・ミジョン」は韓国語の表記上、同じ名であるため、改名不可だというのだった。その日女はいつもよりずっと遅く公園に現れた。何人かの人々が、幽霊のような顔をして公園の入り口でうろうろする女を目撃した。女は人々の間に少し混じって歩いてからわたしのところに来た。そして夜の空気の中の湿った風を感じながら、改名棄却通知書をぼんやりと見下ろした。そして消えてゆくバスの灯り、その反対側のチカチカするチキン屋とかコンビニの看板のような物を見守った。そのとき女はこんなことを考えた。それは本当に錯覚だったのだろうか？　自分の人生に反復される不幸、とるに足りない期待と失望、蔑視、軽視のようなものが、実に小さな事件、例えば改名のようなことを通じて一瞬で解決されるだろうと信じたことは。女は意識的に声に出してつぶやいた。「大丈夫、生きるなんてそういうこと」と言った。そう言いながらも、きりもなく「リム・ミジョン」と「イム・ミジョン」の間で起こったつらい経験を思い浮かべた。そして何かよく分からない憤怒で身を震わせた。わたしはこの状況について特に言うべきことはない。敢えて言ってみれば、簡単に理解できる状況ではないということぐらいだ。けれどみんながもう知っているように、女は改名申請棄却通知書を受け取ってから、公園に現れなくなった。急に仕事が増えたのだと、だからもうこの公園に頻繁に来ることはできないと、急いで公園を通り抜ける女が誰かに言った。けれどわたしはそれが嘘だということをよく知っていた。

夜になった。女が来ない夜がもう何度か過ぎた。けれど無意味な対話はなかなか減らなかった。だんだんと、よりとんでもない、おかしな話になっていった。わたしは女の名を考えた。リム・ミジョン／イム・ミジョン、リム・ミジョン／イム・ミジョン。女の言うように二つの名の間には、河がさざ波を立てているようだった。急に、子供の首を絞める母の目を見た目と、飼育場のにおいを知っている鼻、虫とネズミ、カエルとヘビを飲みこんだ口が思い浮かんだ。女はどういうつもりであんなに長くつらい名に固執したのだろう。女がずっと語っていた話は、ひどく哀れで気の毒に感じられるが、同時に大したことではなかったようでもあった。何と言ったらいいのか、世の中に何の反響も起こしえない、死者の訴えを聞いている気分。恐らく女は出勤して、帰宅して、裁判所に通うだろう。ほとんどは誤解されて何度も失敗するだろうし、この上なく孤独だろう。わたしはこの光景を想像して、なんて味気ないんだろう、と考えた。けれどそれでも女はやめないだろう。それが女の時空を蘇らせる唯一の方法だからだ。

　人々は語る。数十、数百の名の中で、わたしは女の名、女についての話を聞きわける。わたしにできることはそれが全てだ。そして願うだけだ。その名が、悪夢のように長いだけの話として記憶されないことを、いつかはっきりした共鳴を呼び起こしながら記憶される名になることを。

● **愼珠熙**《シンジュヒ》 신주희 ―― 一九七七年大韓民国ソウル市出生

訳者解説

◆脱北作家の作品について

小説でしか書けないこと

脱北者による手記は、すでに韓国でも日本でも、また英語圏でもかなりの数が発表されている。日本では斉藤博子著『北朝鮮に嫁いで四十年』（草思社、二〇一〇年）やリ・ハナ著『日本に生きる北朝鮮人 リ・ハナの一歩一歩』（アジアプレス出版部、二〇一三年）があり、英語圏ではHyeonseo Lee著、*The Girl with Seven Names: Escape from North Korea*（夏目大訳『7つの名前を持つ少女』大和書房、二〇一六年）や、Yeonmi Park著、*In Order to Live: A North Korean Girl's Journey to Freedom*（満園真木訳『生きるための選択』辰巳出版、二〇一五年）がよく知られている。これら手記には、北朝鮮における生活や脱北過程の困難が詳細に記述されており、極めて価値の高い資料である。とはいえ、北朝鮮での生活にしても脱北過程にしても、互いに共通する場面も少なくない。脱北者の数だけ個別の人生があるはずだが、公に語れることはやはり限られているのだ。虚構という衣装をまとう小説であればこそ、より多様な生を伝えられるのではないか。

脱北作家の小説は、韓国や日本の現代小説とはかなり異なった雰囲気を醸しだしている。近年ノーベル文学賞でも言及される〈記録文学〉というジャンルに属するといえるだろう。〈記録文学〉は、日本でも一九二〇年代から三〇年代にプロレタリア文学の一形態として注目された。中国など社会主義圏では、現代でも重要なジャンルとして扱われている。そうした文学空間を生きてきた脱北者の作品はやはり、芸術性よりも〈記録文学〉の手法に慣れている。そしてその手法で、韓国文壇に新たな局面を切り拓こうとしている。実際の出来事を扱いながらも、手記ではなく小説でしか伝えられないことを書くこと、これが〈記録文学〉の使命である。

ト・ミョンハク作「本泥棒」は、一九九〇年代の〈苦難の行軍〉期の北朝鮮社会において、巨大な力にねじ伏せられた夫婦の生活がどのように破壊されてゆくのか、力のある筆致で描いている。同時に、人々が飢えて死んでゆく中、作家という職業に何ができるのか、文学に何ができるのか、という根源的な問いを突きつける。文章は軽快でありながら力強く、物語の構造にも隙がない。北朝鮮において長く詩人として活動したという本人の談を聞けば納得させられる。北朝鮮の文壇という珍しい題材で読者の興味を引きつけるが、一方で、自分たちの生活さえ保障されるのであれば体制批判をすることもないのでは、という疑念も抱かせる。

イ・ジミョン作「不倫の香気」もまた、簡潔でありながら堅固な物語構造を有しており、北朝鮮における長い創作活動の経験が反映されている。北の社会的・経済的混乱が、恵まれた立場にあった一組の夫婦の生活をどう破壊してゆくか精緻な文章で語られる。ただしこの作品の登場人物もまた、恵まれた生活をしている間は、自分たちの背後で何が起こっているかについては全くの無関心である。
あらすじとしては平凡な不倫物語だが、脱北作家がこうしたテーマを扱うのは実は非常に珍しい。韓国文学界は恋愛物で溢れているが、脱北作家の恋愛物など誰も関心を示さない。この作品はその風潮に抗おうとする。確かに脱北作家ならば、北側の現状を告発し体制批判をすることは、今なお塗炭の苦しみにあえぐ北朝鮮の人々に対する責任でもあり使命でもある。一方でそれは脱北作家の創作を抑圧する。脱北作家から〈脱北〉という修飾語がとれ、多様な題材の作品を発表できるようになってこそ脱北作家は真に解放される。しかし分断という現実が解消されないかぎり、実現不能な望みなのかもしれない。

ユン・ヤンギル作「つぼみ」では、北朝鮮の浮浪児たちが飢えから口にする野山の食べ物によって命を落とすまでの姿が、簡潔で無駄のない文章で物語られる。北朝鮮の浮浪児の悲惨な生活は日本でもよく知られており、やはりそうだったのか、と読者を納得させるものがある。子供たちの救済に向けて国外の関心を引きつけるためには、文学という媒体を通じて読者の感情に訴えることは有効な手段となりうるだろう。物語構造が堅固でよく考えられた小説である。一方で、こうした題材と書き方に、韓国の読者は既に慣れきっており、〈かわいそうだがよくある話〉として読み過ごされてしまう。子供たちの可憐さや純真さ、悲惨な生活を際立たせるだけの手法では、もはや反響は得られないだろう。文学作品として時代と空間を超えてゆくためには何が必要なのか、容易に探し出せる答えはない。

同様の問題は**キム・チョンエ作「願い」**にもある。北朝鮮では、ある日突然、誰かが姿を消すことは日常であり、脱北したのか当局に連れ去られたのか、或いは他の事由なのか、家族ですらその行方を追うことは難しい。また密告によって誰かが囚われの身となり、死に追いやられることもまた日常である。この作品は、非日常であるはずの日常を、歯切れのよい文章で書き綴る。豊漁の場面から物語を起こし、その獲物同様にウジン老人が囚われてゆくという象徴性を持たせた展開、償いようのない自らの行いの結果を知らされる因果応報を示す結末と、説話的なパターンをきちんと踏襲する。メリハリのある物語構造の一方で、類型的要素が揃っているだけに、読者に既視感を与えざるをえない。

ソル・ソンア作「チノクという女」の前半では、与えられた環境に従うしかなかった女性主人公が、やがて闇商売を始めて一家の主たる稼ぎ手となり、性においても抑圧的な関係から脱却してゆく過程が、力のある筆致で説得力をもって描かれている。しかし後半に入り、自らの判断で複数の男性との性的関係を持ち、その結果妊娠するところから物語の調子が変わる。商売に支障となるため、主人公は〈産まない〉という選択をするが、それは〈女性の本能〉に反する行動だと何度も強調される。中絶手術の場面では、あたかも女性主人公の選択に対する罰であるかのように、女性の身体に苦痛が加えられる。不法な手術を引き受けた女性医師と共に、金のことしか考えない浅はかな女性たちの問題行動として結末がつく。

非常に奇妙なことにこの作品では、男性に対する道義的批判は一切不問に付されている。上下関係と金銭的支援を利用した性的関係の強要に対し、チノクは嫌悪感はあっても恨んではいない。商売の手助けの見返りに性的関係を求める男性に対しても同様だ。むしろ被害者の立場にある実直な夫ばかりを稼ぎのない無能者と軽蔑する。そして自分以外の女性を敵対視する。結果的に作品全体が、男性登場人物の欲望を無批判に放置しながら、女性登場人物ばかりを非人道的な人間として批判する話になってしまっている。

さらに、決断が遅れたことによって大きな苦痛を伴うことになった手術の様子が冗長に語られる場面は、この小説になぜ必要なのか。脱北者の数は女性の比率が圧倒的に高いが、脱北作家の中の女性の割合は極めて低い。脱北者とみると北側の悲惨な話が求められ、そのうえ女性となれば性の悲劇的な体験話が注目を集める。作家に対しても同様だ。この小説の冗長な性描写や中絶の場面は、その要求に応えようとするものではないか。しかしその期待に応え続けるかぎり、〈脱北〉〈女性〉作家は、いつまでもこの二つの名札を付けていなければならないのだ。脱北者の半生は必ずしも刺激的で悲惨なものばかりではない。その多様な生きざまを、そのままに描き出せるような文学空間が整えられてこそ、脱北者文学は成長するだろう。

韓国社会への適応が困難だということを、脱北者の側から訴えることがいかに困難であるかをうかがわせるのが**イ・ウンチョル作「父の手帖」**である。この作品は、第1部で唯一、韓国定着以後を題材にしている。脱北して今は韓国の大学に通う主人公は、キャンパスの中にいても、周囲の学生たちとの間に埋めることのできない距離感を抱えていることが読みとれる。ただしそれはあまりに微かで、慎重な文章の奥深くに覆い隠されている。今後この作家が徹底して私小説的に、定着地に対する距離感を作品化するなら、我々読者は、脱北者が韓国社会に適応する際の困難を、より深く理解することができるだろう。しかしそれは今の段階では不可能といって良い。脱北者が定着地について批判めいたことを語れば、ただちに〈恩知らず〉や〈裏切者〉の烙印を押されることは間違いない。また脱北者自身も、北側の生活を思えば不満はいえない、という自己規制に縛られている。しかし文学だけは、脱北者がなぜ定着地に適応できないのかについて、臆することなく打ち明けられる場を提供すべきなのではないか。それでこそ虚構である小説が、手記などの他の形式では不可能な真実を伝えるという役割を果たせるのではないか。

第1部の作品は、どれも起承転結がはっきりしている。創作の基本理念が定められ、それに合致するものが評価される社会主義体制での文学経験が刻印されている。あまりに類型化した物語の展開は、ともすれば読者に倦怠感を与えてしまう。また文体が簡潔で歯切れが良いことは、小説の文章として効果的な場合もあるが、逆に稚拙な感じを与えることにもなる。作品全体は韓国の標準語に合わせて書かれているのだが、ところどころに北側で多量に流通するプロパガンダ調の文体が紛れ込み、ちぐはぐな印象を与えてしまう。脱北作家が作家として活動を続けてゆくということは、社会主義体制での文学経験をどう深化させ、どう克服してゆくのか、その険しい修練の道を歩み続けるということでもある。

◆韓国作家の作品について

第2部には、韓国作家による七つの小説を収めた。これまでにも、韓国作家による脱北者を題材にした小説はいくつかある。日本語訳されたものに黄皙暎著『パリデギ——脱北少女の物語』（青柳優子訳、岩波書店、二〇〇八年）や姜英淑著『リナ』（吉川凪訳、現代企画室、二〇一一年）がある。これらは韓国作家が脱北する人々の苦難を代弁したものだ。だがこれらの作品が日本でとりたてて注目を集めたとはいいがたい。映画『クロッシング』（キム・テギュン監督、二〇〇八年）のほうは日本でも公開されてかなり強い反響があった。

今回の小説集に収録された作品では、これらの作品とは違い、韓国が脱北者をいかに迎えいれるかという問題に焦点があてられている。日本からみれば、朝鮮半島は一時的に分断されているにすぎず、たかだか七十年ほど前まで一つの共同体としてあった地域だ。南北に引き裂かれて暮らす〈離散家族〉は今も生存している。言葉も同じものであり、脱北者を同胞として迎えいれることにそれほどの困難はないだろう、と思いこんでしまう。ところがこの小説集を一読すると、この無責任な想像はただちに瓦解する。ここに示されるのは、脱北者に対するあまりに強力な無関心、無力感、そして当惑である。

過去の苦難としての北朝鮮問題

韓国の現代史に、激烈な民主化闘争を通じて多大な犠牲を払った時期があった。そのとき、数知れぬ若者が身に覚えのない〈北のスパイ〉という凶悪犯に仕立て上げられ、心身共に破壊された傷痕は今も癒えきってはいない。**尹厚明**（**ユン・フミョン、一九四六年生**）もまたその世代に属する一人である。韓国では知名度の高い作家だが、日本ではほとんど紹介されていない。それはこの作家が、韓国の現代史について同世代に共有される記憶を前提として創作するからであろう。全体的に暗示的で、韓国内の同世代にはほのめかしただけでも分かることだろうが、それ以外の者たちにはまず分からない。

今回の「**フィンランド駅の少女**」の男性主人公は、ロシアに滞在中、脱北者らしき男女に遭遇し、国境を越える鉄道の切符の購入を頼まれる。このとき主人公は、この男女は北側から〈駆けおち〉したのだろう、恋愛する二人を助けることは自分の信念だと考える。日本の感覚から見れば、脱北した男女を見て恋愛の駆けおちと断定する理由が分からない。しかしこの世代は、政治的な意味合いで北の出身者と接触すれば、生命が脅かされた経験を持っている。その代表的な事例が一九六七年の〈東ベルリン事件〉である。そのためこの作家は、脱北者との邂逅を駆けおちの男女を助けた話として描き、政治性を殊更に消去している。また作品全体を通して脱北者は、この作家の個人史の点景に過ぎない。光州事件を含めた苦難の民主化闘争の時代を生き抜いた回顧談であり、同世代の韓国人にとっては自らの過去でもある。確かに今の韓国では、政権による暴力的な言論弾圧は過去の話だ。しかし現在進行中にある脱北者の苦難までも、過去の苦労話として締めくくるのは妥当なのだろうか。
　この作品と同様、脱北者と北朝鮮の問題があたかも〈過去の苦難〉であるかのように語られているのが**鄭吉娟**（チョン・キルヨン、一九六一年生）作「**六月の新婦**」である。朝鮮戦争が休戦になっても戻らない出征した夫を待ち続ける主人公の女性が、老いて最期を迎える。その夫は朝鮮戦争時の捕虜として北朝鮮に留まっていたが、脱北して韓国に入国する途上にある。この物語では、朝鮮戦争によって南北に生き別れた夫婦は、もはや死にゆく世代としてのみ登場する。しかし現実にはまだ離散家族問題は存在する。にもかかわらず、その子の世代が、まだ進行中であるはずの苦難の物語を、美しいだけの追憶の物語に書きかえてしまっている。
李星雅（イ・ソンア、一九六〇年生）作「**天国の難民**」は、脱北して今は韓国で静かに暮らす主人公の男性が、実は日本から北朝鮮への帰国事業によって北朝鮮に暮らすことになった在日コリアンであったことが明かされる。そして自分を北朝鮮への〈帰国〉に勧誘した在日コリアンの女性に対する怨恨が、許しに変わってゆく過程が描かれる。韓国では目新しい話ではあるが、日本では北朝鮮帰国事業に関する手記や小説は珍しくはない。何より日本の読者にとって読みづらいのは、脱北者問題があたかも日本と北朝鮮の関係に起因するかのような語り口だからだ。締めくくりのつけ方も、韓国は脱北者に安住の地を提供して今はみな平穏に暮らしている、というものだ。脱北者をめぐって、今や互いに許し合うことだけが残された課題であるかのような書き方が、真実の物語と言えるのだろうか。
方珉昊（パン・ミンホ、一九六五年生）作「**三水甲山**」は、近代朝鮮に実在した詩人白石をモデルに、政治的抑圧下に生きる芸術家の心情という普遍的な問題を提示している。この作品の白石像に違和感を覚えるのは、晩年の白石が、世の中の出来事にまるで関心を示さない詩人として描かれるところである。白石が亡くなったとされる一九九〇年代は、北朝鮮の社会的混乱が深刻化しはじめた時期にあたる。「三水甲山」の白石は、そうした社会状況に全く関心を向けない。白石と言えば韓国では最も敬愛される近代詩人といってよい。よく知られている白石の詩は、庶民の生活を事細かに描き出すもので、素朴な食べ物の描写まで精密だ。白石の視線は常に市井の人々に注がれていた。この作品中の白石の印象とはほど遠いものがある。その白石のことを、文壇の人間関係と、自らの内面と自然にのみ目を向ける詩人として描くことは果たして妥当なのだろうか。

迎えいれる者たちの苦悩

脱北者の受け入れを自らの問題として提示しているのは、**李青海**（イ・チョンヘ、一九四八年生）作「**どこまで来たの**」と、**李平宰**（イ・ピョンジェ、一九六〇年生）作「**僕は、謝りたい**」である。「どこまで来たの」は、脱北者の女性との恋愛物語を題材とし、脱北者を自らの生活に深く受け入れる際の問題を浮かび上がらせている。「僕は、謝りたい」では、女性映画監督が脱北者を題材とした作品を制作する過程で、モデルとなった脱北少女の深刻な心の病と向き合うことになる。生活を共にして少女の苦痛を受けとめようとするが、結局は専門家の手に委ねざるをえない。脱北者問題を自らの問題として提示する姿勢には真摯なものがある。ただしどちらの作品でも〈善良な韓国〉があまりに強調されている感は否めない。

それでもこの二つの作品を通じて、韓国が脱北者を受け入れる際の苦悩を具体的に知ることができる。脱北者を受け入れるということは、その背景をも受け入れるということだ。脱北者が韓国から中国や北朝鮮に送金することはよく知られている。そこに家族が残っているからだ。また北朝鮮や脱北過程で心身に深い傷を被った脱北者は、専門的な治療を必要とする場合もある。韓国はそれら全てを脱北者の背景として引き受けねばならないのだ。単なる善意だけで対応しきれることではない。

この作品集で唯一、脱北者問題を今現在の問題として、自らの問題として対峙しているのは**愼珠熙**（シン・ジュヒ、一九七七年生）作「**四つの名**」である。題名を一見して分かるのは、前述の英文手記『7つの名前を持つ少女』を前提としていることだ。この手記の内容はきわめてドラマチックなもので、一種の英雄譚に仕上がっている。一方、小説「四つの名」ではドラマ性は極力排除され、単調でつつましい脱北女性の生活に焦点があてられる。その女性がどれほど孤独で、彼女を取り巻く韓国の人々の視線がどれほど冷淡で無関心で無理解か、それを作家は丁寧に書き綴っていく。人々が話を聞いてくれるのは、彼女が北朝鮮での生活や脱北の苦難を刺激的に物語るときだけだ。そのために彼女は〈脱北者〉であり続けねばならない。〈普通の韓国人〉として地域のコミュニティに加わろうとしても、人々は巧妙に彼女との心の距離を近づけない。

こうした筆致は、受け入れに努力している韓国の人々にとってはこころよいものではないだろう。しかし脱北者とその受け入れの問題点を、一度は容赦なくえぐりださないことにはその解決もない。この作品はその第一歩を示している。

◆韓国文壇における脱北作家と脱北者問題

脱北作家が北朝鮮の実情を告発する作品を書くことは、脱出に成功した者としての責務でもある。しかしその題材や方法は、刺激的で悲惨な、分かりやすい物語を求めがちな読者の要求に振り回されるべきではない。韓国文壇が今後も韓国の嗜好に合う文学の生産を脱北作家に求めるのであれば、むしろそれは脱北文学の可能性に対し、新たな抑圧として作用するだろう。ノーベル文学賞は長い間〈記録文学〉に注目して来た。近年の受賞作を見れば、戦争を扱う記録文学ではあってもその内容は刺激的ではなく、むしろ単調ですらある。脱北文学が内包する可能性が損なわれることなく育成されるのであれば、他地域には見られない、分断に苦しむ人々にしか書けない作品がやがて出現するだろう。
そして脱北者問題をめぐる韓国作家の作品としては、これまでのところ注目に値する作品が出ているとはいいがたい。韓国における脱北者受け入れがうまくいっていないという現実に、韓国文壇が向き合おうとせず、北側の状況の悪さや脱北過程の苦しみにばかり焦点をあてているからだ。脱北者が自ら語る領域を代弁するのではなく、今現在、目の前に起きている問題に取り組むことこそが必要とされているのではないか。脱北者の受け入れの困難さは、世界各地で起きている難民問題と相通ずる。越えてくる人々の苦難には終りがなく、迎えいれる側も苦悩し、当惑している。この難解な題材と韓国文壇が格闘しつづけるなら、国外にも大きな共感を呼ぶ作品がいつの日か創出されることだろう。

二〇一七年十一月　和田とも美

＊謝辞

本書の刊行にあたり、助成金の応募においては韓国文学翻訳院のアジア文化圏チーム李善行氏をはじめとする皆様に丁寧に対応していただいた。また助成金申請のための書類作成に始まり、一冊の本を作り上げるために心をくだいてくださった石丸次郎氏をはじめとするアジアプレスの皆様、一言一句精査してくださった大村一朗氏、装丁や本文の確認に手間をかけてくださった林眞理子氏に深くお礼申し上げる。最後に、この本の作成に携わってくださった、お名前を知るすべのない全ての方々に対する感謝の念を記す。

越えてくる者、迎えいれる者

脱北作家・韓国作家共同小説集

二〇一七年十二月八日　初版第一刷発行

著者——方珉昊、ト・ミョンハク、イ・ジミョン、ユン・ヤンギル、キム・チョンエ、ソル・ソンア、イ・ウンチョル、李青海、李平宰、鄭吉娟、尹厚明、李星雅、愼珠熙
訳者——和田とも美
編集者——大村一朗
発行者——石丸次郎
発行所——アジアプレス・インターナショナル出版部
〒五三〇-〇〇二一
大阪市北区浮田一-二-三 サヌカイトビル三〇三号
アジアプレス大阪事務所
電話　〇六-六二二四-三二二六（F兼）
E-mail　rimjingang-jp@asiapress.org
URL　http://www.asiapress.org/apn/
印刷——株式会社 国際印刷出版研究所

ISBN978-4-904399-13-2

［訳者略歴］
和田とも美 わだ ともみ——
一九七〇年生。東京外国語大学外国語学部卒、同大学院博士前期課程修了。一九九五—一九九九年ソウル大学大学院博士課程留学。文部省アジア諸国等派遣留学生。二〇〇七年博士学位取得（ソウル大学）。
著書『李光洙長篇小説研究——植民地における民族の再生と文学』（御茶の水書房、二〇一二年）。同書の韓国語版は大韓民国学術院選定二〇一五年度優秀学術図書。現富山大学人文学部准教授。

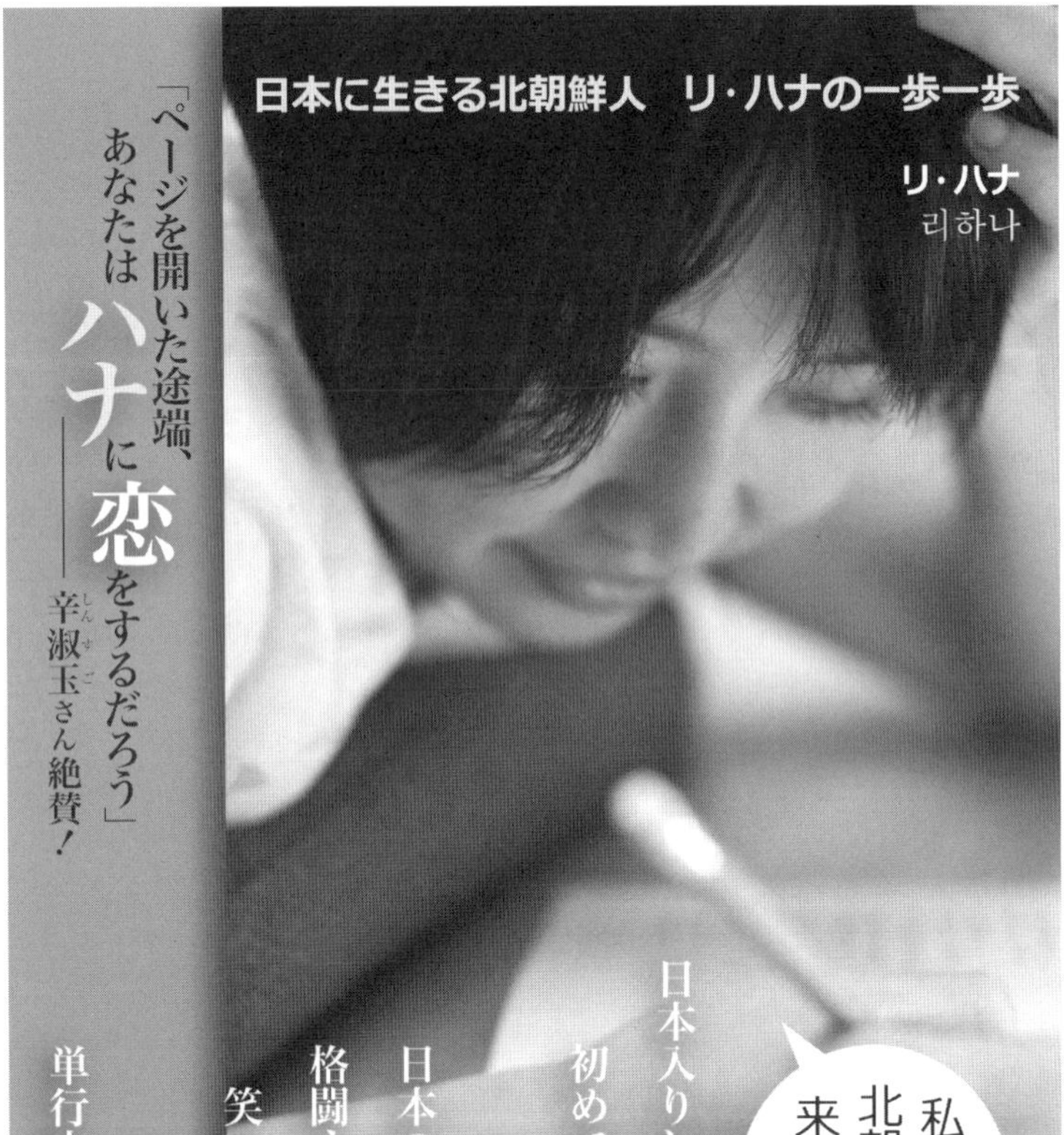
日本に生きる北朝鮮人　リ・ハナの一歩一歩
リ・ハナ
리하나
私、北朝鮮から来ました！
日本入りした脱北者として
初めて大学生になった
「私」＝ハナが
日本の暮らしに戸惑い
格闘する日々を綴った
笑いあり、涙ありの
人気ブログが
単行本になりました！
「ページを開いた途端、
あなたはハナに恋をするだろう」
——辛《しん》淑《す》玉《ご》さん絶賛！
四六判並製本、288 ページ
定価：1,300 円＋税
発行：アジアプレス出版部
ISBN 978-4-904399-08-8
ご注文は——
アジアプレス出版部にオンライン、お電話で。送料無料！ 検索 アジアプレス書籍販売
〒530-0021 大阪市北区浮田 1-2-3 サヌカイトビル 303 電話+FAX 06-6224-3226 osaka@asiapress.org
アジアプレス出版部